마음에
없는
소리

마음에
없는
소리

김지연
소설

문학동네

차례

우리가 해변에서 주운
쓸모없는 것들

우리는 인적이 드문 해변을 찾고 있었다. 모두가 더위를 피해 그늘로 물가로 도시 바깥으로 떠나는 계절에 한국에서 사람이 거의 없는 해변을 찾는 일이 쉽지 않다는 것을 알면서도 어딘가 모두의 시야를 벗어난 외딴곳이 있지 않을까 하는 기대를 품었는데 그건 전적으로 나체로 바다에 뛰어들어보고 싶다는 나의 한가로운 소망 때문이었다.

*

내가 맨 처음 그 말을 한 것은 아주 오래전으로 그때 옆에 있던 사람은 진영이었다. 진영은 내 정수리에 자란 흰머리를 뽑고 있었다. 아무리 뽑아도 흰머리가 줄지 않는지 진영은 한숨을 쉬며 족집게를 내려놓았다.

"언니, 차라리 염색을 해. 아주 검은 색으로. 아니면 아주 노란 색으로 하든지. 난 흰머리 같은 건 상관없지만."

바다에서 나체로 수영을 하고 싶다는 내 말을 듣지 못했나 싶어서, 그 말을 할 때 내가 진영이 흰머리를 뽑기 쉽도록 고개를 푹 숙인 채 작은 소리로 웅얼거렸기 때문에, 나는 다시 한번 더 말했다.

"바다에서 홀딱 벗고 수영하고 싶어."

진영은 휴지 위에 모아둔 흰머리를 버리려는지 침대에서 일어났다.

"에이, 샘은 수영 못하잖아요. 홀딱 벗는 건 잘하지만."

진영은 내 말에 딴지를 놓고 싶을 때에만 나를 선생님이라고 부르며 존대했다.

"그러네. 당장 수영부터 배워야겠어. 어떤 기분일까? 야외에서 맨몸이 된다는 건."

진영은 다시 침대로 돌아와 내 몸 위에 반쯤 포개 누우며 내 얼굴을 빤히 쳐다보았다. 도대체 왜 그런 게 궁금한지 모르겠다는 표정이었다.

"그렇게 궁금하면 해봐."

"혼자? 같이 하자."

"그래."

"그럼 이번 여름에?"

"콜."

그게 진영과 내가 세운 계획의 전부였고 그때까지만 해도 거의 농담이었다.

여름휴가는 8월 첫째 주로 정해졌다. 대학생인 진영도 고등학교 교사인 나도 긴 방학이 있었지만 패밀리 레스토랑에서 알바를 하는 진영이 그 주에만 쉴 수 있다고 했다. 곧 졸업인데 알바는 그만두고 취업에 더 집중해야 하지 않느냐는 말을 했다가 싸울 뻔도 했는데 동생이 셋이나 있는 진영은 맏이라 그런지 쓸데없이 책임감이 강했다. 등록금을 마련하기 위해 한 해 휴학하고 일만 한 적도 있었다. 그러면서도 동생들 용돈을 챙기고 부모에게 생활비도 보냈다. 이제 성인이니까 자기 몫의 밥값은 하고 살아야 한다면서 말이다. 대학 시절 내내 등록금 걱정 없이 집에서 보내주는 용돈을 받으며 살았던 나는 그런 진영을 볼 때마다 안쓰럽기도 하고 존경스러운 마음이 일기도 했다.

휴가가 코앞으로 다가왔을 때까지도 나는 여전히 수영을 할 줄 모르는 채였다. 하지만 알몸으로 바다에 들어가고 싶었을 뿐, 수영을 하려던 건 아니었다. 무엇보다 그 말은 농담이었고 벌써 반년 전 일이었다. 진짜 그럴 맘이 있었다고 해도 그 마음은 봄을 지나면서 다 사라졌다.

　하지만 그때의 농담을 기억해낸 진영이 꼭 해야 한다고, 여자라면 한번 뱉은 말에 책임을 져야 한다고 놀리듯이 말했을 때는 어떤 호기나 오기 때문에 "그럼, 당연하지" 하고 대구해버렸다.

　나는 남해안의 작은 마을에 있는 펜션을 찾아 예약했다. 작은 마을이면 볼 것도 적을 테니까 찾는 사람도 적지 않을까, 하는 단순한 생각에서였다. 실제로 마을은 휴가철인데도 한적했다. 어느 번화가를 지날 때에는 이곳도 도시와 별반 다르지 않다고 생각했지만 조금 더 달리자 올리브영, 스타벅스, 편의점 같은 건 죄 사라지고 야트막한 산과 논밭만 이어졌다. 오가는 차는 거의 없었는데 산길이 구불구불해서 꽤 시간을 잡아먹은 뒤에야 마침내 푸른 바다를 마주할 수 있었다. 진영은 차창에 붙어 탄성을 질렀고 나는 그 소리만으로도 떠나온 기쁨을 느꼈지만 그것도 잠시였다.

　펜션은 아주 외딴 곳에 있었다. 마지막 일 킬로미터 정도는 포장도 되어 있지 않은 해안도로를 지나야 했다. 진영은 정말 공기가 다르다며 차창을 열어 얼굴을 내밀고 떠들었지만 나는 좁고 울퉁불퉁한 길을 운전하느라 신경이 바짝 곤두섰다. 비탈진 흙바닥 때문에 자주 바퀴가 헛돌았고 자칫 잘못하면 낭떠러지로 떨어질 것만 같았다. 길을 따라 한참 들어갔는데도 펜션은 보이지 않고 길 전체를 가로막은 철문이 나타났을 때에는 나도 모르게 씨발,

욕을 내뱉었다. 그제야 손바닥이 땀으로 축축해져 있다는 걸 알았다. 진영은 한숨을 푹 쉬며 차분히 펜션 주인에게 전화를 걸었고 조금 뒤에 펜션 주인으로 보이는 남자가 달려와 철문을 열어주었다. 차창을 내리고 "안녕하세요" 말을 건네자 남자도 꾸벅 고개를 숙이고는 얼른 지나가라고 손짓을 했다. 우리가 문을 통과하자 남자는 다시 철문을 잠갔다.

나는 아까 욕을 한 것에 대해 사과를 하고 싶었는데 진영이 금세 노래를 흥얼거리며 없었던 일처럼 굴었기 때문에 나도 그냥 넘어가버렸다. 수풀에 가려 보이지 않던 펜션은 철문을 지나자 금세 찾을 수 있었다.

진영과 나는 이층 방에 짐을 부려놓고 에어컨을 튼 다음 침대에 누웠다. 장시간 운전한 탓에 피곤해 잠을 자려 했는데 진영의 휴대폰이 울리는 소리에 정신이 들었다.

"알람이야."

진영은 벌떡 일어나 가방에서 피임약을 꺼내 한 알 먹었다. 진영은 늘 생리를 안 하는 수술을 받고 싶다고 말했다. 나는 휴대폰으로 위성 지도를 보며 갈 수 있을 만한 작은 해변들을 찾아보았다. 수건을 전해주러 이층으로 올라온 남자가 뭐 더 필요한 거 없냐고 물었을 때 주변에 한적한 해변이 있으면 알려달라고 별 기대 없이 말했는데 남자는 조금도 망설이지 않고 펜션 바로 앞을 가리켰다. 펜션에서부터 그 앞으로는 완만한 경사를 이루며 비탈져 있었고 바닷바람을 막으려고 심은 듯한 소나무가 빽빽이 자라 있었다. 남자는 그 너머를 가리켰다. 소나무에 가려져 아무것도 보이지 않았다. 그 탓인지 아니면 해변이 너무 작은 탓인지 위성 지도로 찾았을 때에는 나오지 않았던 듯했다.

"오면서 보셨죠. 펜션으로 오는 길목에 있던 철문이요. 여기 주변이 다 제 땅인데 하도 별의별 사람들이 나다니면서 오만 쓰레기를 버리고 가고 기껏 키운 나무를 잘라가고. 펜션 앞마당에 텐트를 쳐서 야영을 하고 불이 날 뻔도 하고 그래서, 열 뻗쳐서 그 문을 만들었어요. 저 해변으로 가려면 그 문을 통과해서 우리 펜션을 지날 수밖에 없어요. 해안 절벽으로 내려가다가 추락사하고 싶은 게 아니라면요. 그러니까 아무도 없을 거예요. 두 분 말고는 예약 손님이 없거든요. 뭐 엄청 작은 해변이긴 한데 그래도 둘이서는 떡을 치죠."

남자는 펜션 앞마당 옆으로 난 작은 길로 내려가면 된다고 알려주었다. 발코니에서 내다보니 길 양쪽으로 나무가 우거져 있어 눈에 잘 띄지 않았지만 그쪽만 울타리가 없어 찾는 건 어렵지 않을 것 같았다. 남자는 필요한 게 있으면 언제든 연락 달라는 말을 남기고 일층으로 내려갔다. 둘만 남게 되자 진영이 히히거리면서 물었다.

"오늘밤?"

"그래."

"진짜?"

"진짜."

"참 희한한 사람이야. 처음 봤을 땐 이런 사람일 줄 몰랐는데."

"어떤 사람일 줄 알았는데?"

"아, 저 선생은 저렇게 별수없이 살다가 심심하게 죽겠다."

진영과 내가 처음 대화를 나눈 것은 학원에서였다. 그해에 나는 기간제교사 자리를 구하지 못해 입시 학원에서 일했다. 학교에서나 학원에서나 나는 열의가 없는 선생이었고 암기한 것을 기계적으로 발설할 뿐이었다. 가르치는 일이 적성에 맞지 않는다고 생각해 임용고시도 더는 치르지 않았다. 그나마 내 이력으로 구할 수 있는 일자리가 그것뿐이라 계속할 따름이었다.

진영은 그 전해에 학교에서 내 수업을 들었다며 알은체를 했다. 학교 선생님 아니었어요? 사고 쳐서 잘렸어요? 아, 기간제였구나. 근데 생물 샘이면서 왜 수학을 가르치고 있어요? 일부러 학교에서 먼 학원으로 자리를 구했는데도 진영과 마주쳐서 당황스러웠던 나는 진영에게 다니는 학교가 어딘지, 정말 작년에 내 수업을 들었는지를 묻고서는 굳이 그럴 필요는 없는데도 나는 네가 기억이 안 나는데, 하고 말했다. 그런 부루퉁한 말에도 진영은 상처받지 않았는지 샘, 진짜 머리 나쁘네, 하고 웃어넘겼고 그뒤로 마주칠 때마다 자길 기억하냐고 물었다. 나는 그날그날의 기분에 따라 나는데, 안 나는데, 를 반복했다. 나는데, 는 바쁘니까 더 말 걸지 말라는 뜻이었고, 안 나는데, 는 좀 떠들 여유가 있으니까 이리 와서 네가 누군지 설명해보라는 뜻이었다. 그럼 진영은 그날 있었던 일을 내게 들려주었다. 당연히 안 나는데, 의 날이 더 좋았다.

해가 지기 전까지 드라이브를 했다. 해안을 따라 마구 달리다가 경치가 좋은 곳이 나오면 잠깐 차를 세워두고 구경을 했다. 펜션 근처와는 달리 가는 곳마다 사람들로 북적였다. 진영이 몽돌 해변은 처음 본다고 해서 해변으로 내려가 발을 담그기도 했다. 진영은 맨발로 걸으니 너무 아프다며 으악으악 소리를 지르면서도 지압이 제대로 된다고 한참을 돌아다녔다. 바닷물에 젖은 몽돌은 검은 진주처럼 빛났고 몽돌이 파도에 휩쓸리며 구르는 소리도 귀엽게 들렸다. 사람들의 몸에 부딪혀 공중으로 퍼져나가는 파도는 햇빛을 잔뜩 머금어 눈이 부셨다.

아이들은 고무 튜브를 끼고 새된 비명을 지르며 뛰어다녔는데 행복에 가까운 그 비명이 처음으로 듣기 좋게 느껴졌다. 도심지에 있을 때는 별로 좋아해본 적이 없는 소리였다. 나도 꺅 비명을 지르고 싶어질 때마다 진영의 손을 꽉 잡았다. 진영이 내 허리를 감고 입을 맞추려고 했을 때는 웃으면서 고개를 돌렸다. 그때 한 남자와 눈이 마주쳤다. 일고여덟 살쯤 되어 보이는 여자아이의 손을 잡은 남자는 내 눈을 피하지 않더니 잠시 뒤 고개를 돌리며 침을 뱉었다. 그냥 뱉은 걸까, 진영과 나를 보고 뱉은 걸까. 후자라면 그다음 행동도 있을 수 있을까. 우리에게 다가와 욕을 한다거나 몰래 따라와 뒤통수를 친다거나…… 그런 추측까지 하는 것은 그런 적이 있었기 때문이었다. 우리가 키스를 한다는 이유로 우리를 벌주려는 사람들이 있었다.

대학생이었을 때, 늦은 밤 전철을 기다리며 여자친구와 벤치에 앉아 있다가 가볍게 입을 맞추었을 때도 그랬다. 아주 짧았으니까 줄곧 우리를 주시하지 않았다면 보지 못했을 텐데 어느 틈엔가 곁에 온 노인이 지팡이로 내 다리를 세게 쳤다. 노인은 잔뜩 화가 나서 더러운 년들이라고 욕을 했다. 당연히 누구보다도 화가 난 것은 우리였는데 한편으론 무서웠다. 왜 그렇게까지 악의를 갖는 건지 알 수 없어서 더 그랬다. 우리가 할아버지한테 뭐 했어요? 했냐고! 여자친구가 악에 받쳐 소리칠 때 나는 얼른 집에 가고 싶다고만 생각했다. 노인과 멀찍이 떨어져서 우리를 지켜보기만 하는 승객들 앞에서 사라지고 싶었다.

그 이후로 나는 편집증 환자처럼 사람들에게서 나를 싫어하는 증거를 찾아내려고 애썼다. 나쁜 일이 벌어지기 전에 미리 피하고 싶었다. 하지만 그 노력은 오래가지 못했다. 그것까지 신경쓰기에는 살아가는 일이 충분히 고됐기 때문이었다. 결국 모든 것에 무감해지기로 했다. 표면적인 것만 보려고 하자. 함의가 있다고 넘겨짚지 말자. 함의를 찾으려고 애쓰지도 말자. 괜찮다고 하면 괜찮은 걸로 알자. 다른 사람의 속을 파헤치려는 걸 그만해야 한다. 오해일지도 모르는데 그 오해로 내가 돌아버릴 지경이었으니까. 미쳐버리기 전에 그만둬야 한다. 의심하는 것, 곡해하는 것…… 그러니까 거리를 두자. 어차피 지나가는 사람이니까 지나가버리면 그만이다. 진짜 삶은 진짜 관계를 맺는 사람과 나누면 된다……

"차로 돌아가자."

거기서는 맘 편히 껴안을 수 있었다.

해안도로는 아름다운 길로만 이어지지 않았다. 길을 잘못 들어 도착한 어느 곳은 거의 폐촌이었다. 바다를 보며 달리는 데에 도취되어 계속 바다 쪽으로 핸들을 꺾은 결과였다. 아무도 살지 않는 듯 담이 허물어지고 지붕도 무너져내린 집들이 있었다. 멀쩡한 집들도 몇 채 보였지만 사람이 사는 것 같지 않았다.

나는 차를 돌릴 데를 찾다가 마을 제일 안까지 들어가고 말았다. 거기에도 마땅한 공간이 없으면 어쩌나 했는데 다행히 주차장이 나타났다. 빈집이 대부분인 것을 감안하면 터무니없이 큰 주차장이었다. 주차장이 끝나는 곳에는 낡은 해안 초소도 있었다. 진영이 화장실에 가고 싶다고 해서 주차장에 차를 세웠다. 진영은 초소 건물로 들어갔고 나도 차에서 내렸다. 팔을 쭉 뻗어 스트레칭을 하며 바다를 보니 멀지 않은 곳에 섬이 하나 있었다. 그리 크지는 않았지만 송전탑이 세워져 있고 바다 위로 전선이 지나는 걸로 보아 사람이 사는 듯했다.

"어떻게 왔어요?"

웬 여자가 다가와 내게 말을 붙였다.

"그냥 여행 왔다가 돌아다니는 중이에요."

여자는 그럼 그렇지, 하는 표정으로 고개를 끄덕이며 우리 차를 곁눈질했다. 그러더니 또 얼른 바다를 가리켰다.

"저기 섬 보이죠? 옛날에는 여기서 저 섬까지 가는 정기 운항선이 있었어요. 근데 이젠 저 섬에 아무도 안 살아서 배도 없어졌죠."

"아, 그래서 여기 주차장도 있는 거군요."

내가 적당히 장단을 맞춰주자 여자는 신이 나서 말을 계속했다.

"근처 조선소가 망한 뒤론 다 빠져나갔어요. 여긴 그전부터 어차피 나 같은 늙은이들뿐이긴 했지만 그래도 오며 가며 들르는 사람들이 있었거든. 근데 이제는 볼 것도 없고 살 것도 없어서 아무도 안 오지."

여자는 오랜만에 말 상대를 만나 반가운지 계속 떠들어댔다. 나는 처음에 대꾸를 했던 게 후회가 되는 참이라 입을 다물었다.

"겨우 오는 사람들이래봤자 쓰레기 투기를 하려는 놈들뿐이야. 저기 좀 봐. 여기다 다 버리고 간다니까. 소파, 냉장고, 자전거 같은 것도 다. 그것뿐이게? 개랑 고양이도 버려. 하여튼 별의별 걸 다 버리고 가. 요 앞바다도 나 어릴 땐 저 바닥까지 투명했는데 더

럽고 냄새나고 똥물 다 됐지."

내가 억지웃음을 띠며 여자의 말을 듣는 동안 진영이 초소에서 돌아왔다. 진영은 여자를 흘깃 쳐다보고는 내 쪽을 향해 선 채 말했다.

"화장실은 잠겨 있더라."

"저긴 안 쓰는 건물이야. 화장실 급하면 우리집에 가."

여자가 불쑥 끼어들어 대꾸했다. 진영은 여자와 나를 번갈아 본 다음에 아무 말 없이 차문을 열었다.

"화장실 안 가도 돼?"

진영은 또 대답 없이 차에 올라타서는 차문을 닫았다. 나도 차에 탔다. 여자는 멀뚱히 서 있었다.

"지금 저 할머니 집에 가자는 거야?"

"그러자는 게 아니라 안 급하냐고."

"참을 만해."

마을을 빠져나오며 룸미러를 보았을 때 여자는 그 자리에 그대로 서서 차 뒤꽁무니를 보고 있었다.

"근데 무슨 얘기 했어?"

다시 도로로 나왔을 때 진영이 물었다. 모퉁이를 돌며 사이드미러를 보자 그 마을이 작게 내려다보였다. 멀리서 돌아보니 한적하고 깨끗해 보였다. 사진을 찍으면 제법 예쁘게 나올 것도 같았다.

"마을이 다 망했다는 이야기."

"아하."

진영은 무슨 내용이었을지 뻔하다는 듯 더는 묻지 않았다.

저녁에는 미리 찾아둔 식당에 가서 조개찜을 먹었다. 직원이 조개가 산처럼 쌓인 냄비를 테이블로 가져오는 걸 보며 진영과 나는 탄성을 질렀다. 술은 입에도 안 대는 나 때문에 술 마실 기분이 안 난다면서도 진영은 소주를 한 병 반이나 마셨다.

"한잔해. 이 조개찜 국물이랑 같이 먹으면 안 취한다니까."

"운전해야지."

"참, 그렇지."

"야, 너 취했다."

"그러려고 마시는 건데."

"국물이랑 먹으면 안 취한다면서."

"그래서 국물은 조금만 먹었어."

남은 국물엔 칼국수 사리를 넣고 끓여서 내가 거의 다 먹었다.

계산대 앞에서 진영과 나는 잠깐 실랑이를 벌였는데 일단 내가 다 계산을 하기로 미리 정해두었음에도 취한 진영이 자꾸 자기가 계산하겠다고 우겨대서였다.

"샘, 내가 한다니까요."

내가 그렇게 하라고 내버려두자 직원이 진영의 카드를 받으면서 말했다.

"선생님이시구나."

그건 틀린 말은 아니었다. 하지만 진영과 나의 관계를 설명하는 가장 마음에 드는 말도 아니었다.

"선생님 아닌데."

그러나 진영이 그렇게 말했을 때는 얼른 진영을 식당 밖으로 끌고 나왔다.

우리는 방파제 앞까지 조금 걸었다. 불을 밝힌 횟집들이 줄을 지어 늘어서 있는 것치고는 사람도 별로 없고 조용한 항이었다. 낮 동안은 해가 쨍쨍했는데 예보에 없던 구름이 잔뜩 껴 달도 별도 보이지 않았고, 선착장에 정박해 있는 작은 어선들은 파도가 일 때마다 서로 부딪치며 삐걱 소리를 냈다.

어디에 주차를 했었는지 헷갈려서 리모컨 키를 누르며 한참을 돌아다녔다. 겨우 삐빅 하는 소리와 함께 후미등이 번쩍이는 차를 찾아냈다. 내가 차를 찾아다니는 동안 진영은 방파제 끄트머리에 쭈그려앉아 있었다. 이쪽으로 오라고 소리를 쳐도 아무 대꾸가 없길래 살펴보니 바다로 고꾸라질 것처럼 휘청거리고 있었다. 나는 황급히 달려가서 진영을 가까스로 붙잡았다.

그 펜션에는 하룻밤만 묵을 계획이었기 때문에 해변에 가려면 그날 밤밖에 없었다. 그런데 너무 취한 진영이 펜션으로 돌아오자마자 잠이 들어버렸다. 막 열시가 넘었을 때였다.

나는 작게 코를 고는 진영의 얼굴을 바라보았다. 아주 낯선 곳에 와서 친밀한 것이라곤 진영밖에 없다는 걸 깨닫자 우리가 더 긴밀해지는 기분이 들었다. 진영은 도저히 익숙해지지 않는 이 세상에서 내게 안정감을 주는 유일한 존재였다. 다시 임용고시를 칠 생각을 한 것도, 학교에 자리잡아야겠다 마음먹은 것도 나 역시 진영에게 안정감을 주고 싶어서였다. 아무리 애써도 내게는 별다른 보상이 주어지지 않는 것처럼 여겨지는 사회였지만 할 수 있는 한에서는 흔들리고 싶지 않았다.

　진영의 옆에 누워 잠깐 졸다가 상주에게서 전화가 걸려와 깼다.

　"뭐해?"

　"휴가. 바다 왔어."

　"뭐야. 나 또 너랑 여행 간 거야?"

　상주의 말에 나는 웃음을 터뜨렸다. 상주는 내가 진영과 여행을 가거나 약속이 있을 때 부모에게 함께한다고 말하는 친구였다. 부모와 같이 사는 나로서는 변명이 필요했다. 상주는 내 지인 중 나에 대해 가장 많은 것을 알고 있는 사람이었다. 나와 진영의 관계를 아는 유일한 사람이기도 했다. 왜 친한 사람들에게도 커밍아웃하지 않느냐며, 요즘 세상에 숨기고 사는 게 더 촌스러운 거 아니냐고 말했을 때는 다시 보지 않으려고 했었다. 나는 상주에게 너는 편협한 인간이라고, 너의 세상은 좁고 너는 보고 싶은 것만 보고 사는 사람이라고 말했다. 네 주변에는 '진보' 성향의 사람들만 있어서 다 동성애에 '찬성'하는지 모르겠지만 교원 사회가 얼마나 보수적인 덴지 모르냐고. 조금만 이상한 소문이 돌아도 학부모들이 나를 자르라고 탄원을 해올 것이라고. 그러면 가르치는 일로밖에 벌어먹고 살 줄 모르는 나는 이 사회에서 살아갈 수가 없게 될 거라고. 상주는 그 말들에 다 동의했지만 내게 사과를 하지는 않았다. 너 역시도 보고 싶은 것만 보며 좁게 살지 않냐고 되물었을 뿐이다. 그 말은 오랫동안 뇌리에서 사라지지 않았다. 맞는 말이었다. 나는 좁게 살아간다. 비밀 첩보원처럼. 들키지 않으려고. 그래서 계속 촌스럽게만 남아 있는지도 모른다.

상주에게 진영의 얘기를 한 건 진영과 딱 한 번 헤어졌을 때였다. 가르쳤던 학생과 사귀었었다고. 고등학교를 졸업하고 한 해 재수를 했는데 대학에 붙고서 나에게 축하해달라며 갑자기 연락이 왔길래 만났다가 그렇게 되었었다고. 진영이 전화를 걸어 "저 진영인데요, 기억나요?" 하고 물었을 때 나는 뭐라고 말해야 좋을지 고민했다. 막상 튀어나온 말은 안 나는데, 였지만 진영은 푸하하 웃으며 기억하는구나, 하고 말했다.

상주는 나이 차를 셈하며 "스물한 살짜리랑?" 하고 놀라워하다가 이제 다 끝났다면서 뭐하러 말하는 거냐고 의아해했다. 나는 혼자만 알고 있기가 너무 억울했다고 대답했다. 그즈음 결혼하는 동료 교사들이 많아 더 그랬다. 그냥 저 둘이 좋아서 같이 산다는데 사방에서 몰려와 축하를 하고 축가를 불러주고 맹목적으로 행복을 빌어준다는 것이 나로서는 억울했다. 그런 마음이 나를 나쁘게 만들 거라는 걸 알면서도 어쩔 수가 없었다. 지나간 것만 말하는 버릇 좀 버려, 상주는 그렇게 말했다. 이제 와서 어쩌라는 거냐고. 미리 말했으면 자기가 우리 둘 사이를 축하해주지 않았겠냐고. 하지만 나는 지나가지 않은 것에 대해 말하는 게 늘 두려웠다. 말하는 순간 다른 것이 되어버릴 것만 같았고 나로서는 변화를 감당할 수 없을 것만 같았고 그 변화에 대해 누군가에게 다시 설명해야 하는 것도 자신이 없었다. 나는 내가 다 겪은 것, 감당한 것, 견뎌낸 것에 대해서만 다른 사람과 공유할 용기가 났다.

"그냥 집에다가도 애인이랑 간다고 말하는 게 낫지 않아?"

"뭐하러 그래. 그런 얘기까지 할 필요 없어. 괜히 이것저것 따져 물으면 어쩌라고."

"그래도 계속 그럴 수는 없잖아."

"그냥 지금이 좋아. 그다음은 잘 모르겠어. 근데 웬일로 전화했어?"

"집 가는 길에 심심해서. 잘 지내나 궁금하기도 하고."

부모는 주말마다 내가 상주와 만난다고 생각하겠지만 상주와는 안 만난 지 벌써 반년이 넘었다.

"뭐하다 이제 들어가? 난 잘 지내지. 너도 잘 지내지?"

"난 못 지내. 지금 퇴근하는데 잘 지내겠어?"

"안됐다. 난 잘 지내는데."

상주는 내 말에 한참을 웃더니 그럼 됐다며, 자기 이름을 빌려서 간 여행이니까 자기 몫까지 꼭 재밌게 놀다 오라고 말하고는 전화를 끊었다. 통화 소리가 시끄러웠는지 진영이 깼다.

"몇 시야?"

"열한 시. 속 괜찮아?"

잠에서 막 깬 사람의 찌푸린 얼굴이 아니었기 때문에 나는 진영이 대화를 들었을지도 모른다고 생각했다.

"괜찮아. 팔팔해. 그냥 좀 피곤했나 봐. 어젯밤에도 거의 못 잤거든. 나가자. 바다 가서 수영해야지."

진영은 벌떡 일어나더니 욕실로 들어가 세수를 하고 나왔다.

해변까지 가는 길이 너무 어두웠기 때문에 우리는 폰으로 플래시를 켜고 손을 꼭 붙잡은 채 조심조심 내려갔다. 몸을 닦을 수건도 여러 장 챙겼다.

해변의 양끝은 바위 절벽으로 꽉 막혀 있는데다가 펜션도 방풍림에 가려 보이지 않았다. 멀리 작은 배가 한 척 떠 있는 것을 빼고는 온 사방이 숲과 하늘과 바다뿐이었다. 진영과 나를 지켜볼지도 모를 다른 시선 같은 건 전혀 없었다. 하지만 바람이 세게 불고 파도가 높게 쳐서 걸치고 나간 옷 중 아무것도 벗지 못했다. 바다 가까이에 갈 엄두도 내지 못했다. 그냥 이쪽 끝에서 저쪽 끝까지, 다시 또 저쪽 끝에서 이쪽 끝까지 모래사장을 걷기만 했다.

"아쉽다."

진영이 그렇게 말했을 때 나도 고개를 끄덕였다.

"아쉽네."

"또 언제 오지?"

"또 올 거야, 여기를?"

나는 모래사장 위에 불뚝 솟아 있는 돌멩이 하나를 주워서 바다를 향해 힘껏 던졌다. 한참 날아갈 거라고 생각했는데 갑자기 크게 일어난 흰 파도가 돌멩이를 삼켜버렸다. 그건 기대했던 장면이 아니어서 새 돌멩이를 던지려고 했지만 돌멩이 같은 건 더는 보이지 않았다.

"안 올 거야?"

"또 오자."

대신 모래에 파묻혀 있던 나뭇가지 하나를 발견했다. 나무에서 잘려 나온 지 한참 된 것 같았다. 형태는 잘리기 전과 크게 다를 게 없겠지만 속이 텅 빈 듯 가벼웠다. 발로 한 번 꽉 밟으면 완전히 바스러질지도 몰랐다. 나는 나뭇가지를 있는 힘껏 멀리 던졌다. 하지만 그건 바다에도 가닿지 못했다. 돌아보니 진영은 몸을 떨고 있었다.

"추워."

"들어가자."

펜션에 돌아오자마자 진영은 따뜻한 물에 몸을 녹이고 싶다면서 옷을 다 벗어던지고 욕조로 들어갔다.

　나는 퇴실 시간인 오전 열한시가 가까워서야 남자가 방문을 두
드리는 소리에 잠에서 깼다. 진영은 이미 일어나 밖으로 나갔는지
방에 없었다. 짐도 말끔하게 정리돼 있었는데 내가 일어나서 쓸
수 있도록 세면도구만 세면대 위에 놓인 채였다.
　떠날 채비를 마치고 짐을 모두 차에 실은 뒤 진영에게 전화를
하니 해변에 있다고 했다. 금방 올 것 같지 않은 목소리라 내가 그
리로 가겠다고 하고 전화를 끊었다.
　진영은 해변 끝 바위 절벽 아래에 앉아 담배를 피우고 있었다.
바람이 많이 불어 휘날리는 머리를 야구 모자로 꾹 눌러둔 게 멀
리서도 보였다.
　"뭐해?"
　진영은 내가 말을 건넨 다음에야 고개를 들어 나를 올려다봤는
데 졸다 일어난 사람처럼 멍해 보였다. 진영이 팔을 뻗어 내 손을
잡아당기며 "잠깐 앉았다 가"라고 해서 그 옆에 주저앉았다. 나도
한 대 달라고 하려다 말았다. 번번이 반년을 넘기지 못하고 금연
에 실패하는 나에게 진영은 사람이 끈기가 없어 큰일이라고 농담
조로 말하곤 했다. 이번에는 반년을 넘겼다. 다시 또 농담거리가
되고 싶지 않았다.
　지난밤에 비하면 파도가 잠잠한 편이었지만 그래도 수영을 할

만한 곳은 아니었다. 어느 순간 파도가 크게 일 때가 있었는데 파고가 높고 거칠었다. 바닥도 완만하게 깊어지기보다 갑자기 푹 꺼져버릴 것 같았다. 나 같은 사람은 영문도 모르고 허우적대다가 가라앉아버릴 것이다.

"그런데, 왜 그러고 싶었어?"

"뭐가?"

"나체 수영."

나도 왜 그러고 싶었을까 한참 생각했었다. 그러다 아무래도 몸이 소모품이라는 걸 알아버렸기 때문이 아닐까 생각했다.

점점 닳고 낡아가는 부위가 많아졌다. 몇 해 전 발목을 한 번 삔 뒤로는 조금만 오래 걸으면 발목이 시큰한 통에 고생을 했다. 시력도 나빠졌고 치료가 필요한 치아도 갈수록 늘었다. 그런 자잘한 것들은 일일이 다 헤아릴 수 없이 많았다. 지난해에는 건강검진을 받던 중 자궁근종을 발견하고 치료를 했다. 처음에는 별문제 없으니 지켜보자던 의사가 근종의 크기가 커져서 아무래도 치료를 해야겠다고 말했을 때도 나는 아무렇지 않았다. 그건 내 나이 또래의 여성에게 흔한 일이었다. 암도 아니었고 개복을 해야 하는 일도 아니었다. 하지만 진영에게는 말하고 싶지 않았다. 그때는 진영과 헤어졌다가 다시 만나기 시작했을 때였는데, 내가 자기보다 한참 늙었고 그래서 훨씬 먼저 죽을 사람이라는 사실을 새삼 실감하고 달아날까봐 그랬다. 도무지가 말이 안 되는 추측이었는데도 그때는 그런 게 두려웠다.

이제는 그런 일로 진영이 떠나지 않을 거라는 사실을 잘 알고 있고 또한 이미 다 지나간 일이기 때문에 나는 옆에 앉은 진영을 바라보며 그 일에 대해 말했다. 그리고 덧붙였다. 몸이 다 늙어 없어지기 전에, 팔다리를 마음껏 움직일 수 있을 때 맨몸으로 자연 속에 뛰어들고 싶었던 모양이라고. 그저 몸만 써서 할 수 있는 짓을 해보고 싶었다고. 다만 치료받은 일을 말하지 않은 이유에 대해서는 걱정할까봐 그랬다고만 했다. 진영은 화를 냈다.

"그래도 말했어야지."

"뭐하러 그래. 별일도 아닌데 괜히 걱정하고. 마음 졸이고."

진영은 다시 또 담배 한 개비를 꺼내 물었다. 바람이 너무 많이 불어서 불을 붙이는 데 좀 애를 먹었다.

"마음 졸이게 했어야지."

"뭐하러."

"같이 졸이게 해줬어야지."

나는 더 할말도 없고 더 하고 싶지도 않아서 자리에서 일어났다.

"일어나, 그만 가자."

진영은 내 얼굴을 빤히 올려다보다가 자리에서 일어났다.

우리는 해변을 걸으며 투명한 돌을 주웠다. 오랫동안 파도에 휩쓸렸는지 아주 마모되어 이제는 작은 돌멩이처럼 동글동글해진 유릿조각이었다. 녹색인 것으로 보아 아마 소주병이었던 것 같았다. 물에 젖어 있을 때는 보석처럼 빛난다 생각했는데 물기가 다 마른 것을 보니 그저 유릿조각일 뿐이었다.

예쁘게 돌돌 말린 소라 껍데기도 주웠다. 비어 있는 줄 알았는데 게가 들어 있었다. 슬금슬금 나오려는 게를 살짝 건드리자 안으로 쑥 들어갔다. 조금 삐져나와 있는 앞발을 건드렸더니 그마저 들어갔다. 자꾸자꾸 들어갔다. 거기 숨을 데가 무한히 있다는 듯이. 그곳은 아주 캄캄하고 게의 몸에 꼭 맞는 장소일 것이다. 그래서 그 껍데기는 해변에 돌려주고 다른 소라 껍데기를 주웠다. 이번에는 아무것도 들어 있지 않아서 진영이 껍데기를 입에 가까이 대고 후후, 하고 입김을 불어넣었다. 그 소라 껍데기는 난생처음 보는 모양의 것이었기 때문에 다른 이름이 있을 것 같았지만 소라 껍데기라고 부르는 게 마음에 들었다. 그 이름에서는 파도 소리가 들리는 듯하니까. 그걸 간직하게 된다면 그걸 볼 때마다 이번 여름을 추억할 수도 있을 것이었다.

푸른색 라이터도 주웠다. 진영이 새 담배를 꺼내 물고 불을 붙이려고 몇 번 달칵거려보았지만 젖어서인지 불은 붙지 않았다. 결국 진영은 주머니에서 자신의 라이터를 꺼냈다.

일본어가 쓰여 있는 도기 파편도 주웠다. 한국에서 파는 물건일 수도 있지만 일본에서부터 해류를 타고 떠내려온 것이라 믿고 싶었다. 일본어를 읽을 줄 아는 진영이 아루요ぁるよ, 라고 쓰여 있다

고 알려주었다. 뭔가가 있다는 뜻인데 앞뒤가 다 떨어져나가고 우리가 주운 건 그 부분뿐이었으므로 무엇이 있다는 건지는 알 수 없었다. 물론 완전히 다른 문장의 일부분일 수도 있었다.

말라죽은 해마도 주웠다. 작아서 처음에는 해마인 줄도 몰랐다. 해마는 해변으로 밀려온 미역들 틈에서 발견했는데, 살짝 집었을 뿐인데도 부서져버렸다. 그래도 부서진 채로 주웠다. 주위에 이렇게 물이 많은데 어째서 말라죽었을까. 어쩌면 죽은 건 다른 이유 때문이고 죽은 후에 말라갔는지도 몰랐다. 나는 해마를 자세히 들여다보고 싶어서 얼굴 가까이 가져왔다. 바다 비린내가 났다. 썩고 있는 것에서 나는 불쾌한 냄새가 아니라 싱싱함이 느껴지는 살아 있는 비린내였다. 물론 해마는 오래전에 죽었으니까 그 냄새는 해마의 것이 아니었을 것이다.

해파리도 발견했지만 줍지는 않았다. 해파리는 파도가 밀려오는 곳에 축 늘어져 죽어 있었다.

"진영아, 이것 봐."

나는 발끝으로 해파리를 툭툭 건드렸다. 미끄덩한 촉감이 느껴졌다.

"그거 알아? 해파리는 영원히 살 수도 있어."

진영은 피식 웃었다.

"누가 생물 샘 아니랄까봐. 근데 아니잖아요."

"뭐?"

"얜 죽었잖아요."

"그렇긴 한데 영생이 가능한 해파리가……"

"여기 이렇게 죽어 있는데 무슨 영생 같은 소리야."

진영이 내 말을 툭 잘라서 나는 하려던 말을 삼키고 죽은 해파리만 내려다보았다. 영원히 늙지 않도록 하는 텔로머레이스를 가졌음에도 해파리는 죽어 있었다.

"근데, 정말 그렇게 생각해요? 나도 그랬으면 좋겠어?"

"뭐가?"

"만약 나한테 무슨 일이 생겨도 내가 아무 말 않고 있다가 모든 게 다 지나간 다음에 결과만 딱 알려주길 원하냐고."

나는 곰곰 생각해보지도 않고 "그래" 하고 대답했는데, 그뒤로 한참이나 진영이 입을 다물고 있었기 때문에 곰곰 생각할 시간이 나서 생각해본 다음에도 대답은 여전히 그래, 였다. 정말 그렇게 생각해서라기보다는 아무리 긴밀한 사이라고 해도 각자가 감당해야 할 문제가 있다고 믿었기 때문이었다. 서로 다른 두 사람이 모든 것을 공유할 수는 없었다. 나는 오랫동안 그런 식으로 문제를 해결해왔다. 다른 방식은 알지 못했다. 물론 병에 대해서는 말해야 했는지도 몰랐다. 하지만 난 정말 겁이 났었고 진영과의 관계가 끝나지 않기를 바랐기 때문에 내린 결정이었다. 병보다도 더 두려웠던, 그때 느낀 불안들을 들키고 싶지 않았다. 그것이야말로 나 혼자 감당해야 할 몫이었다.

"그게 훨씬 나을 때도 있다고 생각해."

"그럼 우린 끝이야."

진영은 담배꽁초를 모래사장 위로 던져버렸다.

"뭐?"

"그게 우리 결말이야. 아무것도 안 말해줄 거면 같이 있을 필요가 없잖아. 뭐하러 그러냐니. 이렇게 같이 있다는 기분이 안 들게 할 거면, 나를 보호하기만 할 거면, 도대체……"

진영은 손에 쥐고 있던 것들도 다 던져버렸다. 유릿조각과 소라 껍데기가 모래사장에 쿡쿡 박혔다.

"나를 뭐라고 생각하는 거야."

진영의 말이 파도처럼 밀려왔다. 그건 질문인 것도 같고 아닌 것도 같았다. 진영은 먼저 돌아가겠다며 나를 지나쳐갔다. 나는 잠시 멍하니 서 있었다. 손에 쥐고 있던 것은 어느샌가 모래사장 위로 다 흩어져버렸고 끈적끈적한 소금기와 모래만 남아 있었다. 진영의 뒷모습을 우두커니 보다가 정신을 차리고 손바닥을 탈탈 털었지만 모래가 완전히 다 털어지지는 않았다. 가만 들여다보니 아주 작은 모래 알갱이들이 반짝였다. 어쩌면 그건 완전히 잘게 부스러진 해마일지도 몰랐다. 도기 파편이거나 소라 껍데기일 수도. 나는 그것들을 마구 문질러 털어버렸는데 여행이 다 끝난 다음에도 모래 알갱이들은 문득 발견되었다. 깨끗하게 빨아 넌 옷자락에서, 가방에서, 신발에서, 눈가에서.

펜션 주차장에 도착했을 때 진영은 없었다. 남자에게 진영이 언제쯤 떠났느냐고 물었더니 바로 조금 전이라며, 지금 가면 따라잡을 수 있을 거라고 했다. 내게는 나대로의 결론이 있었기 때문에 진영을 꼭 붙잡아야만 했다.

시동을 걸면서 진영에게 할 말들을 연습했다. 마냥 듣기 좋은 얘기들은 아니었다. 하지만 그 말들을 모두 전하고 나면 되돌릴 수 있을 것이라고 믿었다. 아직 기회가 남아 있다고. 나는 손바닥에 배어나는 땀을 허벅지에 문질러 닦아가면서 진영이 보일 때까지 천천히 차를 몰았다. 비포장도로가 끝나고 국도가 나오도록 진영은 보이지 않았고 갈림길이 나왔을 때에야 뒤늦게 진영에게 전화를 걸었지만 폰은 꺼져 있었다. 나는 순전히 운에 맡기며 차를 몰았지만 진영의 모습은 보이지 않았다. 진영은 어디에도 없었다.

진영이 내린 결론에 대해 나는 어떤 말도 할 수 없다는 깨달음이 그제야 닥쳐왔다. 그게 내가 좋다고 말한 방식이었기 때문이다.

*

나는 우리가 나체로 수영할 만한 한적한 해변을 하나 알고 있다고 여자친구에게 말하지 않았다. 오래전에 그럴 목적으로 전 여자친구와, 그러니까 진영과 찾아간 적이 있다는 말도 하지 않았다. 막상 갔을 때는 추워서 걷기만 하다가 돌아왔다는 이야기도 당연히 할 수 없었다. 그뒤로 진영과 두 번 더 만나기는 했지만 아무것도 되돌릴 수 없었다는 말은 더더욱.

여자친구가 그곳을 발견해냈다. 남해안에 있는 한적한 펜션, 사람이 많지 않은 작은 해변, 몇 가지 검색어를 입력하자 그곳이 나왔다. 하지만 우리가 떠날 수 있는 기간에는 이미 예약이 다 차 있었다.

"여기 정말 딱인데."

그 말에 나는 무심코 그렇다고 동의할 뻔했지만 다시 그곳에 가고 싶지 않았으므로, 너무 작은 해변이라 관리가 제대로 되고 있을지 의문이라고 말했다. 해수욕을 즐기던 우리가 혹시라도 위험에 빠졌을 때 우리를 구하러 올 안전요원들도 없을 것 같다고 말이다. 사진으로는 깨끗해 보이지만 이런 곳엔 으레 해양 쓰레기들이 밀려오게 마련이라고, 막상 가보면 냄새나고 더러울지도 모른다고도 했다. 그렇게 마구 말해놓고는 내뱉은 말들이 후회돼서 또 덧붙였다.

"물론 아닐 수도 있지."

"그래, 안 가보고 어떻게 알아."

그래서 우리는 다음 여름에는 일찌감치 예약을 해서 꼭 그곳에 가보기로 했다.

눈을 감으면 이다음 해 여름의 풍경이 희미하게 일렁거리는 것을 볼 수 있다. 미래에 할 일들을 계획하다보면 그 여름은 이미 다 지났고 내가 지금 하고 있는 일이란 그 여름을 추억하는 것뿐이라는 생각이 든다.

우리는 수영은 못하고 해변을 걷기만 하다가 돌아올지도 모른다. 아무리 여름이래도 밤의 바다는 추울 테고 일 년 사이 더 늙어 있을 우리에게 호기나 오기 같은 건, 충동적인 농담 같은 건 남아 있지 않을지도 모른다.

대신 우리는 함께 해변을 걷다가 쓸모없는 것들을 잔뜩 주울지도 모른다. 예쁜 소라 껍데기를 하나 주워올 수 있을지도 모른다. 주워온 소라 껍데기를 서랍 속 상자에 잘 넣어두었다가 생각날 때마다 한 번씩 꺼내 귀에 갖다대고 파도 소리를 듣고 또 서로에게 들려줄 수 있을지도 모른다.

우리는 해변을 거닐다 충동적으로 바다에 뛰어들지도 모른다. 해는 쨍쨍하고 구름도 한 점 없어 땀을 삐질삐질 흘리며 더위에 시달리다 내린 결정일 것이다. 마침내 우리는 바다에서 알몸으로 수영을 한다. 파도에 몸을 맡긴 채 해변에서 점점 멀어지다가 다시 팔다리를 내저으며 해변에 가까워진다. 소금물에 젖은 등짝이며 목덜미가 햇볕에 바짝바짝 타는 것을, 발끝에 닿는 차가운 물을 뼈저리게 느낄 것이다.

여자친구는 입속으로 왈칵 들어온 바닷물을 뱉어내고 숨을 몰아쉬면서 "그런데 왜 다 벗고 수영을 하고 싶었어?" 하고 물어볼 것이다. 물에 젖은 여자친구의 머리칼과 속눈썹이 아주아주 검다. 푸른 수면 아래로 여자친구의 흰 팔다리가 움직이는 것이 보인다.

몸뚱어리의 윤곽이 물렁하게 일그러진 것만 같지만 손을 뻗어 만져보면 몸은 곧게 이어진 채 그곳에 있다. 그게 안심이 된다. 차가운 바닷물에 오래 머문 살결은 더 탄탄하게 느껴진다. 나는 대답할 말을 가다듬고 싶어서 숨을 한 번 크게 들이쉬고 잠수했다가…… 아니다. 그 질문은 그때까지 남아 있지 않다. 뭐하러 그러냐니. 그런 물음도 물론 없다.

우리는 아무 말도 없이 오래오래 한가롭게 수영을 한다. 힘이 다 빠져버리기 전에 헤엄쳐 해변으로 돌아온다. 모래사장에는 우리가 벗어놓은 옷들이 놓여 있다. 우리는 머리끝에서부터 뚝뚝 떨어지는 바닷물을 닦고 옷을 챙겨 입는다. 그리고 잠깐 그대로 따끈한 모래에 맨발을 파묻고 서서 이다음 여름에는 무얼 할지 이야기한다. 그것들은 실현될 수도 있고 안 될 수도 있지만 당장은 모든 게 실현될 것처럼 말한다. 그럼에도, 어쩌면 그 때문에, 그에 대해 떠들어대는 일은 희한한 기쁨을 준다.

우리가 해변에서 주운 쓸모없는 것들은 이제 모래바람에 파묻히고 없다. 물론 완전히 없는 것은 아니지만 예전에 우리가 모아둔 방식으로는 더이상 없다. 우리는 커다란 비치 타월을 함께 뒤집어쓰고 해변을 떠난다. 천천히. 아직 오지 않은 날 쪽으로.

굴 드라이브

버스가 속도를 늦추며 모퉁이를 도는 게 느껴져 잠에서 깼다. 김이 서린 차창을 커튼으로 슥슥 닦아 밖을 보니 잠들기 전과는 풍경이 완전히 달라져 있었다. 좁고 구불구불한 도로와 전깃줄이 복잡하게 얽힌 전신주들, 낮고 낡은 건물들 너머로 보이는 바다. 푸른 바다에는 흰색 스티로폼 부표가 열을 지어 둥둥 떠 있었다.

"어, 이제 거의 다 왔다. 네 시간은 너무 먼 거리라니까. 마중나올 거가?"

내 옆자리에 앉은 여자가 누군가와 통화하는 소리에 나는 속으로 동의를 했다. 맞아요, 네 시간은 너무 멀죠. 한편으로는 네 시간 정도면 국내 어디든 닿을 수 있다는 점이 안심되기도 했다. 아무리 멀어도 한나절이면 못 갈 곳이 없는 것이다. 아침에 마음을 먹고 정오에 출발하면 저녁에 다른 도시에 도착해서 아침에 있었던 곳을 깡그리 잊을 수 있다. 하지만 돌아가는 길 역시 그만큼 가깝다. 멀리 가도 아주 멀리 가지는 못한다.

삼촌이 내게 전화를 걸어와 좋은 일자리가 있는데 면접을 한번 보겠냐고 물은 것이 이틀 전이었다. 처음에는 농담인 줄 알았다. 고향에는 조선소 쪽 말고는 일자리가 거의 남아 있지 않았기 때문이었다. 내가 출향을 결심한 것도 그래서였다. 할일이 없었기 때문에. 나도 한때는 용접을 배워 조선소에 취직해볼까 생각했었다. 마침 근처 취업 지원 센터에서 여성을 대상으로 하는 무료 용접 강좌가 열려 좋은 기회라고 생각했지만, 삼촌과 결혼하기 전에 조선소에서 일한 적 있는 숙모가 나 같은 사람은 절대 조선소 문화에 적응할 수 없을 거라며 필사적으로 만류했다. 나 같은 사람이 뭔지, 조선소 문화가 어떤 건지 몰랐지만 숙모와 대화를 나누고 왜인지 나는 수긍했다. 어쩌면 내게는 다행한 일이었는지도 모른다. 그뒤로 조선소 경기가 점점 나빠져 휴가를 무급으로 가거나 이른 퇴직을 하는 사람이 많아졌으니까. 나 같은 사람은 어찌어찌 적응하며 다녔다 해도 방출 일순위가 되었을 것이다.

조선소 경기가 나빠지자 도시를 떠나는 사람도, 빈집도 점점 많아졌다. 그런 마당에 제대로 된 일자리가 있을 리 만무했다. 삼촌에게 어떤 일이냐고 물어도 제대로 대답은 해주지 않고 일단 한번 내려오라고 했다. 거의 하는 일도 없이 월 삼백은 거뜬하다며. 그래서 당연히 농담이라고 생각했다. 그런 일자리라면 삼촌이 하면 될 거 아니냐고 빈정거렸는데 나이 제한이 있어 자기는 할 수 없다고, 젊은 사람이 필요하다고 했다. 나는 서울에서 이런저런 사무직을 전전하다가 최근 삼 년은 일 년씩 계약을 연장하며 한 회사에 다녔다. 하지만 그마저도 지난달에 계약이 종료된 상황이었다. 나는 계약이 더는 연장되지 않은 이유가 회사에서 젊은 사람을 원하기 때문이라는 것을 회사에서 올린 채용 공고를 보고 알았다. 내가 쌓은 경력이 능력으로 인정받기보다 급여를 계산하거나 일을 시킬 때 걸림돌이 될 뿐이라는 것도. 그래서 어쩌면 삼촌의 그 말에 조금 솔깃했는지도 몰랐다. 서울에서는 채용 시장에서 밀려나는 늙은 사람 취급을 받는데, 고향에 내려가면 젊은 사람으로 여겨진다는 것에. 어차피 회사도 그만뒀으니 바람도 쐴 겸, 오랜만에 가족도 볼 겸 고향에 다녀오자고 마음먹었다.

고속버스에서 내려 올라탄 시 외곽행 시내버스에는 밤늦게 이곳에 도착한 나와 금요일 밤을 즐기다 귀가하는 듯 보이는 세 명의 동남아계 남자뿐이었다. 한참을 달리던 중 내 뒤에 앉은 한 명이 내 어깨를 툭툭 치길래 돌아봤더니 그가 술냄새를 풍기며 "누나, 우리집에 안 갈래?" 하고 말을 걸었다. 따로 떨어져 앉아 있던 일행이 나를 쳐다보며 낄낄거렸다. 나는 대꾸를 하지 않고 고개를 돌렸다. 버스 기사가 백미러로 나를 보더니 "다음에 다 내릴 겁니다" 하고 외쳤다. 그뒤에도 남자는 내게 "가자, 가자" 계속 말을 붙였지만 다행히 버스 기사의 말대로 다음 정류소에서 모두 내렸다. 그들은 버스에서 내려서도 나를 향해 손을 흔들어댔다. 참다 못한 내가 가운뎃손가락을 들어 보였더니 배를 잡고 상체를 크게 흔들며 웃었다. 어떤 식으로든 모욕을 주고 싶었는데 오히려 웃겼던 모양이다. 버스가 잠시 정차해 있는 산비탈 아래로 공장지대가 보였다. 불이 켜진 데가 거의 없어 아주 캄캄했다. 아마 그 근방에 숙소가 있을 것이다. 나는 남자들이 어둠 속으로 거리낌없이 걸음을 옮기는 모습을 눈으로 좇았다. 버스 기사가 나를 흘끔거리며 말했다.

"그러니까 이렇게 늦게 다니면 안 되지."

그러면서 버스 기사는 내게 어디에서 내리느냐고 물었다. 나는 그런 걸 알려주고 싶지는 않았지만 고분고분 대답을 해주었다. 버스에서 내릴 때는 "안녕히 가세요" 인사까지 했다. 살을 엘 듯한 거센 바닷바람이 실어오는 비릿한 냄새를 맡으면서 고향은 한 번도 나를 환영한 적이 없다는 사실을 새삼 떠올렸다.

집에 도착했을 때는 자정이 가까운 시간이었다. 아직 저녁을 먹지 않았다고 하니 엄마가 야참을 차려주었다. 김장김치와 보쌈이었다. 최근에 김장을 했다고 했다.

"좀 일찍 올 걸 그랬나? 김장도 돕고."

"됐다. 많이도 안 하는데 괜히 걸리적거린다."

엄마는 맞은편에 앉아 내가 먹는 모습을 물끄러미 바라보았다. 굴을 넣고 무친 겉절이를 씹으니 고향에 와 있다는 게 실감났다.

"삼촌이 왜 오라 했는지 아나? 좋은 일자리가 있다던데."

"얘기 안 해주더나?"

"안 하던데."

"결혼하라고."

"뭐?"

"좋은 남자가 하나 있단다."

그 말에 나는 폭소를 터뜨렸다. 너무 크게 웃어서 안방에서 자고 있던 아빠가 잠에서 깨어 팬티 차림으로 나왔다. 아빠는 나를 보고 언제 왔냐고 물었다.

"아빠, 안녕."

딱히 대답이 궁금했던 것은 아니었는지 아빠는 화장실에 갔다가 다시 안방으로 들어갔다.

내가 대학생이었을 때 엄마는 나에게 결혼 같은 건 하지 않아도 된다고 말했었다. 다만 혼자 멀끔하게 잘 살려면 경제력을 꼭 갖추어야 하니 좋은 직장을 구해야 한다고 했다. 하지만 나는 무척 결혼을 하고 싶어하는 사람이었고 엄마에게 사귀는 남자가 있다고도 말했었다. 이상하게도 엄마는 그 남자를 집에 한번 데려오라는 말을 하지 않았다. "안 궁금하나?" 물으면 귀찮게 뭣 하러 서울에서 여기까지 오냐고, 둘이 잘 만나고 있으면 됐다고 했다. "사진이라도 보여줄까?" 물어봤을 때는 "어디 보자" 하긴 했는데, "싫어, 안 보여줄래" 하고 말을 바꾸니까 "싫음 말고" 하고 그냥 넘어갔다. 엄마는 내가 싫다는 것은 강요하지 않았다. 중학교 때는 내가 공부하는 게 싫다고 하자 그럼 뭘 하고 싶은지 물었다. 그런 건 없다고 하니 어쩌냐, 사람이 자기 밥벌이는 하고 살아야 하는데, 하면서 전에는 시킨 적 없던 집안일을 시켰다. 하고 싶은 걸 찾을 때까지 엄마가 가르쳐줄 수 있는 거라곤 그것뿐이라고 말이다. 그건 당연히 앉아서 공부만 하는 것보다 힘들어서 나는 다시 공부를 하겠다고 선언했다. 불행히도 공부에는 별로 재주가 없었다. 어찌어찌 대학에 가기는 했지만 나를 멀끔하게 잘 살게 해줄 경제력은 갖추지 못했다. 뭐든 늦된 편이라서 잘하는 걸 찾기까지, 멀끔해지기까지 남들보다 시간이 좀 걸릴 거라고 생각하긴 했었는데 영영 못 찾을 수도 있다는 생각은 해보지 않았다. 그런 깨달음조차도 좀 늦된 편이었다.

다음날 아침 일찍 삼촌에게 전화를 걸었다. 혹시나 하고 기대했던 내가 바보 같았다. 이 촌 동네에 나를 위한 월 삼백짜리 일자리가 있을 리 없었다. 삼촌이 말한 일자리가 결혼을 말하는 거냐고 묻자 삼촌은 순순히 그렇다고 하면서도 지금은 통화하기 곤란하니 나중에 전화하라고 했다.

"진짜 다음부터는 이런 일로 오라 가라 하지 마라. 짜증나니까."

"나 노로바이러스 걸렸다. 나 말고도 꽤 걸렸어."

거짓말을 한 것에 대해 사과하는 대신 병에 걸렸다는 이야기를 하는 게 짜증나서 "뭐? 양식장 관리를 얼마나 거지처럼 했으면"이라고 쏘아붙이자 삼촌이 똥 싸러 가야 한다고, 오늘만 벌써 네번째 가는 거라고 말하면서 울었다. 진짜로 울었는지 그 비슷한 소리만 낸 건지는 알 수 없었다. 삼촌은 이곳에서 작게 굴 양식업을 하고 있었다. 제법 잘되는 편이었다. 봄이면 조가비를 길게 엮은 줄을 바닷속에 늘어뜨려 굴의 유생이 조가비에 들러붙게 했다. 그걸 부표에 매달아놓으면 굴은 알아서 잘 자랐고 알이 굵게 자라면 거둬들였다. 굴을 까는 일은 동네 아줌마들의 몫이었다.

통화를 마치고 나는 이불 속에 누워 스마트폰만 만지작거렸다. 아빠는 소파에 앉아서 남동생이 사줬다는 태블릿 피시로 바둑을 뒀고 엄마는 티브이를 봤다. 단열이 잘 안 되는 단층 주택이라 이불을 덮고 있는데도 좀 추웠다.

숙모에게서 전화가 걸려온 것은 정오쯤이었다. 스마트폰을 들여다보는 것도 좀 지루해지던 차였다. 어쩌면 내게 남자를 주선하려던 사람은 숙모였는지도 몰랐다. 그래서 그 일 때문에 전화를 걸었나 했는데, 내가 그 남자를 만날 리가 없다는 것을 눈치챘는지 그에 대해서는 아무 말도 하지 않고 공장에 와서 일 좀 도와주면 안 되겠냐고 물었다. 무슨 일이냐고 물으니까 삼촌이 배달하기로 되어 있던 굴들을 배달하는 일이라고 했다.

"그냥 택배 쓰죠?"

"딴 지역으로 나가는 건 다 택배 쓰는데 여기 근처는 원래 삼촌이 직접 갖다줬거든. 아파트에 단체 주문 많아서 그냥 단지 앞에 트럭 세워놓고 쭉 돌리면 돼. 별로 힘 안 들어. 부탁 좀 할게. 지금 일손이 너무 달려서 그래. 알바비 많이 챙겨줄게. 일종 보통 맞지?"

면허증을 딸 때 빼곤 트럭을 몰아본 일이 없었지만 어쨌든 나는 그 일을 하기로 했다.

"근데 이번에 배달하는 굴은 괜찮은 거예요? 삼촌도 그렇고 다들 노로바이러스로 난린 거 같던데."

"괜찮으니까 배달하지. 또 탈 나면 공장 망한다. 그럼 부탁할게. 지금 바로 공장으로 와."

전화를 끊고 바로 나갈 채비를 하니 엄마가 어디 가느냐고 물었다.

"삼촌 공장에."

"예쁘게 하고 가."

"일하러 가는 거야."

그 남자를 만나러 가는 줄 알았는지 엄마는 내가 자초지종을 설명하자 가지 말라고, 오랜만에 내려와서 쉬고 있는데 뭐 그런 걸 시키냐고 말렸다.

"너무 심심해서 그래. 나갔다 올게. 근데 엄마, 옛날에는 나 결혼 같은 거 안 해도 됐잖아."

"대신 돈 많이 벌라고 했지."

그렇게 말하니 또 할말이 없었다.

"암튼 갔다 올게."

얼른 인사를 하고 현관을 나서는데 찬바람이 훅 불어와 문을 쾅 닫아버렸다. 안에서 아빠가 엄마에게 뭐라 말하는 소리가 들렸지만 정확한 내용은 알 수 없었다.

나는 옷깃을 여미고 공장 쪽으로 향했다. 바닷바람을 맞으며 이십 분쯤 걸어야 했다. 따로 버스가 다니는 길도 아니고 택시는 오는 데만도 한참 걸리는데다 콜 비용을 따로 챙겨줘야 하니 걸어가는 게 제일이었다. 아빠 차를 타고 갈까도 생각했는데 길이 좁고 구불구불해 혹시나 마주 오는 차라도 있으면 낭패였다. 걸은 지 몇 분 안 돼서 후회가 됐다. 고향은 서울보다 한참 남쪽에 있어서 평균온도는 늘 몇 도 높았지만 겨울에 이 바닷바람을 맞으면 그런 숫자는 무의미해졌다.

공장에 도착하니 직원 셋이 나와 나를 맞아주었다. 육칠십대쯤으로 보이는 여자 둘과 그중 더 키가 큰 쪽의 며느리라는 필리핀 여자였다. 숙모는 보이지 않았다. 키 큰 여자가 물었다.

"배달하러 온 거 맞지요?"

내가 고개를 끄덕이자 그녀는 같이 짐 좀 나릅시다, 하고 나를 공장 안으로 이끌었다. 안에는 볼이 빨개진 채로 패딩 조끼를 껴입고 굴을 까고 있는 사람이 다섯 명 더 있었다.

"근데 다들 노로바이러스에 걸렸다던데 괜찮으신가요?"

내 질문에 그중 한 사람이 나를 흘긋 쳐다봤다.

"사장 조카래."

나를 안내해준 여자가 말하자 그 사람이 퉁명스럽게 대꾸했다.

"도대체가 이 비린 걸 왜 먹지."

"안 좋아하세요?"

"안 좋아하지. 이걸 어떻게 먹을까 늘 궁금했어."

사방이 비린내로 가득한 동네에 살면서 굴이 비려서 싫다는 여자가 굴을 까고 있었다. 작업대에는 그녀가 까놓은 굴이 잔뜩 있었다. 굴은 흐물흐물해서 싱싱한 건지 상한 건지 잘 가늠이 안 됐다. 다른 사람들이 굴을 까는 동안 필리핀 여자는 말없이 트럭으로 스티로폼 상자를 옮겼다. 나도 함께 상자를 날랐다. 트럭에 다 실은 다음에는 다 같이 모여 믹스커피를 한 잔씩 타 마셨다.

"이제 출발하면 되나요?"

"어디로 배달하는지는 알고 가야지. 좀만 기다려요. 반장이 와서 알려줄 테니까."

키 큰 여자가 무심하게 대꾸했다.

반장이라는 사람은 삼십 분이 지나서야 나타났는데 내가 아는 사람이었다. 그녀도 나를 알아봤는지 눈이 동그래져서는 "너,

너!" 하고 외치다가 "반갑다, 친구야" 하며 손을 내밀었다. 그런 환영이 반갑기도 했지만 우리가 고등학교에 다닐 때 사이가 좋았던 것은 아니어서 떨떠름하기도 했다. 반장은 그때도 반장이었다. 그래도 그 시기로부터 시간이 제법 흘렀고 무엇보다 반장이 내민 손을 모르는 척할 수 없어 나도 마주잡았다. 따뜻한 데에 있다가 왔는지 손에서 온기가 전해져와서 바닷바람을 맞으며 일한 내 손이 얼마나 차가운지 절절히 느껴졌다.

"맞다. 여기 너네 삼촌 공장이제. 니는 서울에서 무슨 강의한다더니."

그건 벌써 몇 해 전 일이었다. 나에 대한 정보가 거의 업데이트 되지 않았다는 사실이 다행스러웠다. 나는 크게 부정도 긍정도 하지 않고 반장의 근황으로 화제를 옮겼다. 반장은 첫애가 내년 봄에 초등학교를 들어간다고 했다. 아이를 낳았다는 얘기를 소문으로 듣긴 했지만 벌써 그만큼 컸다니 놀라웠다. 나는 이야기가 다시 내 쪽으로 돌아오지 않도록 또다시 질문을 했다. 다행히 배달을 하러 떠나야 했기 때문에 오래 이야기를 하지 않아도 되었다. 반장은 차 키를 건네면서 필리핀 여자의 어깨를 툭툭 쳤다.

"여기 미셸이랑 같이 가면 돼."

이미 이야기가 되어 있었던 듯 미셸은 자연스럽게 조수석에 올라탔다. 반장은 일 끝나면 저녁에 맥주나 한잔하자고 했다. 나는 그러자고 고개를 끄덕이면서도 나중에 거절할 말들을 떠올려보

왔다.

숙모의 말대로 일은 크게 어려울 게 없었다. 오랜만에 드라이브를 하는 기분마저 들었다. 고향에는 명절 때만 왔는데, 막상 내려와서도 마음의 여유가 없어서 어딜 갈 생각은 못했다. 차례를 지내고 아이들에게 용돈을 좀 쥐여준 뒤 도망치듯 서둘러 서울로 올라왔다. 힘들고 지칠 때 고향을 찾아가 마음의 평안을 얻는다는 식의 말을 나는 한 번도 믿은 적이 없었다. 어떻게 그런 게 가능할 수가 있을까. 하지만 이번의 드라이브는 내게 평안 비슷한 것을 주었다. 내게도 고향의 어떤 점들은 좋은 추억으로 남아 있다는 걸 일깨워주었던 것이다. 그게 무엇인지 정확히 설명할 수는 없었는데 어쩌면 이런 호젓함인지도 몰랐다. 나는 규정 속도를 지켜 달리면서 가야 할 곳들을 방문했다. 대개 아파트 단지였다. 경비원에게 방문 목적을 밝혔을 때 굴 상자를 모두 관리실에 두고 가라는 곳도 있었고, 집집마다 방문해야 하는 경우에도 미셸이 거의 모든 일을 순식간에 해치워서 내가 할 게 별로 없었다. 나는 짐을 내리기 좋은 곳에 트럭을 갖다대기만 하면 됐다. 그리고 다음 목적지로 가는 동안 드라이브의 기분을 만끽하는 게 할일의 전부였다.

마지막 배송지를 남겨두었을 때 미셸이 물었다.

"그거 아세요?"

내가 대답할 틈 없이 미셸이 바로 말을 이었다.

"암컷 굴 한 마리는 수천만 마리의 알을 낳아요."

그녀는 굴이라는 동물이 너무 이상해서 인터넷에서 찾아본 적이 있다고 했다. 딱딱한 껍데기 속에 그 흐물거리는 몸이라니.

"알에서 나온 새끼들은 바다를 헤엄쳐요. 붕붕 떠다녀요. 붕붕, 붕붕."

그녀는 막 의태어를 배운 아이처럼 붕붕을 몇 번이나 반복해서 말했다. 그 발음이 재밌다고 생각하는 것 같았다. 양손으로 물결 모양을 만들며 계속 붕붕거렸다.

"그때는 아주 작아요. 아주, 아주."

"얼마나 작은데요?"

"아주. 바닷물을 떠서 봐도 안 보일 만큼. 그리고 몇 차례나 변해요."

굴이 수천만 마리의 알을 낳는 장면도, 굴 유생이 변태를 거치는 과정도 머릿속에 잘 그려지지 않았다. 나는 그녀가 이런 사실들을 다 찾아보았다는 것과 그것들을 다 기억하고 있다는 것이 신기했다. 나라면 금세 다 까먹었을 것이었다.

"그리고 붙어서 살 곳을 찾아요."

부유하던 굴 유생들이 어느 날 정착을 결정한다.

"그리고 살아요."

"그렇군요."

"그리고."

마지막으로 그녀는 집게손가락을 들어 트럭 뒤쪽을 가리켰다. 우리가 배달중인 굴 상자가 있는 곳이었다. 나도 모르게 웃음이 터져나왔다. 미셸도 덩달아 웃어서 우리는 같이 한참 웃었다.

언덕길을 지나다 경치가 좋은 공터를 발견했을 때에는 미셸에게 잠깐 쉬었다 가자고 말한 후 차를 세우고 내렸다. 고등학교를 다닐 때 자주 지나던 곳이었지만 한 번도 들어가본 적은 없었다. 물론 그런 곳들은 아주 많았다. 안다고 생각하는데 사실은 전혀 알지 못하는 곳. 언덕이라 바람이 더 세게 불었지만 공기가 쾌청해 콧속이며 머릿속, 가슴속까지 시원해지는 기분이었다. 시야를 가리는 것 없이 탁 트인 전망도 마음에 들었다. 건너편으로 바다가 보였다. 시커멀 정도로 짙은 바다에 작은 섬이 몇 개 떠 있었고 조그만 고깃배가 파도를 가르며 지나고 있었다. 햇빛을 받은 물결이 희게 반짝거렸다. 어쩌면 별것도 아닌 그 풍경을 한참 바라보았다. 오래 바라보고 싶은 풍경과 마주하는 게 참으로 오랜만이었다.

일은 오후 다섯시가 안 되어 끝났다. 나는 반장에게 전화를 걸어 배달을 다 마쳤다고 알렸다. 반장은 고생했다고 할 뿐 다른 말은 덧붙이지 않고 전화를 끊었다.

오늘의 일은 모두 끝났다는 생각으로 미셸과 한담을 나누며 느긋하게 공장을 향해 차를 몰았다. 미셸은 결혼한 지 일 년이 조금 넘었다고, 아직 아이는 없다고 했다.

"서울 삽니까?"

"네, 서울에 살아요."

"저도 서울 가고 싶어요."

"안 가봤어요?"

"네, 한국 올 때도 김해로 왔어요."

"한번 놀러가자고 해요."

"바빠서 안 된다고 합니다."

미셸의 대답을 들으며 나는 내가 눈치가 없는 편이라는 것을 새삼 깨달았다.

"제 친구는 호텔에서 노래를 불러요. 저도 노래 잘 부릅니다."

노래를 청하자 미셸은 망설이지 않고 목을 가다듬더니 노래를 부르기 시작했다. 〈문 리버〉였다. 한 소절을 듣자마자 미셸이 왜 망설이지 않았는지 알 수 있었다. 머릿속에서 절로 '아름답다'는 단어가 떠올랐다. 트럭은 아무것도 경작되지 않은 겨울의 황량한 논밭을 지나고 있었다. 아름다운 노래가 더해지자 그 풍경도 다 그럴듯한 사연이 있는 것처럼 보였다. 노래가 끝났을 때 나는 박수를 쳤다.

"동네에서 인기 많겠어요."

"글쎄요."

그 말을 하고 그녀는 왠지 시무룩해졌다. 나는 한 곡 더 청하고 싶었지만 어째선지 말을 꺼내기가 미안했다.

"서울에는 언제 갑니까?"

"내일 저녁요."

"나도 데려가세요."

"네?"

나는 깜짝 놀라 그녀를 돌아보았다. 그 말이 완전히 진심인 것처럼 들렸기 때문이다.

"농담이에요. 앞에 보세요."

미셸은 농담이라며 웃어넘겼다. 농담이라는 말은 참 간편하다. 모든 말들을 금방 가볍게 만들어버린다.

공장에 거의 다 왔을 때 그녀는 그 부근 사거리에서 차를 세워달라고 했다.

"집이 이 근처입니다. 여기서 걸어가면 돼요."

"바람이 찬데요. 집 앞까지 데려다드릴게요."

그녀가 조금 걷고 싶다며 한사코 사양해서 나는 횡단보도 앞에 차를 세웠다. 미셸은 내게 인사를 한 후 차에서 내려 걷기 시작했고 나는 금세 그녀를 앞질러갔다.

저녁에 반장에게서 전화가 왔다. 아까는 공장에 갑자기 주문이 밀려와 금방 끊어야 했다며, 이제 퇴근했는데 낮에 말한 대로 한 잔하지 않겠냐는 것이었다. 몇 시간 전만 해도 나는 반장이 술을 마시자고 하면 어떻게든 핑계를 대고 거절할 작정이었지만 집에 돌아와 엄마의 잔소리를 듣던 중이었으므로 얼른 승낙했다.

"어디서 볼까?"

"괜찮으면 우리집으로 올래? 어디 가봤자 돈만 비싸고 시끄럽고."

"남편은 괜찮대?"

그렇게 물은 것은 내가 괜찮은지를 가늠할 시간을 벌기 위해서였다. 집까지 찾아갈 만큼 잘 아는 사이도 아닌데 이렇게 냉큼 초대를 받아들여도 될까? 십여 년 만에 보는 건데? 내 질문에 반장은 웃으며 괜찮다고 했다. 그 웃음소리를 들으니 집으로 오라는 게 아이 때문일지도 모르겠다는 생각이 들었다.

"치킨 시켜놓을 테니까 올 때 맥주만 좀 사올래? 또 먹고 싶은 거 있어?"

"아니, 치킨이면 돼."

나는 아빠 차를 빌려 반장의 집으로 향했다. 가는 길에 동네 마트에 들르려고 했는데 막상 도착한 마트는 문이 닫혀 있었다. 꽤 오래 방치된 듯 폐허 분위기가 났다. 확장 이전을 했는지 경영 악화로 폐업을 한 건지 알 수 없었다. 반장이 산다는 아파트 단지 근처까지 가서야 문을 연 마트가 보였다. 캔맥주 여섯 개와 아이에게 줄 과자를 샀다. 요즘 애들이 뭘 좋아하는지 몰라 좀 고민하다가 마침 엄마에게 과자를 사달라고 조르는 아이가 보여 아이를 따라서 샀다. 한라봉을 싸게 팔고 있어서 그것도 한 상자 샀다.

아파트 단지는 바다에서 좀 떨어진 시내에 있었다. 단지 입구에서 경비원에게 동과 호수를 말하니 주차할 곳을 일러주었다. 지하 주차장에 차를 세우고 엘리베이터를 타고 올라가면서 나는 반장을 조금 부러워했다. 지방이니까 집값이 싸긴 하겠지만 그래도 이삼억은 있어야 살 수 있는 신축 아파트였다. 분양을 할 때 아빠가 전화를 걸어와 주택 청약 통장이 있느냐며 나에게도 한번 신청해보지 않겠느냐고 물었다. 나는 고향에 내려와 살 생각이 전혀 없었기 때문에 거절했다. 학창시절에도 반장을 부러워했었다. 호쾌한 성격에 별로 공부를 열심히 하지도 않는 것 같은데 늘 상위권이던 성적, 원어민 선생도 칭찬했던 영어 발음, 백 미터 달리기에서 매번 일등을 하던 것…… 나열하자면 끝이 없을 듯했다. 하지만 반장은 대학을 가지 않고 고향에 남아 얼마 안 돼 결혼을 하고 아이를 낳았다. 반장을 아는 사람들 모두가 그 선택을 의아하게 여겼다. 그런 이야기는 다 다른 사람들에게 전해들었기 때문에 자세한 사정은 알 수 없었다. 소문은 진짜 중요한 이야기는 빼놓고 금방금방 퍼지니까. 반장과 친하지 않았으니 반장이 결혼하거나 아이를 낳았을 때 따로 축하의 말을 건넨 적도 없었다. 친하지 않았을 뿐 아니라 나는 반장을 싫어했다. 반장이 나를 싫어했기 때문이었다.

초인종을 누르자 안에서 누가 우다다 달려오는 소리가 들렸다. 문을 열어준 사람은 반장의 딸이었다.

"안녕하세요."

"안녕, 이름이 뭐야?"

"민정이요."

"그래, 난 엄마 친구 동희야. 반갑다."

민정과 악수를 하는데 반장이 앞치마를 한 채 나타나서 웃었다.

"무슨 애랑 인사를 그런 식으로 하노?"

"치킨 시킨다더니 뭐 만들어?"

"생각해보니까 진짜 오랜만에 보는 건데 배달 음식만 먹기 그래서."

나는 캔맥주와 과자가 담긴 비닐봉투를 식탁 위에 올려놓았다.

"맥주는 냉장고에 넣어둘까?"

가스레인지 앞에 가서 선 반장은 내 쪽을 돌아보더니 응응, 했다.

"먼저 마시고 있어도 되고. 근데 맥주만 사오라니까 뭘 또 사왔노. 술은 그거 갖고 되려나? 많이 안 마시나보네."

"더 사올까? 요 앞에 마트 있던데."

"이따 부족하면. 앉아 있어라. 집 구경해도 되고."

"도울 건 없나?"

"다 했다."

나는 코트를 벗어 식탁 의자에 걸어두고 천천히 집안을 둘러보았다. 방바닥도 따뜻하고 전망도 좋았다. 십삼층 높이의 발코니에서 바깥 풍경을 보고 있자니 그때 분양 신청을 해봤어도 좋았겠다

는 생각이 들었다. 물론 가점을 받을 일이 없는 내가 당첨될 확률
은 낮았겠지만.

 민정은 뭘 하는지 방에 들어가 나오지 않았다. 내가 가져온 과
자에도 별 흥미가 없었다. 나는 거실 소파에 앉아 티브이를 켜보
았다. 오래전 싫어했던 사람의 집에 앉아 리모컨으로 채널을 돌리
고 있다는 사실이 문득 어색하고 불편하게 느껴졌다. 집에 오지
말았어야 했는데. 적어도 한두 시간 동안은 여기에 있어야 한다고
생각하니 피로가 몰려왔다. 빨리 집에 가고 싶은 마음뿐이었다.

 "와서 수저 좀 놔주라. 근데 선보러 왔다는 거 진짜가?"

 나는 소파에서 일어서며 인상을 썼다. 역시나 이 동네는 소문이
빨랐다. 나를 부른 이유도 소문낼 만한 이야깃거리를 듣고 싶어서
가 아니었을까 하는 데에 생각이 미치자 더욱 집에 가고 싶어졌다.

 "삼촌이 그러더나?"

 "사장님이랑 사모님 얘기하는 거 얼핏 들었다."

 "좋은 일자리 있다고 해서 오는데. 월 삼백짜리. 그 남자가 돈을
많이 버나봐."

 "맞다, 돈 많지."

 "아는 사람이야?"

 "어, 나이도 많고. 만나볼 건 아니제?"

 "아니지."

 "그럼 그 얘긴 더 안 할게. 기분만 잡칠 테니까."

"그래."

"이제 먹자!"

"딸은 같이 안 먹나?"

"치킨 오면 먹는대."

반장은 요리도 잘하는 편이었다. 퇴근하고 와서 후다닥 만든 듯한 어묵탕과 굴 부추볶음, 그리고 집에서 직접 만들어 먹는다는 김치와 장아찌 같은 밑반찬들도 다 맛있었다. 특히 굴 부추볶음이 맛있었다. 부추와 계란을 넣어 굴과 함께 볶은 것이었는데 달고 짭짤하고 고소했다. 굴을 좋아해서 겨울이면 매일같이 먹으면서도 이런 식으로 만들어본 적은 없었다. 굴 요리를 먹으면서 나는 내가 이 맛을 꽤 오래 기억하게 될 것 같다는 예감이 들었다.

반장과 나는 지난 십여 년간 나누지 못한 이야기들을 했다. 더 정확히 말하자면 서로를 알게 된 이후로 한 번도 나눠본 적이 없던 이야기들을 했다. 반장은 지난해 이혼을 했다고 했다. 남편은 바로 옆 동네에서 다른 여자와 살고 있다. 어쩌다 마주칠 때 말고는 자기는 물론이고 딸아이와도 만나는 일이 거의 없다. 다른 도시로 가버릴까도 생각해봤지만 완전히 낯선 곳으로 갈 용기는 없었다. 그래도 부모가 지척에 살고 있어 덜 외로운 편이다. 아직은 아이를 맡길 데도 필요해서 이곳에 사는 게 여러모로 도움이 된다. 어렸을 때는 평생 이곳에서 살게 될 것이라고는 생각하지 못했다. 삼촌 공장에서는 경리와 회계 같은 사무 일을 본다. 요즘 만

나는 남자는 이혼한 사람인데 시내에서 소고깃집을 하고 있다. 결혼까지 가게 될지는 알 수 없다. 속궁합은 그럭저럭 잘 맞지만 조선소 경기가 안 좋은 탓인지 요즘엔 식당 수입이 좋지 않은 편이다. 역시 직업은 안정적인 게 제일인데 자기를 쫓아다니던 공무원을 너무 취향이 아니라는 이유로 거절했던 것을 조금 후회한다…… 반장은 아주 오랜만에 말을 하는 사람처럼 자신에 대한 이야기를 쏟아냈다. 나는 한참을 듣는 내내 고개만 끄덕였다. 문득 그걸 깨달았는지 반장이 물었다.

"니는 어떻노?"

반장이 내게 그 많은 이야기를 들려주었듯이 나도 뭔가 말해주고 싶었지만 별달리 떠오르는 게 없었다. 그래서 짧게 얘기했다. 원룸에서 살고 있다고. 최근에 다니던 회사를 그만두었다는 이야기는 하려다 말았다. 결혼할 생각이 없다는 것은 말했다. 만나던 사람과 헤어졌다는 이야기는 애초에 할 생각이 없었다. 전에는 고향에 내려올 마음이 전혀 없었는데 이젠 어찌될지 잘 모르겠다는 이야기도 했다. 서울의 집세를 감당하기가 제일 힘들다는 이야기, 꼭 서울에 살아야 할 필요가 있나? 그런 생각으로 목록을 만들고 지우고 하다보면 그곳이 어디든 지방에서 사는 게 나라는 인간의 규모에 맞는 것 같다는 이야기도 했다. 반장도 나처럼 말을 골랐을까? 가감 없이 모두 털어놓은 것처럼 여겨졌지만 어떤 건 분명 생략했을 것이다.

"내려온나. 나랑 한 번씩 이렇게 술도 마시고 놀자. 근데 오늘 너무 내 이야기만 했네. 사실 집에 초대한 건 옛날 일을 사과하고 싶어선데."

"옛날 일?"

"알고 있었는지 모르겠는데, 나 고등학교 다닐 때 니를 엄청 싫어했거든."

"왜?"

나는 몰랐던 사람처럼 굴었지만 모를 수가 없었다. 반장은 너무 티를 냈다. 교실에 앉아 있는데 내게도 다 들리도록 다른 친구들에게 "쟤 좀 이상하지 않나?" 수군거리며 낄낄댄 적도 있었다. 하지만 어디가 좀 이상하다는 건지는 말하지 않았다.

"그건 잘 모르겠어. 어릴 땐 다들 그렇잖아. 어떤 일을 하면서도 왜 하는지 몰라. 그냥 하는 거야. 어쩌면 싫어할 게 필요했는지도 모르지. 우리가 보기에 넌 뭔가 좀 이상했나봐."

사람들은 자기가 하는 말이 무슨 뜻인지 잘 모를 때가 많다. 어릴 때만 그런 건 아니다. 미안하다는 말도 그렇다. 그 마음을 갖지도 않은 채로 그 말을 한다. 반장은 이번에도 나의 어디가 구체적으로 어떻게 이상하다는 건지는 말하지 않았다. 나도 자세히 묻지 않았다. 뒤늦게 또 상처를 받을 것 같았기 때문이었는지도 모른다. 반장이 '우리'라고 말하면서 나를 싫어했던 사람이 자신만이 아니었다는 걸 상기시키는 것에도 마음이 상했다.

"용서해줄 수 있어?"

나는 반장의 얼굴을 보았다. 묘하게 서울말을 쓰고 있었다. 그래서인지 연기를 하는 것처럼 느껴졌다. 반장의 시선은 젓가락 끝에 있는, 자기가 먹으려고 막 집은 굴을 향해 있었다. 반장은 말하느라 먹을 타이밍을 놓쳐버린 것 같은 굴 한 알을 뒤늦게 입에 넣고 오물거리면서 고개를 들었다. 만족할 만한, 달고 짭짤하고 고소한 맛을 느끼면서 내가 입을 열길 기다렸다.

"아니."

내 대답에 반장은 어이가 없다는 듯한 표정을 지었다. 취기가 올라 발그레한 얼굴로 약간 언성을 높였다.

"왜?"

"뭐가 왜야?"

"이유가 있어? 사과 안 받아주는?"

"없지, 그런 건 없어."

"근데 왜 안 받아줘? 오늘 말 안 했으면 내가 싫어했는지도 몰랐을 거 아냐."

"그러게, 왜 말했어?"

내 말에 반장은 또 어이가 없다는 듯한 표정을 짓더니 웃기 시작했다. 취했나? 술이 약하네, 그런 생각을 하고 있는데 반장이 중얼거렸다.

"씨발…… 하여튼 맘에 안 들어. 이러니까 싫어했겠지……"

이번에는 내가 어이가 없다는 표정을 지었다. 절로 그런 표정이 지어졌다. 그리고 나 역시 좀 취했는지 웃음이 나왔다.

"왜 웃어?"

"그러는 너는?"

왜 웃음이 나왔는지 알 수 없었다.

"엄마, 치킨 언제 와?"

뭘 하는지 방에서 조용히 있던 민정이 나와서 물었다. 어쩌면 웃음소리가 들려 뭐 재밌는 일이라도 생겼나 하고 나와본 것 같았다.

"치킨 안 와."

반장은 심술궂게 대답했고 얼마 지나지 않아서 치킨이 왔다. 민정은 몇 조각 먹지도 않고 잠이 온다며 칭얼거렸다. 반장과 나 사이의 분위기가 냉랭한 것을 알고 눈치를 살피는 게 느껴져 괜히 민정에게 이런저런 말을 붙여보았지만 민정은 반장을 쳐다볼 뿐 곧바로 대답을 하지 않았다.

"뭐해? 어른이 물어보는데."

반장이 그렇게 말하고 나서야 민정은 대답했다.

"학교 가는 거 좋아요. 저도 이제 다 컸으니까요."

반장이 민정에게 양치질을 시키고 잠자리를 봐주는 동안 나는 자리에서 일어나 가겠다고 인사를 했다. 배웅을 하려는 반장에게 그럴 필요 없다고 말하고 얼른 나와버렸다. 대리운전을 부르고 조수석에 앉아 기다리는데 반장이 내려와 차창을 두드렸다. 문을 열어줬더니 반장이 운전석에 냉큼 앉았다.

"내가 운전해줄까?"

"돌았어? 술 마셨잖아."

"농담이야. 어차피 면허도 없어."

반장은 운전대를 잡고 좌우로 살살 흔들며 운전하는 시늉을 했다.

"이 시골에서 차도 없이 어떻게 살아?"

"택시 타야지 뭐. 나 운전 잘할 거 같지? 폼나지 않아? 면허는 내년에 딸 거야. 사실 올해 쳤는데 떨어졌어. 내년엔 꼭 딸 거야. 혼자 애 데리고 다니려니까 있긴 있어야겠더라. 너도 태워줄게. 가고 싶은 데 있음 말해봐. 손님, 어디로 모실까요."

"헛소리하지 말고 빨리 올라가봐. 애 깬다."

"괜찮아."

뭐가 괜찮다는 건지, 주어 자리에 어떤 단어를 생략한 건지 헷갈렸다. 너무 많은 단어들이 나타났다 사라졌다 해서 나는 그냥 반장에게 장단을 맞춰주기로 했다. 나는 제일 먼저 베를린에 가고 싶다고 했다.

"네네, 고객님. 안전하게 모시겠습니다."

반장은 입으로 슝슝, 하고 소리를 냈다. 베를린으로 향하던 중 마음이 바뀌어 베이징으로 가겠다고 하자 반장이 중국은 비자를 따로 받아야 하므로 안 된다고 해서 어쩔 수 없이 홋카이도에 가기로 했다. 차로 바다를 건널 수는 없는 노릇이지만 어차피 진짜 갈 것도 아닌데 왜 비자를 받아야 한다는 건지 알 수 없었다. 대리 운전 기사가 예상보다 더 늦어져 우리는 꽤 오래 드라이브를 했다. 모퉁이를 돈다며 반장이 꽉 잡으세요, 소리쳐서 손잡이를 잡고 몸을 기울이기도 했다. 취했기 때문인지 우리는 죽이 잘 맞았다. 찰떡 호흡을 자랑하는 만담꾼 같았다. 오래전에 서로를 싫어하지만 않았다면 제법 친한 사이가 될 수도 있었을 것이다. 그편이 더 좋았을 거라 말하려는 것은 아니다. 어차피 알 수 없는 일이니까.

"손님, 창밖 좀 보세요. 눈이 옵니다."

그 말에 나는 순간 진짜 눈이 오는가 했다. 지하 주차장이라 눈이 온다 해도 알 수 없을 텐데 잠에서 깬 사람처럼 서둘러 밖을 살피다가 그것이 계속된 농담의 연장이라는 걸 알았다.

"앗, 제가 잘못 봤나봐요. 눈이 안 옵니다."

"눈 보고 싶다."

"눈 좋아해?"

"넌 싫어해?"

"응, 민정이가 감기 잘 걸리거든. 찬바람 맞으면 안 되는데 눈 오면 참을 수가 없잖아."

"그러면 실은 엄청 좋아하는 거네."

반장은 고개를 끄덕끄덕했다.

우리의 긴 드라이브가 끝난 다음에도 반장은 침묵 속에서 자리를 지키고 있었다.

"할말 있어?"

내가 묻자 반장이 장난스럽게 운전대를 흔들던 손을 멈추고 나를 보았다.

"진짜 용서 안 해줄 거야?"

이제 와서 그런 게 뭐가 중요하냐고 묻고 싶었다. 이렇게 우연히 만나지 않았다면 절대 구하지 않을 용서 아니었냐고. 내가 용서를 해준다고 해서 뭔가 달라지는 것이 있느냐고. 나는 그런 것들을 묻지 않았다. 반장이 어떤 대답을 내놓는다고 해도 그렇게 애원하는 듯한 표정을 보니 원하는 답을 해주기가 싫어졌다. 어릴 때에 누군가에게 오랫동안 미움만 받았던 기억은 도무지 지워지지가 않았다. 상처가 됐다. 내 마음대로 할 수 있는 일이 아니었다.

"안 해줄래. 그러니까 그냥 계속 싫어해."

반장의 표정은 빠르게 일그러졌다. 어쩌면 나도 그저 누군가에게 상처를 주고 싶었을 뿐이었는지도 모른다.

"미친, 진짜."

반장은 짜증난다는 듯이 거칠게 문을 열고 차에서 내려서는 있는 힘껏 문을 쾅 닫고 떠났다.

서울로 돌아가기 전에 나는 엄마에게 맛있는 걸 해주겠다고 호기롭게 말하고 반장의 집에서 먹었던 굴 부추볶음을 했다. 엄마는 맛있다고 했지만 내 입엔 그날 먹은 것만큼 맛있지가 않았다. 나는 고민하다가 서울로 향하는 버스 안에서 반장에게 물어볼 결심이 섰다. 고향에서 점점 멀어지고 있다는 생각을 하자 그곳에서 있었던 모든 일들이 대수롭지 않게 느껴졌다.

　—그날 먹은 굴 말이야, 요리법 좀 알려줄래?

　내가 보낸 카톡을 확인한 반장은 다른 말은 없이 요리법이 적힌 블로그를 캡처해 보내주었다. 고마워, 라고 인사했지만 그 옆의 '1'은 서울에 가까워질 때까지 사라지지 않았다. 어쩌면 나를 차단했을 수도 있겠다고 생각했을 즈음에 답이 왔다.

　—또 먹으러 와.

　뜻밖이었다. 그 문장을 물끄러미 보면서 나와 다시 만나고 싶다는 건가 의아해하는데 이어서 메시지가 왔다.

　—용서는 안 해줘도 되니까 그냥 와.

　그건 또 알 수 없는 말이었다. 반장도 자기가 무슨 말을 하고 있는지 잘 모를 것이다. 나는 도무지 무슨 뜻인지 알 수가 없어서 커튼으로 차창의 습기를 닦고 창밖을 바라보았다. 어둠 속에서 작은 눈발이 날리고 있어 한참이나 창에 코를 박고 있었다. 붕붕거리며 바닷속을 떠돈다는 굴 유생들도 저런 모양일까.

　마지막 톨게이트를 지나자 실내등이 켜졌다. 서울에 돌아왔다는 생각에 몸이 나른해졌다. 이러니저러니해도 내가 찰싹 들러붙어 살아가야 할 곳이었다. 한 자세로 오래 앉아 있어 굳은 몸을 풀려고 크게 기지개를 켰다. 안도할 만한 일은 아무것도 없는데도 나는 안도했다. 나는 반장을 용서하지 않아도 된다. 그제야 고향을 좀 그리워하는 마음이 생겼다.

결로

리우데자네이루 올림픽에 출전한 역도 선수 카토아타우는 경기를 끝낸 뒤 흥겹게 춤을 췄다고 한다. 왜 춤을 췄느냐는 기자의 질문에 그가 기다렸다는 듯 준비한 대답을 하는 것 같았지만 갑자기 흘러나온 버스 안내 방송 때문에 듣지 못했다. 안내 방송이 끝났을 때는 카토아타우의 이야기는 넘어가고 광고가 나오고 있었다. 오르막을 오르면서 에어컨이 꺼졌다. 차내가 금세 더워져 바람이라도 쐴까 하고 슬쩍 창문을 열었지만 더운 기운만 들어왔다. 오르막을 지나자 에어컨이 다시 가동되었고 내 옆에 서 있던 사람이 불쑥 손을 내밀어 창문을 세게 닫았다. 나는 괜히 무안해져 휴대폰으로 다시 한번 주소를 확인했다. 송림교회에서 하차, 길 건너 교회와 슈퍼마켓 사이 골목으로 직진, 삼 분쯤 걸으면 나오는 파란색 대문 앞. 난생처음 오는 동네였다. 지하철역에서 나와 마을 버스로 갈아타서는 창밖 풍경이 점점 한가로워지는 것을 보고 있자니 서울이 아닌 것만 같았다. 중고 거래를 위해 이렇게 멀리까지 오는 것도 처음이었다. 집 앞까지 찾아가는 조건으로 오천원을 깎았다. 송림교회라는 안내 방송을 듣고 버스에서 내린 곳에는 커다란 느티나무가 있었다. 밖으로 나오자 에어컨 바람에 서늘해져 있던 피부에 끈적한 습기가 들러붙었다. 안경에 김이 서려 옷에 문질러 닦고 다시 썼다.

교회에서 가져온 듯한 나무 아래 긴 의자에 할머니 세 분이 앉아 있었다. 버스를 기다리나 싶었지만 모시옷을 입은 차림이 멀리 나설 것 같지는 않았고 그냥 집안이 갑갑해 나온 듯했다. 맞은편에 슈퍼마켓이 보였다. 막상 교회는 보이지 않았다. 여자가 보낸 메시지를 다시 확인하려는데 여자에게서 전화가 걸려왔다. 나는 얼른 받았다.

"저 금방 버스에서 내렸어요. 조금만 기다리시면……"

십 분쯤 늦었기 때문에 미안한 마음에 서둘러 변명하려 했는데 여자가 말을 잘랐다. 편의점에서 알바중인데 다음 사람이 오지 않아 당장 올 수가 없다는 것이었다.

"그럼 얼마나 기다려야 할까요? 네? 삼십 분이요? 아…… 알겠어요. 기다릴게요."

짜증이 났지만 그대로 돌아갈 수도 없는 노릇이었다. 통화 내용을 들었는지 할머니 중 한 분이 여기 앉아서 기다리라며 자리를 조금씩 당겨 내가 앉을 공간을 만들어주었다. 나는 괜찮다고 사양 했지만 할머니가 다시 말을 걸었다.

"이 날씨에 어떻게 삼십 분이나 서서 기다려요?"

앉을 때까지 계속 권할 기세여서 나는 할머니 옆으로 가 앉았 다. 땡볕 아래보단 낫긴 했지만 여전히 더웠다. 할머니들도 별말 없이 부채질만 했다. 삼십 분은 금방 흐를 것 같으면서도 좀체 흐 르지 않았다.

"여긴 뭐하러 또 왔어!"

오른쪽 끄트머리에 앉아 있던 할머니가 난데없이 소리를 질렀 다. 버럭 화를 내는 말투여서 나는 깜짝 놀라 할머니 쪽을 쳐다봤 다. 앉아 있는데도 허리가 많이 굽은 티가 났고 체구가 작았다.

"아, 우리 엄마가 치매라서. 신경 안 써도 돼요."

옆에 앉아 있던 다른 할머니가 소리를 지른 할머니의 어깨를 감 싸며 말했다. 셋 다 동년배로 보였기 때문에 엄마라는 말에 조금 놀랐다. 모녀지간이라는 두 사람 모두 머리를 새카맣게 염색하고 있기 때문인지도 몰랐다. 나머지 한 사람만 거의 백발이었다.

"가끔 귀신도 본다니까."

"또 그 얘기야?"

"진짜라니까. 방에서 말소리가 들려서 들어가보면 방 한가운데 앉아서 뭐라 뭐라 막 말을 하고 있으셔. 혼잣말이겠거니 하고 들어보는데 그게 아니라 누구랑 얘기하는 거더라고. 방구석을 보면서 가끔 막 손짓도 하고 웃기도 하고. 엄마, 누구랑 얘기하고 있어? 하고 물어보면 니 애비, 할 때도 있고 느이 동생, 하기도 하고. 근데 그게 다 죽은 사람들이잖아. 우리 남동생이 작년에 간암으로 죽은 거 알지? 살아서 죽어라 술만 마셔댔는데 간암으로 죽을라구 그랬지 그게. 다들 잘 죽었다 그랬어."

"형만아, 느이 누나가 니가 잘 죽었다 그런다."

치매에 걸린 할머니가 그렇게 말한 뒤 갑자기 도로 가운데 있던 캔이 조금 움직였으므로 다들 깜짝 놀랐다.

"성질 더러운 형만이가 발로 찼나보다."

"아이고, 그 성질로 고렇게밖에 못 차나."

할머니들이 깔깔 웃었다. 캔을 움직인 바람이 내 쪽으로도 불어와서 땀을 조금 가시게 해주었다. 바람이 계속 불어주었으면 했지만 야속하게도 금세 멎었다.

"우리 음료수 하나씩 할까? 아님 아이스크림이나."

"그럴까? 아가씨도 먹을래요?"

"뭘 물어. 같이 하나씩 먹자."

내 옆에 앉은 할머니가 자리에서 일어나길래 내가 갔다 오겠다고 했다.

"그럴래요? 우리는 다 비비빅."

나는 좌우를 살핀 뒤 도로를 가로질러 맞은편 슈퍼마켓으로 걸어갔다. 중앙선이 없는 이면도로로도 마을버스가 다니는 줄은 미처 몰랐다. 아이스크림 냉동고는 슈퍼 밖에 나와 있었다. 정말 작은 가게였다. 불이 꺼져 있었고 볕도 잘 들지 않아서인지 음지 특유의 눅눅한 냄새가 났다. 서울에 아직 이런 가게가 남아 있다는 게 신기했다. 냉동고를 열자 냉기가 확 쏟아져나왔다. 나는 아이스크림을 꺼내려고 몸을 숙였다. 피부의 더운 끈기가 사라지는 기분이 몹시 좋았다. 그 안에서 빠져나오고 싶지 않았다. 그대로 냉동 인간이 되어버려도 좋을 것 같았다. 비비빅을 찾기 위해 냉동고 안으로 상체를 더 숙여 아이스크림들을 뒤적이다가 투명한 비닐봉지에 든 홍시를 발견했다. 맨 아랫바닥에 꽝꽝 얼어붙은 채로 놓여 있었다. 이 한여름에 홍시라니. 언제부터 여기에 있었을까, 지난해 가을부터 있었을까, 궁금해하다가 홈 쇼핑이며 인터넷에서 아이스 홍시를 판다는 것이 떠올랐다. 계절쯤이야 가뿐하게 무시할 수 있다는 듯. 하긴 온종일 에어컨을 틀어놓을 수만 있다면야 무더위, 땡볕, 열대야, 곁땀 같은 건 몰라도 될 것이다.

"계산은 안 해도 돼요! 우리 가게니까."

뒤통수에 대고 할머니 중 한 분이 소리쳤다. 냉동고로 빨려 들어갈 듯이 상체를 푹 숙이고 있던 내 뒷모습을 다들 지켜보고 있었을 거라 생각하니 좀 멋쩍었다. 나는 비비빅 네 개를 꺼내들고 다시 도로를 건넜다. 할머니들에게 아이스크림을 차례로 나눠드리는데 치매에 걸린 할머니가 내 얼굴을 빤히 올려다보며 손을 붙

잡고 놓아주지 않았다. 이번에는 웃는 낯이어서 호통을 칠 것 같
진 않았다.

"이름이 뭐래요?"

할머니가 물었다. 내 이름을 묻는 건가. 잠깐 머뭇하는 사이 할
머니가 말을 이었다.

"나는 미라예요. 여기 나랑 닮은 아줌마는 경주고, 고 옆에는 영
자예요."

할머니의 딸이 고개를 저었다.

"아냐. 아냐. 다 틀렸어."

그 말에도 아랑곳 않고 할머니는 다시 물었다.

"아가씨는 이름이 뭐예요?"

"아, 저는 영린이에요."

나도 틀린 이름을 말했다. 순간적으로 튀어나온 이름이었다. 하
필 왜 그 이름이었는지는 나도 알 수 없었다. 하지만 그 이름을 말
하고 나니 어쩐지 죄책감이 들었다.

"예쁜 이름이네요."

"감사해요, 할머니. 얼른 드세요. 녹아요."

그 말에 할머니는 할머니가 아니라 미라씨, 라고 부르라고 말
했다.

"나는 미라예요. 여기 나랑 하나도 안 닮은 아줌마는 영신씨고,
저쪽은 경남씨예요."

미라씨의 말은 시시각각 바뀌어서 나는 어느 장단에 맞춰야 할지 헷갈렸다. 그냥 앉아서 아이스크림이나 먹기로 했다.

아이스크림은 빠르게 녹았다. 반도 다 먹기 전에 벌써 흐물흐물해져 흘러내렸다. 나는 혹시라도 아이스크림이 옷에 떨어질까봐 한입 핥고 손을 앞으로 뻗었다가 다시 한입 핥고 또 손을 뻗었다. 할머니들은 벌써 아이스크림을 다 먹은 다음이었다. 내가 이렇게 아이스크림을 천천히 먹는 사람이었나. 그렇게 반은 먹고 반은 땅바닥에 흘리면서 여자가 오기를 기다렸다. 삼십 분이 빨리 지나가기를, 볼일을 마치고 얼른 집으로 돌아가서 대자로 누워 선풍기 바람을 쐴 수 있기를 바라고 있었다.

할머니들은 부채질을 하면서 살다 살다 올해같이 더운 때가 또 있었느냐는 둥, 너무 더워서 모기도 힘을 못 쓴다는 둥, 아침에 담근 열무김치가 벌써 다 익었겠다는 둥 시시콜콜한 이야기를 나누었다. 나는 아이스크림 봉지들을 한데 모아 슈퍼 앞 쓰레기통에 버리려고 자리에서 일어섰다. 부채질을 하는 경남씨며 영신씨, 미라씨의 목덜미에도 땀이 흐르고 있었다. 가는 길에 도로 가운데 떨어져 있던 캔을 주워 같이 버리려고 하자 "그건 재활용해야 돼!" 하고 영신씨가 외쳤다. 재활용 통이 보이지 않아 어쩔까 하고 있는데 영신씨가 그냥 쓰레기통 옆에 놓아두라고 했다. 쓰레기를 버리고 돌아가기 전에 냉동고를 한번 더 열고 싶은 충동을 느꼈지만 그대로 돌아섰다. 나는 내 뒷덜미에 척척하게 배어나오는 땀을 닦았다. 티셔츠도 땀에 젖어 축축했다. 길을 건너다가 짜릉 소리가 나 돌아보니 캔은 또 바람에 쓰러져 이리저리 굴러다니고 있었다.

다시 자리로 돌아왔을 때 왜인지 영신씨는 울고 있었고, 경남 씨는 그런 영신씨를 달래고 있었으며, 미라씨는 쪼글쪼글한 입술 을 아 벌리고 있었다. 입속은 당연히 검고 어두웠다. 굴속 같았다. 곁에 앉은 딸은 울고 있는데 미라씨는 아주 희미하게 미소를 짓고 있는 것처럼 보이기도 했다. 내가 자리를 비운 시간은 아주 짧았 다. 도로를 건너고 슈퍼 앞에 있는 쓰레기통에 아이스크림 봉지들 을 버리고 돌아와보니 경남씨가 영신씨의 어깨를 감싸고 있었던 것이다. 어떻게 하면 무더위와 모기와 열무김치를 얘기하다가 울 음에 이를 수 있는 것일까. 무슨 일이냐고 묻는 것은 주제넘는 짓 같았다. 그렇다고 우는 사람을 그냥 내버려두는 것도 할 짓은 아 니었다. 너무 더울 텐데. 진이 다 빠질 텐데.

"별일 아니야."

내 표정이 영 당혹스러워 보였는지 영신씨가 눈물을 닦으며 말 했다. 나는 아무런 얘기도 하지 못하고 그냥 자리에 앉았다. 여전 히 덥고 가끔 바람이 지나가고 땀이 흘렀다. 울음의 여파 때문인 지 누구도 입을 열지 않았다. 더운 침묵 속에 앉아 있자니 빨리 물 건을 받아 집으로 돌아가고 싶다는 마음이 더욱 간절해졌다. 너무 더워서 나도 울고 싶어졌다. 내가 어쩌자고 여기서 이러고 있는 건지도 이해가 가지 않았다. 하지만 울면 더 열이 날 테니까 참았다. 시간이 꽤 흐른 것 같았는데 이십 분이 조금 지나 있을 뿐이었다.

"카토아타우라고 아세요?"

카토아타우의 이야기를 꺼낸 것은 지나치게 더웠기 때문이었다.

"카토 뭐?"

경남씨가 물었다. 나는 뭐라고 설명할지 머릿속으로 정리를 해보았다. 브라질 올림픽에 출전한 역도 선수인데요. 그 사람이 경기가 끝났는데 이상한 춤을 췄다고……

"암, 알지, 알아."

막 말을 꺼내려고 했을 때 미라씨가 입을 열었다. 이제 눈물이다 마른 영신씨가 엄마가 카토 뭐시기를 어떻게 아냐고 웃으며 물었다. 미라씨는 계속 "알아, 내가 안다니까, 내가 그놈을 잘 알아" 하고 종알거렸다. 미라씨가 '그놈'이라고 말했기 때문에 나는 그이야기를 더 듣고 싶었다. 나는 카토아타우라는 이름을 처음 들었을 때 사람 이름 같지 않다고 생각했었는데 미라씨는 단번에 그게 사람 이름이라는 걸 알아차렸던 것이다.

미라씨의 말에 따르면 카토아타우는 1910년대생으로 충북 제천 출신이었다. 여기서 미라씨는 이야기를 한 번 멈춰야 했는데 영신씨와 경남씨가 제천은 충북이 아니라 충남에 있는 거라며 이의를 제기했기 때문이다. 나는 서울에서 태어나 중학교 때 경주를, 고등학교 때 제주도를 한 번씩 가본 것 말고는 서울을 떠난 적이 없었고 충북이든 충남이든 거기서 거기 아닌가 싶어서 잠자코 있었다. 애초에 카토아타우가 1910년대생도 아닐뿐더러 제천에서 태어났을 리도 없지 않은가. 영신씨와 경남씨가 계속 틀렸다고 하자 미라씨는 "그건 안 중요해!" 외치고는 이야기를 이어갔다.

이번에 카토아타우는 충남 제천 출신에 출생 연도는 1948년으로 바뀌어 있었다. 그런 건 전혀 중요하지 않다는 사실을 깨달았는지 다들 아무 말이 없었다. 카토아타우는 둑을 쌓는 일을 했다. 힘이 장사여서 뭐든 번쩍번쩍 들어올렸다. 새벽같이 일어나 해가 지기 전까지 안개가 피어오르는 산 아래 냇가에서 둑을 쌓았다. 나는 카토아타우가 역도 선수라는 사실을 떠올리면서 미라씨가 정말로 뭔가를 아는 것은 아닌가, 세계의 비밀 같은 것을 꿰뚫고 있는 것은 아닌가, 하는 생각을 잠깐 했다. 그런 생각이 터무니없다는 것을 금방 깨닫고 말았지만. 그녀는 제천에 어마어마하게 큰 호수가 있는데 제방을 쌓아 그 호수를 만든 사람이 바로 카토아타우라고 했다.

"어마어마하게 큰 호수를 카토아타우 혼자 만들었어요?"

내가 묻자 그녀는 그렇다고 했다. 카토아타우는 신라시대 사람인데 그때 만든 호수가 아직도 있다고 했다.

"의림지가 제천에 있었나?"

영신씨가 중얼거린 뒤 나를 향해 설명을 덧붙였다.

"작년 가을에 우리가 다니는 절에서 다 같이 의림지에 놀러갔었어요. 엄마가 그걸 기억하시나보네. 엄마, 의림지에 또 가고 싶어요?"

미라씨는 의림지라는 단어가 아주 마음에 든다는 듯이 맑게 웃으며 고개를 끄덕였다.

"자기도 거기 좋았어? 난 그냥 그랬는데."

"우리 엄마가 워낙 여행 같은 거 많이 못 가보고 그래서. 아직 제주도도 안 가봤거든. 엄마, 우리 가을 되면 또 단풍 여행 가요. 겨울에는 눈 보러도 가고 해 바뀔 때 해돋이도 보러 가고."

미라씨는 영신씨의 말에 손뼉을 짝짝 쳤다. 영신씨는 땀에 젖어 흐트러진 미라씨의 머리칼을 곱게 매만져주었다. 손수건을 꺼내 미라씨의 이마에 흐른 땀을 닦아주고 자기 얼굴의 땀도 닦았다. 그러는 동안 미라씨는 계속 박수를 쳤다. 박수 소리를 들으며 나도 의림지에 한번 가보고 싶다고 생각했다. 나는 마치 가본 적이 있는 것처럼 호수 위로 자욱이 물안개가 낀 장면을 머릿속에 그려보았다. 어마어마하게 큰 호숫가에 자라고 있는 단풍이 든 나무들, 축축한 물안개, 제방을 쌓는 카토아타우.

"그런데 카토아타우는 누구야? 우리 엄마 말이 맞을 리는 없고."

"아, 역도 선수예요. 이번 올림픽에 출전했는데 경기가 끝나고 춤을 췄대요."

"왜 췄대요?"

"그건 저도 모르겠어요. 오는 길에 라디오에서 들었는데 경기 끝나고 춤췄다는 내용까지밖에 못 들었거든요. 혹시 아시나 해서."

"글쎄, 왜 췄을까."

"춤쟁인가보지."

"아니 아무리 춤이 좋아도 그렇지 일하다 말고 춤을 왜 춰?"

"일하면서 춤을 왜 못 춰? 그리고 경기 끝나고 췄대잖아. 경기는 이겼대요?"

"그것도 잘 모르겠어요. 그냥 라디오만 들은 거라서."

"우리 엄마도 라디오에서 들었나보다. 새벽에 일어나면 라디오 듣는 게 일이니까."

"듣긴 뭘 들었다는 거야. 맞는 게 하나도 없는데."

"이겨서 신나가지고 췄나보다!"

다들 그럴 수도 있겠다고 했다. 어쩌면 카토아타우는 세계신기록을 세웠을지도 모른다. 그것은 개인사뿐 아니라 세계사에도 기록될 일이니까 절로 춤이 나왔을지도. 문득 미라씨를 돌아보았다. 미라씨에게도 그런 춤의 순간이 있었을까. 미라씨는 적어도 팔십 년은 살았을 것이다. 누구라도 미라씨를 딱 한 번 보기만 한다면 팔십 년은 쓴 몸이라는 걸 알아차릴 것이다. 물론 팔십 년 동안 한 차례도 춤을 춘 적이 없는 몸일 수도 있었다. 어쨌든 미라씨의 몸은 팔십 년 동안 살아 움직였다. 팔십 년이나…… 팔십 년은 내가 감당하기 힘든 숫자였다. 나는 지난 일 년을 감당하는 것만도 벅찼다. 지난 일 년의 기억을 가지고 앞으로 십 년, 이십 년, 아니 오십여 년을 더 살 수 있을까. 미라씨에게 물어보고 싶었다. 할머니, 어떻게 팔십 년이나 사셨어요. 하지만 치매에 걸려 기억이 오락가락하는 미라씨는 배시시 웃기만 할 뿐 아무 말도 들려주지 못할지도 모른다. 팔십 년이나 살면서 온갖 경험을 쌓았을 텐데 남은 말이라고는 제천에서 태어난 카토아타우에 관한 것밖에 없는 것이다.

"우리 엄마는 옛날에 배구광이었는데 나는 경기 같은 거 보는 거 싫더라."

"왜? 재미가 없어?"

"아니, 꼭 지는 쪽에 마음이 간단 말이야. 텔레비전을 딱 틀었는데 이쪽이 저쪽한테 지고 있다 그러면 이쪽을 막 응원해. 그런데 이쪽이 이겨도 또 마음이 안 좋아. 저쪽도 죽어라 했을 텐데 져가지고 풀이 죽어서 돌아가는 걸 보면 짠해가지고."

"아이고, 할일도 참 없다. 별 쓸데없는 데 감정이입하고 그러니까 맨날 울고 그러지."

경남씨의 말에 영신씨는 웃었다. 그런 게 아니라고 뭔가 변명을 하고 싶은 듯 보였지만 미라씨가 화장실에 가고 싶다고 해서 영신씨가 부축했다. 두 사람이 골목으로 사라지는 걸 물끄러미 보는데 경남씨가 내 쪽으로 몸을 기울이며 속삭였다.

"낮엔 저렇게 순해 보여도 해만 지면 포악하기가 말로 다 못한

대요."

경남씨의 말에 나는 조금 놀랐다. 고작 몇십 분 동안 나란히 앉아 몇 마디 나눈 것일 뿐이지만 미라씨는 대체로 상냥한 얼굴을 하고 있었다. 나는 미라씨가 웃을 때 자연스럽게 생기는 얼굴의 주름을 보면서 아, 이 사람의 주름은 주로 웃는 데 사용되었구나 하고 생각했었다. 화를 낼 때는 어떤 표정일까. 그때도 주름은 생길 텐데, 그런 주름은 발달하지 않은 것처럼 보였다.

"그도 그럴 게 이전엔 큰아들네 집에서 지냈다는데, 그 아들놈이 지 엄마를 방안에 가둬놓고 끼니때면 피죽 같은 것만 줬다네. 사람이 방안에만 갇혀 있었으니 멀쩡했다가도 미쳐버리지. 깜깜한 밤이 되면 아마 그 시절이 생각나가지고, 방에 갇혀서 꼼짝 못하던 때가 무서워가지고 포악해지는 게 아닌가 싶어요."

나는 한 계절 내내 방밖으로 나가지 않는 사람을 떠올렸다. 창의 크기가 어떻든, 남향이든 북향이든 형광등은 있을 것이므로 한결같이 어둡지는 않을 것이다. 그렇다 해도 볕도 못 쬐고 바깥바람도 못 쬐고 방안에만 있는다면, 사람은 어떻게 될까. 그러다 몸도 마음도 죄다 눅눅해지면, 나는 어떻게 해야 할까.

"사람이 계속 방안에만 있으면 어떻게 될까요?"

경남씨가 나를 보며 고개를 갸웃했다.

"어떻게 될지 모르지. 아마 죽을 때까지 영 모르지 않을까."

이렇게 앉아서 노닥거리지도 못할 것이다.

"딸이 고생이 많아."

"그래도 잘하고 계신 것 같은데요."

"아니야. 이제 한계인가봐. 그쪽도 보살핌받아야 될 나인데 엄마라고는 해도 치매 환자 수발하기가 쉽나. 요양원을 알아보고 있다더라고. 그게 피차 더 낫지."

"그런가요?"

"그렇지. 아가씨는 아직 어려서 잘 모르겠지만."

"안 어린데요."

"그래? 몇 살인데요?"

"스물아홉이에요."

"아이고, 스물아홉이면 핏덩이지, 핏덩이."

경남씨는 웃었다. 내가 정말 핏덩이라는 듯, 귀엽다는 듯이.

"저 친구가 큰오빠네 집에 찾아갔을 때 어머니가 안에 없었다더라고. 오빠도 어딜 갔는지 몰라. 그래서 경찰에 신고하고 밖에 뛰쳐나가서 한참 찾고 그랬는데 결국 옷장 안에서 찾았다지. 칠이 다 벗어진 옷장 문을 열었더니 안에는 이불도 베개도 옷가지도 하나 없고 언제 넣어놨는지도 모르는 물 먹는 하마하고 어머니하고 둘이만 있었다대. 목을 맬라고 했는지 어쨌는지 손에는 텔레비전 전선을 꼭 쥐고 있었다더라고."

쭈글쭈글하고 메마른 미라씨의 이마에 땀이 송골송골 맺혀 있던 모습이 떠올랐다. 전선을 꼭 쥔 손이 얼마나 축축했을지도 알 것 같았다. 하지만 알 수 없었다. 나는 그렇게 옷장 속에서 전선을 쥔 채로 쪼그려앉아 있던 적이 없었다.

"하여튼, 죽는 것도 수월하지가 않아요."

집이 가까이에 있는지 얼마 안 돼 미라씨와 영신씨가 돌아왔다. 다정하게 손을 맞잡고서였다.

"근데 아가씨가 기다리는 사람은 왜 아직도 안 온대?"

영신씨가 자리에 앉자마자 내게 물었다. 여전히 자리를 지키고 있는 내가 걱정된다는 투였다. 그건 내가 제일 궁금한 점이었다. 나는 여자에게 연락을 할까 말까 잠깐 망설였다.

"무슨 약속으로 온 거예요?"

"제가 그분한테 뭘 좀 사기로 했거든요. 오늘 받기로 했어요."

"뭘 사는데?"

경남씨가 끼어들며 물었다. 사실을 말해야 할 필요가 있을까? 오늘 처음 본데다 다시는 볼 일이 없을 할머니들한테. 그중 한 명은 치매를 앓고 있어서 내 말을 이해하지도 못할 텐데. 하지만 그 때문에 무슨 말이든 다 할 수 있을 것 같았다.

"인형이요."

"곰 인형 같은 거?"

"아뇨. 플라스틱으로 만든 만화 캐릭터예요."

내가 대답하자 경남씨는 내 쪽으로 기울였던 몸을 펴며 빠르게 부채질을 하더니 요즘 젊은 사람들은 참 할일도 없어, 하고 말했다. 마치 부채질을 하면서 하는 말은 상대방에게 안 들리기라도 한다는 듯. 영신씨가 경남씨의 말을 덮으려는 듯 빠르게 물었다.

"만화? 뭔지는 몰라도 이 더운 날에 고생이네. 근데 꼭 사야 하는 건가?"

그걸 사려고 이 더위에 여기까지 온 게 나도 이해가 안 됐기 때문에 웃음이 나왔다. 하지만 내게 꼭 필요한 거라고 할머니들을 설득해보고 싶었다.

"이제 새로 안 만들더라고요. 팔려는 사람도 없어서 정말 어렵게 찾았어요."

"다 커서 그런 걸 가지고 놀아요?"

"제가 아니고, 동생이요."

"동생도 다 컸을 거 아냐. 그리고 다 큰 동생이 그걸 누나한테 사오라고 시켜?"

"언니예요."

"하여튼."

"올봄에 죽었거든요. 살아 있을 때 좋아하던 건데, 비싸서 못 샀어요. 곧 생일이라 납골당에 그거라도 갖다주려고요."

에구, 젊은 사람이 안됐네, 미안해라, 하며 다들 당황해하는 가운데 미라씨가 소리쳤다.

"생일 선물로 중고를 주는 사람이 어딨어!"

그 말에 나도 모르게 웃음이 터졌다.

"안 될까요? 동생이 정말 좋아하던 거고, 판매하시는 분이 아직 포장도 안 뜯었다고 했거든요. 새거나 다름없대요."

"그래 엄마. 해마다 돌아오는 생일 그거, 그거도 맨 새거는 아닌데 마음이 중요하지. 안 그래?"

영신씨의 말에 경남씨도 동의했다.

"그래, 동생도 좋아할 거야. 자매가 사이가 좋았나보네."

우리는 사이가 좋지 않았다. 그 말은 하고 싶지 않아 그냥 웃어보였다. 한동안 아무도 입을 열지 않았다. 느티나무에 붙은 매미가 야단스럽게 울었다. 바람이 불었다 그쳤다 했다. 건너편에 있던 빈 캔이 또 데구루루 굴러 도로 한가운데까지 왔다.

처음 약속한 삼십 분에서 또 이십 분이 지났는데도 아무런 연락이 없어 여자에게 문자를 보냈다.

—언제 도착할지 알 수 있을까요?

여자에게서는 답이 없었다. 전화도 걸어보았지만 지금은 받을 수 없다는 음성메시지만 나왔다. 기다리는 것 말고는 할 수 있는 게 없었다. 할머니들은 처음 봤을 때처럼 다시 시시콜콜한 이야기를 나누기 시작했다. 그리고 십 분 정도가 지났을까. 한 여자가 땀을 뻘뻘 흘리며 나타났다. 여자는 종이가방을 들고 두리번거리다가 나를 발견하고는 우리 쪽으로 다가왔다.

"혹시 피규어 사러 오신 분인가요?"

나는 고개를 끄덕였다.

"드디어 왔네. 진짜 한 시간이나 기다렸어."

나보다 할머니들이 더 좋아하는 것 같았다. 여자는 늦어서 정말 미안하다고 고개를 숙이고는 들고 있던 종이가방을 내밀었다. 피규어는 여자가 말한 대로 아직 포장도 뜯지 않은 새것이었다.

"이거 전부터 사려던 사람이 있었어요. 돈 좀더 모아서 연락한다고 했는데 이게 뭐 얼마나 비싼 거라고 돈을 모은다는 걸까 싶기도 하고, 아무래도 어린 학생이지 싶어서 기다렸다가 그 친구한테 팔려고 했는데 제가 돈이 급해서…… 약속도 깨고 파는 거니까 그러니까……"

여자는 뒤에 이을 말을 한참 고르는 것 같았지만 그러니까, 그러니까, 그러니까를 세 번이나 말하고도 아무 말도 덧붙이지 못했다. 여자야말로 이게 얼마나 비싼 거라고 약속을 깬 것일까. 어쨌든 나로서는 잘된 일이었다.

"네, 감사합니다."

약속했던 돈을 건네자 여자는 오천원을 도로 내밀었다.

"죄송해요. 너무 오래 기다리게 해서."

편의점의 알바 시급을 떠올리며 받아야 할지 말아야 할지 망설였지만 내가 기다린 시간도 떠올랐기 때문에 그냥 받았다. 여자는 편의점 문을 잠깐 잠그고 온 것이라 빨리 돌아가봐야 한다고 했다. 아직도 다음 알바생이 나타나지 않은 모양이었다. 짜증과 화가 치밀어 울 것 같은 얼굴을 하고 여자는 언덕을 내려갔다.

"근데 동생은 어쩌다 그렇게 됐어요?"

물건을 가방에 넣는 내게 경남씨가 물었다.

"그냥, 갑자기 죽었어요."

내가 돌아보지 않고 냉담하게 대꾸하자 더는 묻지 않았다.

가방을 챙긴 뒤 할머니들에게 인사를 했다. 버스를 기다릴까 하다가 지하철역까지 걸어가기로 했다. 서서히 구름이 몰려와 따가운 햇살이 가려졌다 드러났다 했다. 언덕을 걸어가는데 미라씨가 소리쳤다.

"영린씨, 이거 가져요."

그녀가 나를 부르리라고는 생각도 못했고, 그건 내 진짜 이름도 아니었으므로, 내가 돌아본 이유는 순전히 미라씨의 목소리 때문이었다. 한 시간 남짓 아무 얘기나 떠드는 사이 익숙해진 목소리였다. 미라씨는 이리 오라고 손짓을 하더니 무릎에 얹고 있던 흰색 카디건을 내게 건넸다. 햇살이 따가울 때 걸치려고 들고 나온 것 같았다. 나는 얼결에 그것을 받아들긴 했지만 정말 가져도 되는지 망설여졌다.

"제가 가져도 되는 건가요?"

영신씨와 경남씨를 향해 묻자 영신씨가 "우리 엄마가 준 건데 왜 나한테 물어" 하고는 웃었다. 그야 치매 환자니까 주면 안 되는 걸 줄 수도 있잖아요, 하고 말하지는 않았다. 나는 이번에는 미라씨를 바라보며 "정말 가져도 돼요?" 하고 물어보았다. 그녀는 환하게 웃으면서 고개를 끄덕였다.

"영린씨한테 잘 어울려요."

그 미소는 그녀가 나를 정말 좋아하는구나, 하는 생각이 들게 하는 것이어서 나는 조금 의아했지만 그냥 따라 웃었다. 그렇게 같이 웃고 나니까 카디건을 가져도 된다는 생각이 들었다. 감사하다고 인사하고 언덕을 걸어내려갔다. 이제 볼일은 없겠지만 할머니들에게 거짓을 말한 것이 조금 미안해졌다.

역까지 걸어가는 동안 등골을 타고 땀줄기가 흘러내리는 것이 느껴졌다. 거의 다 내려왔을 때 나는 충동적으로 지하철역까지 곧게 뻗은 차도 대신 샛길처럼 나 있는 주택가 골목을 택했다. 백 미터 남짓 되는 그 골목은 적갈색의 벽돌로 된 연립주택이 대부분으로 내가 사는 동네와 분위기가 아주 비슷했다. 모퉁이를 돌면 우리집이 나올 것만 같았다. 쓰레기를 수거해가는 날인지 집 앞에 쓰레기봉투를 내놓은 곳이 많았다. 골목 가득 희미하게 지린내가 났다. 나는 냄새에 질색하며 도망치듯 빠르게 달려 골목을 빠져나왔다. 그리고 왔던 길을 되짚어 골목 입구 쪽에 있는 헌옷 수거함 앞으로 갔다. 손바닥에 눅진하게 배어난 땀을 닦은 후 그녀가 준 카디건을 그 안에 넣었다. 수거함이 꽉 차 있어서 힘으로 욱여넣어야 했다.

지하철에 올라타 에어컨 바람을 쐬자 조금 살 것 같았다. 여기서 춤을 추면 사람들이 무슨 일 때문에 그러냐고 물어볼지, 내 이야기를 들어줄지 궁금해졌다. 물론 그럴 만한 용기는 없었다. 시간이 지나자 한기가 느껴져 약냉난방 칸으로 자리를 옮겨 앉았다. 그러다가 문득 생각이 나 휴대폰을 꺼냈다. 역도 선수의 이름이 바로 떠오르지 않아 리우 올림픽이라고만 검색했더니 군인들이 스타디움 근처에 사는 빈민들을 쫓아내는 동영상이 먼저 떴다. 나는 다시 리우 올림픽, 역도 선수, 춤이라고 검색했다. 카토아타우가 등장했다. 내가 찾은 영상에서 그는 역기를 들어올리다가 어깨에 통증을 느꼈는지 신음을 내뱉으며 던지듯 역기를 내려놓았다. 기록은 세우지 못했을 것이다. 아마 메달도 따지 못했을 것이다. 그런데도 카토아타우는 경기장을 나가기 전에 환하게 웃으며 손을 머리 위로 뻗고 엉덩이를 흔들었다. 춤이랄 수 있을까 싶은 몇 가지 동작으로 이루어진 짧은 공연이었다. 카메라에는 잡히지 않았지만 관중들이 환호하는 소리가 들렸다. 영상에는 왜 그가 춤을 췄는지에 대한 설명은 없었다. 얼핏 봐서는 그저 팬 서비스인 것도 같았다. 다른 기사를 찾아보려고 했는데 인터넷 접속이 잘 되지 않았다. 나는 휴대폰을 가방에 넣고 등을 기댄 채 눈을 감았다. 가방 속에 든 것을 계속 생각했다. 부서지면 안 되는데. 나는 가방을 살짝 끌어안았다. 그리고 잠깐 잠이 들었다. 다시 눈을 떴을 때 뭔가 찾아보려 했던 게 떠올라 휴대폰을 꺼내들었지만 잘 기억이 나지 않았다. 지하철에서 내리기 직전에야 갑자기 생각이 나 검색을 해볼 수 있었다. 미라씨가 처음 말한 대로 제천은 충북에 있는 것이 맞았다.

집에 돌아와 선풍기부터 틀었다. 냉장고에서 물병을 꺼내 한 잔 따라 성급하게 들이켜고는 또 따랐다. 입가로 물이 조금 흘러 손등으로 닦았다. 기분으론 벌컥벌컥 다 삼킬 수 있을 것 같았는데 가슴팍이 시려와 두번째 잔은 다 마시지 못하고 식탁 위에 올려두었다. 땀에 젖은 옷을 벗고 샤워를 하다가 김이 서려 잘 보이지 않는 거울을 손바닥으로 뽀독뽀독 닦고 젖은 얼굴을 가까이 들이댔다. 무언가 잊은 것 같은데 그게 뭔지 알 수 없었다. 일일이 다 따져가며 기억하고 살다가는 미쳐버릴 거라고 스스로를 다독였다. 카디건을 버린 것이 후회되었지만 버리지 않을 수도 없었다. 카디건을 볼 때마다 할머니들에게 아무렇지 않게 동생이 죽었다고 말하던 내가 떠올랐을 것이다. 나는 욕실의 온기가 사라질 때까지 한참 동안 거울을 들여다보다가 이번에는 찬물로 샤워를 하고 나왔다.

식탁 위 컵의 표면에 작은 물방울들이 맺혀 있었다. 손을 가져다대자 물방울이 표면을 타고 죽 흘러내렸다. 나는 컵에 남은 물을 다 마셨다. 그리고 식탁 의자에 앉아 젖은 머리를 수건으로 털었다. 수건이 금세 축축해졌다. 선풍기가 아무도 없는 곳에서 오래 머무르기에 그 앞으로 기어가 앉아 내 쪽으로 선풍기를 고정했다. 한동안 선풍기 바람을 쐬다가 정지 버튼을 눌렀다. 아아아, 하고 한숨인 듯 하품인 듯 괴성 같은 소리를 오랫동안 뱉었다. 수건을 새로 가져와 젖은 머리를 닦으면서 나를 보고 웃던 미라씨를 떠올렸다. 원치 않더라도 모든 것을 잊게 되는 날이 올지도 모른다. 미라씨의 이마에 맺힌 땀을 닦아주던 영신씨도, 스물아홉이면 핏덩이라고 말하던 경남씨도 덩달아 생각이 났다. 핏덩이지, 핏덩이. 그 말을 계속 생각하며 수건으로 머리카락을 꾹꾹 눌러 닦았다. 물기가 마르니 몸이 가벼워지는 듯했다. 일일이 다 따져가며 기억할 힘이 조금 생겨나는 것도 같았다. 핏덩이지, 핏덩이. 아직 그렇게 말할 수 있는 날이 많았다. 피규어는 동생 방문 앞에 놓아두었다. 똑똑 문을 두드리며 영린아, 불러도 아무 기척이 없었지만 다음날 아침에는 피규어가 사라지고 없었다.

작정기

1

원래 다케오에 가려고 한 사람은 내가 아니었다. 원진이었다. 우리는 원진이 이혼 서류에 도장을 찍은 2월의 마지막날에 만나서 함께 술을 마시다가 충동적으로 5월 연휴에 떠날 비행기표를 예매했다. 그러고는 까맣게 잊어버렸다. 여행 일자가 보름 앞으로 다가오자 그제야 원진은 계획을 세워야 한다고 소리쳤지만 나는 회사일에 시달리느라 아무런 의욕이 없어서 모든 걸 원진에게 떠넘겨버렸다. 원진은 나에게 어떤 경우라도 자신의 계획에 불만을 갖지 않을 자신이 있다면 그렇게 하겠다고 말했고 나는 흔쾌히 동의했다.

떠나기 일주일 전에 원진이 전화로 물었다.

"어떻게 어디 가는지도 안 물어봐?"

"일본 가잖아."

"일본 어디."

"규슈."

"규슈 어디."

이름은 점점 더 작아졌다. 큰 것을 무화시키는 작은 이름들. 다케오는 우리가 가려는 여러 작은 이름들 중 하나였다. 나는 원진에게 듣기 전까지 다케오라는 장소가 지구상에 존재하는지도 모르고 있었다. 그건 당연한 일이라서, 지구상에는 내가 아는 지명보다는 모르는 지명이 훨씬 더 많으니까, 나는 그중 극히 일부분만 아는 채로 살다가 죽을 테니까 별로 놀랍지는 않았다. 다만 많은 작은 이름들 중에서 왜 그곳을 선택했는지는 궁금했다. 원진은 그냥 모든 게 우연이었다고 말했다.

떠나기 하루 전 내가 여행 가방에 더 넣을 것이 없는지를 마지막으로 점검하고 있을 때 원진이 전화를 걸어와 자신은 갈 수 없다고 말했다. 할아버지가 돌아가셨다는 것이다. 나는 부랴부랴 문상을 갔다. 헌화를 하고 묵념을 하고 부조금을 낸 다음 검은 상복을 입은 원진과 꿀떡을 놓고 마주앉았다. 할아버지의 자식이 많아서인지 장례식장은 북적거렸고 원진은 하는 일 없이 지루하기만 하다고 했다.

"어른들이 호상이래. 그래도 하필 이럴 때 죽다니."

원진은 할아버지와 별로 친하지 않았고 정확한 나이도 알지 못하는데 친척 어른들 이야기를 들어보니 살 만큼 살면서 할 만큼 다 하고 간 사람인 것 같다고 평했다. 원진과 중학생일 때부터 친구였던 나 역시 원진이 할아버지라는 단어를 입에 올리는 것을 한 번도 들은 기억이 없었기 때문에 두 사람이 얼마나 소원한 관계였는지는 짐작할 수 있었다. 나는 죽음 앞에서 마음이 무거웠다가, 떠들썩한 분위기와 사람들의 밝은 표정에 마음을 놓아버리고 나와는 상관도 없는 죽음 같은 건 금세 잊어버렸다.

"다들 아직 나 이혼한 거 몰라서 남편은 왜 같이 안 왔냐고 물어봐."

원진은 대학생일 때 만난 남자와 사귀다가 졸업하자마자 결혼을 했는데 오 년의 결혼생활 동안 아이는 없었다. 원진도 남편도 원하지 않았다. 갑작스런 결혼 소식에 속도위반 아니냐며 낄낄대던 지인들은 아무리 기다려도 아이 소식이 없자 더는 그에 대해 얘기를 꺼내지 않았다.

"그래서 뭐랬어?"

"이혼했다고 했지 뭐. 그럼 순간적으로 약간 벙찐 표정 짓는데 그걸 보는 게 재밌어. 잘됐어. 이번 기회에 다 소문내야지. 여행 짐은 다 쌌어?"

원진이 이혼 서류에 도장을 찍었다고 말했을 때 내 표정은 어땠을까. 나는 언젠가 그런 일이 일어날 거라고 짐작하고 있었다. 내심 기대했던 것도 같다. 원진의 남편은 직장을 구했다가도 금세 그만둬버렸고 입시 과외를 하는 원진의 불안정한 수입으로는 가정을 꾸려나가기가 녹록지 않았다. 원진은 자주 혼자 있고 싶다고 말했다. 원진의 입에서 이혼이라는 말이 나왔을 때 나는 실제로 조금 놀라긴 했지만 그보다 더 과장되게 놀란 척했다가 "잘했어" 하고 말했다. 그러자 원진은 "내가 또 할 땐 하니까" 하고 때 이른 결혼을 알리던 때와 비슷한 말을 했다.

"나도 취소할까봐. 혼자서 가기가 영."

"뭔 소리야. 갔다 와."

"나 혼자서 여행 간 적이 한 번도 없거든."

"잘됐네. 이번 기회에 가면 되겠네."

"좀 무서워서. 일본어도 전혀 모르고."

"겁쟁이 같은 소리 하지 말고 제발 다녀와. 나 대신이야."

원진은 3박 4일 동안 자신이 하려고 했던 일들이 빼곡히 적힌 일정표를 휴대폰으로 전송해주었다. 그건 내가 선호하는 여행과는 전혀 다른 방식이었으므로 우리가 함께 떠났다면 돌아올 때는 따로따로였을지도 모른다. 세 번의 밤을 보내야 하는 숙소는 이미 예약되어 있어서 여행의 큰 줄기는 비슷하겠지만 내가 혼자 떠나게 된 이상 그 모든 일정의 세목들을 따를지 말지는 순전히 나의 선택이었다. 하지만 원진의 말에서 아예 자유로울 수는 없었다.

원진의 말처럼 정말로 원진 대신 떠나는 여행 같았고, 그래서 할 수 있는 한 원진의 일정에 따라보자고 마음먹었다.

결과적으로 말하자면 여행은 완전히 엉망진창이었다. 원진이 세운 일정은 나로서는 도저히 소화해낼 수 없는 것인데다 둘째 날 밤에는 지진이 나서 거의 뜬눈으로 밤을 지새운 탓에 셋째 날은 더더욱 빠릿빠릿하게 움직일 수가 없었고 그날 오후에는 렌트한 차까지 잃어버렸다.

그건 아무리 생각해도 이상한 일이었다. 하도미사키의 주차장에 세워둔 차가 사라진 것이었다. 하도미사키는 규슈의 북서쪽 끝에 있는 곳으로 내가 찾았을 때는 관광객이 아무도 없었다. 해안을 따라 짧게 산책하고 다시 돌아왔을 때 주차장이 휑한 것을 보고 내가 뭔가를 착각했나 싶었다. 주차를 다른 곳에 했었나. 볕이 따가워 얼른 차로 돌아가 에어컨 바람을 쐴 작정이었던 나는 어리둥절해졌다. 하지만 주차를 한 기억이 또렷했다. 파도 소리와 까마귀 울음소리를 들으며 수평선에서부터 불어오는 바닷바람을 맞다가 주차장으로 돌아오면 내가 타고 온 차가 있어야만 했다. 몇 있는 가게의 상인들과는 말이 통하지 않아 도움을 구할 수 없었다. 어쩌면 차가 사라졌다는 내 말을 알아들었는데 그건 웬만해선 일어나지 않는 일이니까 잘못 알아들었다고 생각하고 계속 무슨 소린지 도통 모르겠다는 표정을 지었던 것일 수도 있다. 렌터카 회사의 연락처가 적힌 파일은 차 안에 있었으며 휴대폰도 차에 둔 채 지갑만 들고 내렸었다. 나는 어째야 좋을지를 몰라서 작은 모래사장을 걸으며 그냥 시간을 흘려보냈다. 태평하게 소라구이를 사 먹기도 했다. 바로 앞바다에서 해녀들이 물질을 하고 있었기 때문에 그 소라들은 해녀가 잡은 것이라고 내 맘대로 생각했다. 바다 비린내가 나는 짭조름한 소라를 먹고 있자니 맥주가 몹시 당겼지만 운전을 해야 했으므로 참았다. 차가 없어졌는데도 그랬다. 소라구이 한 접시를 다 비우고 다시 'The northwest end'라고 쓰여 있는 표지판까지 걸어갔다가 처음 지날 때는 왠지 내키지 않아 스쳐 보냈던 수중 전망대에 돈을 내고 들어가서 칠 미터 해저의 청록색 바닷속을 헤엄치는 물고기들을 구경한 다음 주차장으로 돌아왔을 때, 내가 잃어버렸던 흰색 파쏘도 돌아와 있었다. 원래 주차했던 그 자리에 아무 일도 없었다는 듯 가만히 서 있었기 때문에 나는 정말 내가 뭔가를 착각했었나 생각했다.

"그건 나야."

"뭐?"

"차를 타고 달아난 건 나였어. 네가 얼마나 내 말을 잘 따르나 보려고 미행하다가, 영 엉망진창으로 다니길래 열받아서 차를 훔친 거지. 근데 차 없어진 거 깨닫고 혼자 얼빠진 표정으로 이도 저도 못하고 있을 꼴을 떠올리니 불쌍해서 도로 갖다놓은 거야."

"헛소리하지 마."

원진은 자기의 농담이 재밌다는 듯 웃어댔다.

"너야말로 웃기지 마. 그거 변명하려고 지어낸 거 아냐? 차가 없어졌다가 두 시간 뒤에 다시 나타났다니 말이 돼? 내 스케줄을 못 따른 데 대한 변명으로 지어낸 거지. 그럴 필요 없어. 나는 네가 네 맘대로 다녔다고 해도 하나도 원망 안 해. 그럴 필요가 없잖아. 너 너무 진지하게 생각한 거 아냐?"

여행에서 돌아와 카페에서 만난 원진은 내가 선물로 사 온 것들을 풀어보며 그렇게 말했다. 물론 그건 변명이 될 수 있었을지도 모르지만 지어낸 건 아니었다. 원진의 말대로 그럴 필요가 없었고 나는 무언가를 꾸며낼 요령이나 정성은 없는 사람이었다. 그저 일어난 일에 대해 말하고 싶었을 뿐이었다. 나는 휴대폰으로 찍은 사진을 한 장 한 장 넘겨가며 여행에서 있었던 일에 대해 원진에게 남김없이 다 말해주었고 그것은 기억에 남을 만한 사건들이라기보다는 본 것과 먹은 것, 간 곳과 잔 곳에 대한 예상 가능한 기록에 지나지 않아서 어쩌면 지루했을 텐데도 원진은 감탄사를 내뱉으며 내 이야기를 들어주었다. 그 감탄 속에서 내 여행은 점점 더 그럴싸한 것이 되어가다가 다케오 신사의 삼천 년 된 녹나무 사진에서 봉천동의 골목을 지나는 검은색 고양이 사진으로 넘어가면서 돌연 끝이 났다. 그 두 사진 사이의 틈이 내게는 아주 아득하게 느껴졌다. 원진도 그 끝을 알아차리고 내 손바닥 위 휴대폰 쪽으로 기울이고 있던 몸을 곧추세우며 스트레칭을 했다.

"재밌었겠다."

"덕분에."

끝내 말하지 않은 한 가지가 있긴 했는데 그것은 차를 가져간 사람의 정체에 대해서였다. 원진도 그 사람을 잡았느냐고 자세히 묻지 않았고 테이블 위에 풀어놓은 로이스 초콜릿에만 관심을 보이며 앉은자리에서 한 상자를 다 먹을 기세였다.

"그거 맛있어?"

"안 먹어봤어? 짱 맛있는데."

말을 마치자마자 원진은 초콜릿 하나를 집어 내 입 앞으로 내밀었고 나는 그것을 날름 받아먹었다. 아무 저항도 없이 녹아 사라지는 초콜릿의 단맛을 더듬으면서 나는 그늘 하나 없는 땡볕의 주차장으로 돌아와 있던 파쏘를 떠올렸다. 무엇보다도 문을 열었을 때 번져나온 부드러운 서늘함에 대해서. 여전히 얼떨떨한 상태로 운전석에 앉아서 렌터카 회사에 알려야 할까 잠깐 고민했지만 그냥 시동을 걸어 다음 목적지로 출발했다. 도난당한 물품은 아무것도 없었다. 얼마 달리지 않았을 때 내 몸과 운전대 사이의 거리가 전보다 아주 조금 가까워져 있다는 기분이 들었다. 나는 비상등을 켜고 갓길에 차를 세웠다. 사이드브레이크를 걸어놓고 좌석을 뒤로 살짝 밀어 간격을 조절하면서 두 시간 동안 이 차를 타고 달린 사람은 누구였을까를 헤아렸다.

"어때, 맛있지?"

"맛있네."

나는 그 사람이 원진이었을 것이라고 생각한다.

2

물론 그것은 물리적으로 불가능한 일이라서 조금이라도 진실에 가까우려면 나는 그 사람이 원진이었으면 좋겠다고 생각한다, 라는 문장이 되어야 한다. 그렇다고 해도 그 일이 불가능하다는 점은 변함이 없다. 그때 원진은 한국에, 경기도 일산의 백석동에 있었으며 할아버지의 장례가 아니더라도 어차피 한국을 떠날 수 없는 형편이었다. 여행이 이틀째 되는 날에 원진의 여권 유효기간이 만료되었기 때문이다. 원진은 장례를 마치고 돌아와 신세한탄을 하며 쌌던 짐을 도로 풀다가 무심코 여권을 펼쳐보고 그 사실을 깨달았다고 했다.

"해외에 나간 지가 하도 오래라 그런 걸 챙길 생각도 못했지 뭐야."

그런 멍청한 이야기는 아주 오랜만이어서 나는 한참을 웃었다.

그러니까 그날, 그 흰색 파쏘를 가져가서 두 시간여의 드라이브를 즐긴 사람이 원진이었으면 한다는 바람은 터무니없는 생각이다. 하지만 때로 이 세상에는 절대 일어나서는 안 되는 일이 일어나기도 하므로. 이를테면 내 성 정체성을 빌미로 회사에서 퇴사를 강요한다든가 아니면 출근을 하려고 지하철로 향하던 원진이 갑자기 꺼져버린 땅바닥과 함께 추락해 죽어버린다든가 하는 일이 일어나기도 하므로. 물론 그것은 물리적으로는 가능한 일이긴 하지만 따지고 보면 나는 물리에 대해서는 아는 게 거의 없는 편이라서, 게다가 물리도 이 세계에 대해 완전히 다 아는 건 아니지 않나 싶기도 해서, 그런 확신이야말로 어떤 것을 이해하는 일에서 더 멀어지게 할 뿐일 테니까. 그 사람이 원진이었다고 믿으면 안될 건 또 뭐람, 하고 생각해버린다.

물론 완전히 그렇게 하지는 못한다. 그 사람이 원진이었다고 믿으면서도 절대로 그럴 리가 없다는 것 또한 아주 잘 알고 있다. 그게 내가 이 세상에 대해 품고 있는 가장 못마땅한 점이다.

3

"근데 이 사람은 누구야?"

내 휴대폰의 사진첩을 넘겨보다가 원진이 멈춘 사진에는 야키토리 가게의 스탠드 자리에 앉아 맥주잔을 들어 보이며 웃는 유코가 있었다.

유코가 성인지 이름인지는 모른다. 전체 이름이 어떻게 되는지도. 유코를 만난 것은 첫째 날 묵었던 사가역 근처의 비즈니스호텔에서였다. 잠들기 전 맥주 한 캔을 마시려고 자판기를 찾았는데 자판기가 내 돈을 먹어버렸다. 그날 한 일이라고는 공항에 도착해서 호텔로 찾아온 것밖에 없었지만 사방에서 감지되는 낯선 언어와 풍경에 약간 예민해져 있었기 때문에 그 긴장을 풀어줄 뭔가가 간절히 필요했다. 그런데 자판기가 문제를 일으키니 짜증이 나서 나도 모르게 손바닥으로 자판기를 세게 쳐버렸다. 그때 뒤에서 헉 하는 소리가 나서 돌아보자 유코가 서 있었다. 나는 몹시 부끄러웠고 놀라게 한 데 대해 유코에게 사과하고 싶었다.

"한국 사람이에요?"

유코가 일본어 억양이 섞인 한국말로 물었을 때는 이런 폭력적인 사람은 한국인뿐이라는 걸까 싶어 더더욱 민망해졌다. 내가 고개를 끄덕이자 유코는 다짜고짜 자기가 한잔 살 테니 밖에 나가서 맥주를 마시자고 했다. 살짝 당황해하는 나를 보며 유코는 혼자서 술을 마시러 가기가 싫어서 그런 거라고 덧붙였다. 나는 피로했지만 이런 것도 여행이 아니라면 할 수 없는 일이라는 생각에 유코를 따라나섰다.

일본의 술집에서 가장 인상적이었던 것은 아직 실내 흡연이 가능하다는 점이었다. 유코와 내가 스탠드 자리에 나란히 앉았을 때 바로 옆에 있던 남자가 담배를 피우고 있었고 그 연기에 나는 기침을 했다.

"담배 때문에?"

"아뇨, 괜찮아요."

자리마다 재떨이가 놓인 가게에서 술을 마시자니 대략 십 년 전의 한국으로 돌아간 기분이었다. 당연한 얘기지만 그때 나는 지금보다 열 살이 어렸고 지금보다 나에 대해서 잘 몰랐지만 잘 안다고 생각했다. 그런 확신이 그리울 때도 있다.

메뉴판을 읽을 수 없어 주문은 유코에게 부탁했다. 나는 생맥주 한 잔이면 충분했다. 맥주가 나오자 유코는 한 모금을 들이켠 다음 주머니에서 담뱃갑과 성냥갑을 꺼내 테이블 위에 올려놓았다. 곧 담배를 피우겠다는 예고 같았지만 맥주 두 잔을 비우고 가게를 나설 때까지 유코는 담배를 피우지 않았다. 유코는 일 때문에 사가현으로 출장을 왔는데 내일은 다시 도쿄로 돌아간다고 했다. 무슨 일을 하는지는 자세히 물어보지 않았다.

작은 가게라 유코와 나는 들어갈 때부터 사람들의 시선을 끌었다. 우리가 한국어로 이야기하자 유코 옆에 앉은 남자가 호기심으로 말을 걸었다. 그는 내 여행 일정을 궁금해했고 나는 내가 갈 곳들의 이름을, 가라쓰, 이마리, 다케오, 기억나는 대로 대답해주었다. 그러자 남자가 무어라 길게 말을 했는데 나는 당연히 알아들을 수 없었고 유코가 통역해주었다. 그는 이렇게 말했다고 한다.

"가라쓰? 거길 뭐하러 가요? 거긴 아무것도 없는데."

그 말을 옮기면서 유코는 피식 웃었다. 그 웃음은 남자의 말에 동의한다는 뜻 같기도 했고 전혀 동의할 수 없다는 뜻 같기도 했다. 나는 아무것도 없을 리가 없지 않나? 하고 생각했지만 남자가 말하는 바가 무엇인지도 알 것 같았다. 볼만한 게 정말 없다고 생각했을 수도 있고 그게 아니라면 남자에게는 그곳이 너무 익숙한 것이다. 무언가를 일상적으로 보다보면 그게 특별하다는 것을 잊게 되니까. 나는 맥주 한 잔에 취기가 돌기 시작해 그곳에 가려는 게 순전히 내 의지만은 아니라는 것, 원래 함께 떠나기로 했던 친구가 가려던 곳이었지만 갑작스레 그의 할아버지가 돌아가시는 바람에 올 수 없었다는 것, 이 여행은 애초에 그 친구가 계획했기 때문에 반 정도는 그가 원했던 곳을 따라가려는 것이라는 이야기를 마구 떠들어댔다. 그는 물과 풀과 개를 좋아하기 때문에 바다와 나무를 볼 수 있는 곳이라면 어디든 좋아했을 거라고. 가라쓰는 바다와 면해 있고, 듣자 하니 일본 삼대 송림이라는 니지노마쓰바라도 있다니까 무조건 좋아했을 거라는 말도 했다. 하지만 유코의 한국어가 완벽하지 못해서인지, 아니면 모두 조금씩 취해가고 있었기 때문인지 나중에 이야기를 정리해보니 유코도 남자도 나의 여정을 죽은 친구를 대신해 떠나온 것으로 오해하고 있었다.

　나는 굳이 바로잡지 않았다. 바로잡았어야 했을까? 그것은 어떤 빌미가 되었을까. 누군가 원진을 이미 죽은 사람으로 간주해버리고 말았다는 사실이 원진의 죽음을 재촉하는 일이 될 수도 있는 것일까. 그렇게 생각하는 것은 지나치게 미신적이고 원진에게도 옳지 못하다. 그런데도 그런 자책감이 들 때가 있다. 그럴 때면 나는 물리라는 단어를 떠올린다. 이 세계가 물질로 가득차 있고 설명 가능한 공식으로 이루어져 있다는 것으로 내 죄를 만회하려고 한다. 그런 건 물리로 설명할 수 없으니까 가능하지 않다. 사실 그건 죄도 아니지 않나. 내가 원진을 죽인 것도 아니고 죽음을 사주한 것도 아니고 단지 말을 옮기는 과정에서 매끄럽지 못한 부분이 있었던 것뿐이다. 내 죄라고 할 만한 건 아무것도 없다. 그런데도 이렇게까지 자책하는 것은 원진이 이 세상에서 없어졌으면 좋겠다고 생각한 적이 있기 때문인지도 모른다. 그날 야키토리 가게에서 유코와 남자가 원진을 죽은 사람 취급하고 있다는 사실을 알아차렸을 때, 그때의 기억을 떠올리며 가벼운 해방감을 느꼈다는 것을 나 자신은 잘 알고 있기 때문인지도 모른다.

"유코. 일본에서 우연히 만난 사람."

나는 원진에게 유코에 대해 그렇게만 설명했다. 그 사진은 맥주가 나왔을 때 내가 휴대폰으로 사진을 찍자 유코가 자기도 찍어달라고 말하기에 찍은 것이었다. 나는 유코의 메일로 사진을 보내주었다. 세 잔의 맥주를 비우고 호텔로 돌아온 우리는 엘리베이터에서 서로의 내일에 행운이 있기를 바란다는 말을 나누었다. 유코는 오층에서 나는 팔층에서 내렸다. 살면서 다시는 유코를 만날 일이 없을 것이라고 생각했다. 그게 슬프지는 않았다. 전혀 아무렇지도 않았다. 아주 많은 사람을 다시는 만나지 못하면서 살아가니까. 한 시절을 같이 보냈던 사람이라도 그럴진대 하물며 유코 같은 사람을 다시 못 만난다는 것은 지극히 당연한 일이었다.

"유코!"

원진은 대뜸 유코의 이름을 제법 큰 소리로 외쳤다.

"유코."

그리고 작은 소리로 다시 한번 말했다.

"유코."

마지막으로 한번 더 말했다. "뭐야, 왜 그래?" 물으니까 원진은 유코라는 이름이 참 예뻐서 발음해보고 싶었다고 했다. 그 말을 듣고 나는 약간은 놀리듯이 "원진, 원진, 원진" 하고 세 번 말했다.

이름을 부를 때마다 그 이름의 주인은 내게 점점 더 구체적인 사람이 된다.

4

비행기표를 예매하던 날 원진은 우리가 함께 떠나는 첫 여행이라는 사실을 내게 상기시켜주었다.

"우리 영 스타일이 다른데 가서 싸우면 어쩌지?"

원진은 그런 걱정을 했고 나는 내가 늘 지는 사람이니까 그럭저

력 맞춰보겠다고 대충 말했다. 그 말에 의미심장하게 고개를 끄덕이던 원진이 물었다.

"나를 좋아하지?"

그건 어려운 질문이 아니었다.

"그럼."

내가 단호하게 말하며 고개를 끄덕이자 원진은 다시 물었다.

"친구로서?"

나는 원진의 눈을 똑바로 쳐다보았다. 상대에게 무언가 숨기고 싶은 게 있을 때면 나는 그 얼굴을 똑바로 본다. 거짓말을 하는 사람은 눈을 제대로 마주치지 못한다는 것이 오랜 정설이니까 그 행위를 해냄으로써 나를 변호하는 것이다. 나는 내 좌표가 어디인지 정확하게 찍으려는 사람들 앞에서 늘 애매모호한 사람이 되어 얼버무렸다. 하지만 그 순간만큼은 내가 어디에 서 있는지를 분명히 말했어야 했는지도 모른다. 큰 것을 무화시키는 작은 이름들.

"그럼."

그러나 나는 또 고개를 끄덕였다. 원진은 고개를 절레절레 저었다.

"넌 아직 안 태어난 사람 같아. 아니 넌 이미 다 늙은 사람 같아. 아니다. 벌써 죽은 사람 같아."

"다행이야. 있는 듯 없는 듯 사는 게 내 인생 목표니까."

그렇게 웃으면서 농담으로 넘기려고 했는데 그 또한 지적을 받왔다.

"넌 그게 문제야. 뭐든 농담으로 웃어넘기잖아. 난 심각하게 말하는 거야. 웃을 일이 아니야."

그 일은 반복되었다. 나는 원진과 만날 때마다 취했고 취할 때마다 추태를 부렸고 원진은 그때마다 자길 좋아하냐고 물었다. 이상하게도 그 일이 거듭될수록 부끄러움은 점점 옅어졌다. 맨 처음에는 부끄러움이라는 감정이 아주 선명했다. 하지만 점점 희석되었다. 열화되었다. 그런데 때로는 그 부끄러움이 폭발적으로 터져나와 아주 선명해질 때가 있었고 그때마다 나는 영화 속 주인공처럼 원진은 나에 대해 너무 많이 알고 있어서 곤란하다고 여기며 원진이 없어졌으면 좋겠다고 생각했던 것이다. 순전히 내 감정의 편의를 위해서. 그것은 아주 유아적이고 치졸한 생각이라서 나중에는 그 생각을 했다는 것만으로도 낯이 뜨거워졌다.

"5월까지 어떻게 기다려. 당장, 당장 떠나자. 멀리, 아주 멀리."

술에 취했을 때 원진은 분명 그렇게 이야기했었는데 당장 떠날 수는 없었다. 당장은 휴가를 낼 수가 없었다. 오래 쉴 수 없었으므로 멀리 떠날 수도 없었다. 우리는 시간을 쪼개어 다가올 삶을 계획했다. 그리고 그 계획대로 하나씩 해나갔다. 그런 게 삶의 기쁨이었다.

5

유코에게서 메일이 온 것은 그해 11월이었다. '김상, 잘 지내시나요? 5월에 사가에서 만났던 유코입니다. 제가 내주에 서울에 갑니다. 한번 만날 수 있을까요?' 무슨 일로 서울에 오는지 왜 나를 만나고 싶어하는지는 언급하지 않은 짧은 메일이었다. 일 때문에 오는 것이라 여겼다. 한국어가 제법 능숙했던 것을 보면 하는 일도 한국과 관련있을지도 모른다고 생각했었다. 나는 답장하지 않았다. 시기가 좋지 않았다. 원진이 사고를 당해 병원에 누워 있었다. 의식이 없는 상태였다. 나는 틈나는 대로 병원에 찾아갔지만 원진의 어머니가 그만 왔으면 좋겠다고 말한 뒤로는 가지 않았다. 내가 메일을 읽고서도 답을 하지 않자 유코는 이틀 뒤 다시 메일을 보냈다. 우습게도 지난번 메일과 완전히 같은 내용이었다.

나는 유코를 만나고 싶지 않았다. 그저 스치듯 한 번 만났을 뿐인 사람이었고 유코가 원진에 대해 잘못 알고 있는 사실이 나를 괴롭혔기 때문이었다. 하지만 답장을 한 것 역시 그 사실 때문이었다. 잘못된 것을 바로잡고 싶었다. 나는 다른 내용은 없이 내 전화번호와 함께 서울에 오면 연락하라는 말을 남겼다. 그다음 주 토요일에 낯선 번호로 전화가 걸려와 받았을 때 짐작했듯 유코예요, 라는 말이 들려왔다. 나는 아무 일도 없다는 듯 반갑게 인사했다. 어떻게 그럴 수 있었는지는 알 수 없다. 그때는 이미 원진이 죽은 다음이었다. 일주일이라는 짧은 시간 동안 무언가가 완전히 바뀌어버린 것이다. 이제는 유코를 만난다고 해도 바로잡아야 할 사실 같은 건 없었다.

유코와는 그날 저녁에 삼성동 코엑스에서 만났다. 유코는 인파 속에서 나를 발견하고 예의를 차리며 미소를 지었다. 나도 고개를 숙여 인사했다. 어쩐지 처음 보는 사람 같았다. 유코가 치맥을 하고 싶다고 해서 치킨집을 찾아가 앉았다.

"가라쓰는 잘 구경했어요?"

어색해하며 마주앉아 있는 내게 유코가 물었다. 나는 고개를 끄덕였다.

"그렇군요. 친구도 좋아했을 거예요."

"네, 좋아했어요."

이번에도 유코는 테이블 위에 담뱃갑과 성냥갑을 올려놓았다.

"한국에서는 실내에서 담배를 피울 수 없어요."

나는 혹시라도 유코가 실수를 할까봐 얼른 말했다. 유코는 웃으며 자신은 금연중이라고 말했다.

"이건 일종의 부적이에요. 제가 왜 금연중인지를 일깨워주는."

담뱃갑 안에는 담배가 들어 있었지만 성냥갑은 달랐다. 유코가 조심스럽게 열어 보인 그 안에는 성냥이 없었다. 다른 무언가로 채워져 있었는데 그걸 뭐라 설명해야 좋을지 나로서는 알 수 없었다. 돌돌 말아놓은 색색의 종이와 아주 작은 돌멩이 같은 것이 들어 있었다. 유코는 다시 조심히 성냥갑을 닫으며 물었다.

"가라쓰 다음에는 어디에 간다고 했었죠?"

나는 내가 갔던 지명들을 읊었다. 원진이 선택했던 작은 이름들. 이마리, 아리타, 우레시노, 다케오.

"다케오는 녹나무를 보러 간 것이지요?"

거기엔 삼천 년을 살았다는 나무가 있었다. 나무 주위로 울타리를 쳐놓아 가까이 다가갈 수는 없었지만 나는 그 앞에 서서 단체관광을 온 무리들이 몇 차례씩 바뀔 때까지 한참이나 떠나지 못했다. 그 앞에 서자 내가 줄곧 그곳에 오고 싶어했다는 것을, 그 나무를 보고 싶어했다는 것을 알 수 있었다. 나무의 크기 자체에 압도된 것 같기도 했고 삼천 년이라는 시간을 헤아리고 싶은 것 같기도 했다. 그런 정보를 몰랐더라도 내가 이 나무에게서 어떤 경이로움을 느낄 수 있었을까. 확신할 수는 없지만 아마 그랬을 거라고 생각했다.

나무는 아무런 배경지식이 없이 봐도 어떤 품위가 느껴졌다. 아주 오랜 시간을 겪고도 살아남은 것에서 느껴지는 그런 것. 나는 나무를 바라보며 내가 서 있는 곳의 이름은 무엇일까 생각했다. 규슈에 포함되고 사가현에 포함되고 다케오시에 포함되는 곳. 다케오 신사의 대나무 숲. 그 안쪽의 녹나무 자리. 삼천 년을 산 나무 앞. 하지만 원진이 다케오에 가려 한 것은 그 때문이 아니었다.

"원래 다케오에 갈 작정은 아니었어요. 그냥 시간이 남아서 가까운 데를 하나 끼워 넣었던 거예요."

"친구가 그렇게 말했었나요?"

"네."

"친구의 이름은 무엇인가요?"

"송원진."

그 이름을 말하자니 왠지 울컥했다. 더이상은 호격으로 부를 수 없고 부른다고 해도 응답할 사람이 없어진 고유명사였다. 유코는 "송원진, 송원진" 하고 이름을 몇 차례 읊조렸다.

"제가 김상을 한번 더 만나고 싶었던 건 송원진상의 이야기가 계속 생각나서였어요. 사실 좀 이상한 일이었어요. 그날 김상은 전혀 슬프지 않았거든요. 차라리 즐거운 쪽이라서 그런 관계도 존재하는 것이구나, 하고 생각했어요. 정말 가까운 사이이기 때문에 가능한 것이구나, 하고."

그건 그냥 오해였는데, 그때는 원진이 아직 살아 있었기 때문에 즐거울 수 있었다.

"저는 정원을 만드는 회사에서 일해요. 일본에는 『사쿠테이키作庭記』라는 책이 있는데 정원을 만드는 일에 관한 매뉴얼이라고 할 수 있겠지요. 아주 옛날 책이라 말이 안 되는 미신이나 금기도 있지만요."

유코는 계속 말을 이어나갔다. 그 책에는 이런 내용이 있다고 했다. 자연 풍경을 회상하여 '그 장소는 이와 같았구나' 하고 견주어 생각하면서 정원을 만들라. 사람들은 자신이 좋아하는 자연 풍경을 닮은 정원을 원하기 때문이다. 그러면서 유코는 내 일정에 다케오가 있다는 말을 듣고 원진이 녹나무를 보고 싶어한 것이라 짐작했다고 얘기했다.

"잘못된 생각이었지만 아마도 봤다면 좋아했을 것입니다. 그래서 만들어주고 싶었어요. 녹나무가 있는 정원을요."

유코는 조심스럽게 가방에서 아주 작은 상자를 꺼냈다. 유코의 성냥갑과 비슷하게 생긴 것이었다.

"물론 제 마음대로 남의 땅에 정원을 만들 수는 없으니 이런 모형을 만들어보았습니다."

유코가 상자를 열어 보였을 때 나는 작게 탄식했다. 매우 섬세한 솜씨로 만들어진 작은 녹나무 정원이었다. 다케오의 녹나무와 무척 닮았으면서도 어떤 것들은 생략되어 있었다. 거기에는 나무를 둘러싼 울타리가 없었다. 나무 곁에는 아주 작은 두 사람이 서 있었다. 그 둘은 누가 뭐래도 나와 원진일 것이다.

나는 유코가 하는 말들이 모두 다 못마땅했고, 너무 주제넘는다고도 말하고 싶었고, 그만 집어치우라고도 말하고 싶었지만, 눈물이 쏟아져서 그럴 수가 없었다. 그 위로의 말들을 다 들은 다음에야 나는 유코에게 원진의 죽음을 알릴 수 있었다.

"원진이가 죽었어요."

유코는 내 손을 잡았다.

"그렇게 죽으면 안 되는 거였는데."

그 손길이 너무 따뜻해서 뿌리치고 싶었다.

"그렇게 죽어도 되는 사람은 아무도 없는데."

내가 대책 없이 우는 동안 유코는 아무 말 없이 내 손을 잡고 있었다.

6

원진의 장례식장에서 수년 전 원진의 결혼식 이후로 거의 만난 적이 없었던 원진의 남편을 보았다. 그는 구석에서 혼자 소주를 마시고 있었다. 그리고 자정쯤 한 남자가 도착했을 때 자리에서 벌떡 일어나 그 남자의 멱살을 잡았다. 말려야 하는 게 아닌가 싶었지만 아무도 술에 취한 그에게 가까이 가고 싶어하지 않았고 그보다 훨씬 덩치가 컸던 남자가 어렵지 않게 그의 손을 떼어냈다.

그 남자는 원진의 애인이라고 했다. 이혼 역시 원진의 불륜 때문이었다. 이혼을 한 다음에는 그 남자와도 헤어졌다지만 계속 연락은 했던 모양이었다. 원진의 전남편과 원진의 전 애인은 나중에는 같은 테이블에 앉아서 함께 소주를 주거니 받거니 했다. 무슨 이야기를 나누었을까. 딱히 무슨 말이 오가는 것 같지는 않았다. 무슨 말이 필요하지 않았을 것이다. 내가 장례식장을 떠나기 전에 두 사람은 사라지고 없었다.

이제 우리 모두는 원진에게 이전의 사람이 되었다.

7

이후로 나는 종종 혼자 일본에 갔다. 그날은 오사카의 어느 골목에서 길을 잃었다. 역에서 십 분 거리라는 호텔은 아무리 걸어도 나타나지 않았다. 결국 지나가는 사람을 붙잡고 내가 가지고 있던 지도를 펼쳐 호텔을 가리켰다. 그 행위만으로도 그 사람은 내가 의미하는 바를 알아차렸다. 하지만 한참을 두리번거리더니 고개를 저었다. 그러고는 지도 밖 허공을 손가락으로 짚었다. 우리가 서 있는 길을 한 번 가리키고 다시 지도를 가리키더니 길이 그려지지 않은 지도의 테두리 부분, 여백을 짚었다. 그리고 조금 더 손가락을 옮겨 다시 또 허공을 짚었다. 내가 지금 서 있는 곳이 지도의 바깥이라는 것을 알 수 있었다. 그는 내가 왔던 길을 가리켰다. 그쪽으로 쭉 가라는 뜻 같았다. 그렇게 하면 다시 지도 위로 갈 수 있을 것이다. 나는 천천히 걸음을 옮기기 시작했다.

지도로만 살펴보던 곳에 처음 도착했을 때는 거리를 지나는 사람들도 여전히 지도 속 일원들 같고 나도 아직 지도 속을 걷는 듯했다. 지도 속 사람들과 부딪치고 지하철 노선도를 따라 이동하고 편의점에 들러 생수를 사면서 서서히 나는 그 장소와 같은 축척을 갖게 되었다. 익숙해진 다음에야 어떤 실감이 생겨나는 것이다. 낯선 골목을 걸으며 서서히 현실과 같은 축척을 갖게 되길 기다리는 동안 나는 길을 잃었지만 완전하게 안전하다고 느꼈다. 어째서 그렇게까지나 안도할 수 있었는지는 의문이다. 하지만 한참을 걷던 중에 너무 피로해졌기 때문에 지나는 버스에 그냥 올라타버렸다. 헤맸던 탓에 자리에 앉아 잠깐 졸았다.

원진과 함께 차를 타고 어느 해안도로를 달리는 꿈을 꾸었다. 운전을 하는 내 입에 원진은 초콜릿 하나를 넣어주었다. 그런 맛은 난생처음이었다. 아주 달콤하고 서늘했다. 육지의 끝에 도착해서 원진은 혼자서 드라이브를 하겠다며 차를 몰고 떠났다. 잠깐만 혼자 있으면 안 될까? 우리는 내내 붙어다녔으므로 나는 그것도 나쁘지 않다고 생각했다. 나는 원진을 기다리며 천천히 해변을 산책했다. 태평하게 소라구이를 사 먹기도 했다. 그것이 꿈이란 걸 알아차리고 잠에서 깨버린 이유가 어딘가 현실적이지 않은 소라구이의 맛 때문이었는지 함께 여행을 떠난 사람이 원진이기 때문이었는지 알 수 없다.

버스는 낯선 곳을 계속 달리고 있었다. 그런데도 나는 보호받고 있다고 여기고, 여기서 더 나빠질 일이란 일어날 수가 없다는 확신에 사로잡혔다. 그 확신은 분명 원진 때문이었다. 나는 더이상 내 곁에 없는 원진이 나를 보호하고 있다고 느꼈다. 물론 그것은 불가능한 일이고 이 세상에 관해 내가 가장 못마땅하게 여기는 점이기도 하지만 나는 견딜 것이 필요하니까 어쩔 수가 없다. 나는 원진의 행복을 빌고 싶지만 그것은 불가능하므로 원진이 나의 행복을, 그러니까 내 미래를 축원하고 있다고 믿고 싶다. 그 속에서 나는 안전한 것이다. 비합리적인 믿음 속에서. 그럼에도 완전한 믿음 같은 건 있을 수가 없어서 나는 지도를 들여다보며 내가 있는 곳과 호텔을 자꾸 견주어봤다.

　버스에서 내리자 찾아 헤매던 호텔의 간판이 보였다. 계획보다 많이 늦은 도착이었다.

* 소설에 나오는 책은 다치바나노 도시쓰나의 『사쿠테이키』(김승윤 옮김, 연암서가, 2012)를 참고했다.

그런
나약한
말들

부장은 물을 마시다 자꾸 흘렸다. 입에 제대로 갖다대지도 않고 성급하게 잔을 기울인 탓이었다. 자신의 입이 있는 위치도 모르는 사람 같았다. 정은은 축축해진 앞섶을 손으로 대충 닦아내는 부장의 모습을 부주의하다고 생각하면서도 한편으론 다른 사람을 떠올렸다. 정은과 마주앉아 오래도록 이야기를 나누었던 사람. 그때는 그런 부주의함이나 성급함을 발견해도 오히려 자신에게 빨리 달려오려는 개를 보는 것처럼 뿌듯한 마음이었다. 정은은 마냥 불편한 사람에게서 좋아하는 사람의 모습을 겹쳐 보는 자신이 징그러웠다. 정은은 부장의 이야기를 한 귀로 흘리며 습관적으로 고개를 끄덕거렸다가 금세 후회하고는 옆자리 사람들의 대화에 귀를 기울였다. 회사는 다닐 만해? 아직 적응중이다. 텃세는 없고?

다 누나 같은 줄 아나…… 다 나 같으면 걱정 없지, 나 안 같으니까 걱정이지. 걱정을 만다 하노, 내가 아가? 너 하고 다니는 꼴 보면 완전 애지. 됐다, 내 알아서 한다. 그래도 서울 생활은 처음이잖아. 뭐 별거 없더라. 근데 누나 서울말 쓰네. 서울이 그렇게 좋나? 서울 사람 다 됐네…… 경상도 출신인 정은도 서울에 와서 제일 빨리 습득한 것이 서울말이었다. 서울이 좋아서는 아니었고 질문을 덜 받고 싶어서였다.

초밥 세트가 하나씩 나온 다음에는 또 먹느라 부장은 말이 없었다. 정은은 빨리 먹고 헤어졌으면 했다. 이런 것은 필요 없다고 말했는데도 부장은 굳이 밥을 한 끼 사겠다고 우겼다. 밥을 다 먹고 헤어지기 전에는 봉투 하나를 건넸다. 이쑤시개로 이를 쑤시며 문을 열고 나서다 문득 생각났다는 듯 재킷 안주머니에서 끄집어낸 것이었다. 그러고는 윗사람에게 하듯 부담스럽게 고개를 숙여 인사하고 먼저 돌아서 갔다. 정은은 받아도 좋을지를 결정하지 못한 채 봉투를 열어보았다. 오만원권 지폐 두 장이 들어 있었다. 이걸로 됐나? 이만하면 충분한가? 아무 미련이 없다는 듯 씩씩한 걸음으로 멀어지는 부장은 이걸로 됐다고, 이만하면 충분하다고 생각하는 듯했다.

정은은 지하철을 탈까 하다가 버스를 타고 가기로 했다. 아직 십일 분은 더 기다려야 했다. 바로 앞 편의점에서 로또를 팔기에 살까 말까 잠깐 고민했다. 생각은 자연히 일등에 당첨되면 뭘 할까, 로 이어졌다. 우선 집을 하나 살 것이다. 산과 가까운 어느 동네의 집을 사서 아침결에 들려오는 요란한 새소리에 잠을 깨면 좋을 것 같았다. 창문을 열면 희뿌연 산안개가 흘러가는 것을 볼 수 있을 것이다. 그리고, 집을 사고 난 다음엔 딱히 하고 싶은 게 없었다. 어떻게 살고 싶은지 알 수가 없었다. 집안을 채우면서, 벽지를 갈아치우면서 살겠지. 정은은 문득 그걸로는 충분하지 않다는 생각이 들었다. 사과만으로는 부족했다. 사과만으로 뭘 할 수 있는데. 뭐가 달라지는데. 어떻게 나아지는데. 원하는 것은 원상 복구뿐이었는데 그건 불가능했다. 사과 이상의 것이 필요했다. 하지만 미안하다는 말조차 단 한 차례도 없었고, 당연히 그 이상의 것도 없었다. 내내 불편하기만 했던 식사를 하고 위로금 조인지 모를 돈 십만원을 받기는 했지만 사과가 선행되지 않았으므로 그게 사과 이상이 될 수는 없었다. 그건 사과 이하였다. 사과 미만이었다.

퇴사하기로 결정하고 정은이 자리를 치우고 있을 때 부고가 전해졌다. 정은은 짐을 다 정리하지도 못하고 곧바로 장례식장을 찾았다. 다시 회사로 돌아왔을 때 정은의 짐은 모두 치워진 뒤였다.

"다 버리고 가는 건 줄 알았어요."

꼭 찾아야만 했던 외장 하드는 부장이 자신의 것인 양 사용하고 있었다. 부장은 회사 비품인 줄 알았다는 말만 반복했다. 지난 십수 년간 디지털카메라로 찍은 사진들은 모두 포맷된 뒤였다.

"그렇게 중요한 거였으면 잘 챙겼어야지. 하다못해 백업이라도 해놨어야지."

부장의 말도 틀린 것은 아니었다. 정은이 더는 누구도 책망하고 싶지 않아 사무실을 빠져나올 때 수영씨가 붙잡았다.

"그거 제가 포맷했어요. 저한테 시키셔서…… 포맷하라고 하니까 지워도 되는 건 줄 알았어요. 어디 백업을 해놨거나 필요 없는 건 줄 알았어요. 그냥 한 번이라도 물어보고 할 걸 그랬어요. 정말 미안해요."

수영씨는 아무런 잘못이 없었다. 굳이 그걸 밝힐 필요도 없었는데 왜 말하는 것일까. 자기 잘못도 있다고 생각하기 때문일까. 정은은 수영씨가 이상한 사람처럼 여겨졌다. 차라리 큰소리치는 부장이 정상 같았고 수영씨는 너무…… 순진했다. 사람이 이런 일로 일일이 죄책감을 느낄 필요는 없어요. 그렇게 말해주고 싶다는 생각마저 들었다. 어찌됐든 이 일에서 크게 잘못한 사람은 아무도 없었다. 정은은 그 사실에 가장 화가 나는 건지도 몰랐다.

"근데 웃긴다. 내가 비꽜거든. 컴퓨터 잘 모르면서 어떻게 포맷은 할 줄 아셨냐고. 그때도 부장이 수영씨 얘기는 안 했는데. 사과한마디 할 줄은 모르면서 내가 또 다른 사람을 싫어하게 되는 게 싫어서 그랬을까? 수영씨 보호하려고."

"그건 너무 좋게 해석하는 거 같은데요. 포맷은 할 줄 아는 척하고 싶어서 그랬을 수도 있어요."

수영씨는 사람이 왜 이렇게 순진하냐는 듯, 정은을 나무라는 투로 말했다. 다들 서로가 납득하지 못하는 뜻밖의 순진한 구석이 있었다. 부장에게도 그런 면이 있을까. 정은은 그날 저녁 부장에게서 문자를 받았다.

—수영씨한테 들었는데 중요한 사진이 들어 있는 줄은 몰랐네. 왜 그런 걸 회사에 놔뒀어.

여전히 정은을 비난하는 투였지만 밥을 한끼 사겠다고 했다. 정은은 거절했지만 약속은 강행되었다.

부장은 필요 이상으로 사과의 형식을 보여줬는지도 모른다. 돈이었다. 애정도 돈으로 확인하는 세상인데 사과를 돈으로 하는 건 당연하지. 그렇다면 그 액수는 적당한 걸까. 정은이 느끼는 상실과 상처를 그 액수가 보상해줄까. 그 액수는 어떻게 결정할 수 있을까. 누군가는 그깟 사진들이라고 말해버릴지도 모른다. 그것 좀 없다고 죽냐? 누구보다도 선생님이라면 그렇게 말했을지도 모른다. 선생님은 사진 찍는 걸 별로 좋아하지 않았고 그 때문에 남아 있는 사진도 몇 장 없었다. 정은이 카메라를 꺼내들면 사진 좀 그만 찍으라고 말하곤 했다. 그런데요, 저는 기억력이 나쁘단 말이에요. 이런 거 안 찍어두면 다 까먹을 거라고요. 끝끝내 정은이 사진을 찍으면서 그렇게 투덜거리면 까먹어도 괜찮다고 말했다. 다 까먹으면 어때. 그때는 또 다른 걸 하면 돼. 지난 일은 떠올릴 시간도 없이 정신없이 살면 돼. 정은은 뒤늦게 그 말을 곱씹어보았다. 정신없이 사는 것은 너무 어려운 일이었다. 무엇보다도 살아간다는 것이 마음먹은 대로 되지가 않았다.

*

암 투병 끝에 선생님이 죽었다는 소식을 들었을 때 정은은 그가 투병중이라는 사실도 모르고 있었다는 점 때문에 더 놀랐다. 선생님이 바쁘다는 이유로 일 년 넘게 만나지 못하고 전화통화만 하거나 메일만 주고받았는데 아무렇지 않은 듯 전화를 하고 메일을 보내는 중에도 그는 죽어가고 있었던 것이다.

〈부고〉 저희 어머님께서 별세하셨습니다.
빈소: 백병원 장례식장 9호
발인: 2월 7일 오전 10시

정은은 여러 사람에게 전송된 듯한 문자를 받고 의미를 해독할 수 없어 멍하니 있다가 소현의 전화를 받았다.

"누나, 엄마가 돌아가셨어요. 암이었어요. 계속 말리셔서 연락 못했어요. 우리 정은이가 슬퍼하는 걸 어떻게 보냐고, 일도 제대로 못하고 매일같이 병원으로 출근하면 어쩌냐고 그렇게 말해서요. 나도 너무 정신이 없기도 했고요. 내가 누나는 그렇게 약한 사람 아니라고, 나중에 더 후회하게 될 일은 만들지 말자고 했는데…… 누나는 우리 엄마가 제일 아끼던 제자였잖아요."

정은은 본인의 슬픔을 앞세우기보다 다른 사람을 위로하려 애쓰는 소현의 모습에서 선생님을 떠올렸다. 아들이니까, 닮을 수밖에 없겠지. 정은은 자신에게도 선생님을 닮은 구석이 있을지 궁금했다. 그런 점이 있으면 정말 좋을 것 같았다. 하지만 정은은 소현의 마음씀씀이에 감탄하면서도 동시에 원망하는 마음이 더 큰 사람일 뿐이었다.

"왜 그 사실이 나에겐 비밀이었을까?"

"꼭 알려야 할 필요가 있어?"

정은이 숟가락으로 팥빙수의 가루 얼음을 살살 무너뜨리며 묻자 혜수는 또 그 이야기냐는 듯 고개를 절레절레 흔들며 대꾸했다. 혜수는 정은의 일에 그런 식으로 고개를 저을 때가 많았다. 정은이 회사를 그만두고 고향에 잠시 내려와 있다는 사실을 알렸을 때는 맛이 갔다고 말했다. 별다른 이유는 없고 그냥 좀 쉬고 싶었을 뿐이라고 하자 더 이해하지 못했다. 제발 정신 차려. 나이를 생각해. 남들은 어떻게 사는지 안 보여? 왜 이렇게 대책이 없어. 넌 뒷바라지해줄 사람도 없잖아. 이제 노후도 생각해야지. 지금 준비해도 늦다고. 차라리 결혼부터 하든가. 성진이가 결혼하자는 말 없어? 너네 아버지도 곧 정년인데 그전에 하면 좋잖아. 아니면 이

참에 그냥 여기서 살아. 나랑 자주 보고 좋잖아. 요즘 빈집도 많아. 서울 전세금이면 여기서 집 한 채 산다.

고교 졸업 후 함께 고향을 떠나 서울로 갔었지만 혜수는 대학을 마치고 다시 고향으로 돌아갔다. 편찮은 아버지를 돌볼 사람이 없다는 이유에서였다. 나라면 그런 이유로 고향에 돌아가지는 않을 텐데, 정은은 그렇게 생각했지만 혜수를 이해하지 않을 수도 없었다. 몇 해 뒤 혜수는 병시중을 드는 중에도 임용고시에 합격했고 시청 공무원과 결혼했다. 혜수의 아버지는 결혼식을 치른 뒤 몇 달 지나지 않아 돌아가셨다. 그 모든 과정을 지켜보면서 정은은 안도했다. 어느 부분에서 얼마만큼이었는지는 정확히 알 수 없다. 그래도 혜수의 인생이 올바른 방향으로 가고 있다는 느낌이 들었다.

정은의 경우에는 아니었다. 삼 년 사귄 성진은 결혼 생각이 없다고 했다. 그걸 왜 이제 말해? 성진에게 따지듯 물었을 때 성진은 의아하다는 듯 대꾸했다. 너도 없잖아? 정은은 자신의 질문에 질문으로 대답하는 성진을 보면서 자신이 상상했었던 성진과의 미래에 대한 마음을 접었다. 성진은 왜 그렇게 생각했을까. 정은은 당연히 결혼할 마음이 있었다. 안 할 거였으면 널 왜 만나? 아이도 낳고 싶었다. 남들이 사는 것처럼 특별히 모나지 않은 인생을 살고 싶었다.

"그래도 나한테는 말해줬어야지."

"그만 좀 해."

혜수가 숟가락을 내려놓으며 지겹다는 듯 말했다. 혜수와 정은은 모두 선생님의 제자였지만 고등학교 졸업 후에도 선생님을 계속 만난 사람은 정은뿐이었다. 혜수는 정은이 왜 그렇게 선생님을 좋아하는지 이해할 수 없다고 했었다. 그냥 평범하지 않았나? 사실 그렇게 좋은 사람이었는지도 잘 모르겠어.

"그래서 장례식장 가서도 선생님 아들 앞에서 그렇게 서운한 티를 냈어? 생각 좀 하고 살아. 걔 이제 갓스물인데 엄마가 돌아가셨어. 그런데도 의연하게 자리 지키고 있는 애한테 어떻게 그래?"

"내가 그렇게 티를 냈어?"

"너는 늘 네 슬픔이 가장 크지."

그런 말을 들을 때마다 정은은 놀랐다. 안 그런 사람도 있나? 그런 의문 때문에. 자신의 것보다 다른 사람의 슬픔이 더 큰 사람도 있나. 정은은 여러 번 따져본 끝에 어쩌면 혜수야말로 그런 사람인지도 모른다고 생각했다.

혜수가 고향으로 내려간 뒤 둘은 보통 전화로 수다를 떨었는데 가끔은 옛 동창들이 어떻게 살고 있는지에 대한 뒷담화를 했다. 너 인영이 기억해? 고3 때 같은 반이었던. 걔가 돈 빌려달라고 전화했더라. 거의 십 년 만에 연락해서는 돈 빌려달라는 얘기부터 꺼내는 사람한테 어떻게 빌려줘? 정은이 호들갑을 떨며 그렇게 투덜거렸을 때 혜수가 머뭇거리며 말했다. 난 빌려줬어. 얼마나 급했으면 나한테까지 연락했겠나 싶어서. 사정이 있는 것 같아서 현금 서비스 받아서 빌려줬어. 그러니까 십 년 만에 연락을 해왔다는 이유로 정은이 돈을 빌려주지 않았을 때 혜수는 정확히 같은 이유로 지갑을 연 것이었다. 정은은 그런 혜수를 도무지 이해할 수가 없었고 그건 혜수 역시 마찬가지였다. 현금 서비스를 받아서 빌려줬다니 제정신이야? 너야말로 너무 야박한 거 아냐? 정은은 혜수와 오래 우정을 유지할 수 있었던 이유가 무엇보다 서로 자주 만나지 않기 때문이라고 생각했다. 그리고 초중고 시절 이미 평생의 우정을 모두 나누었기 때문이라고도. 그 시절에 서로의 아주 깊은 데까지 보았기 때문에 이후로는 자주 만나지 못해도 가깝게 연결되어 있는 기분을 느끼는 것이라고.

두 사람이 친해진 계기는 같은 반 아이의 생일잔치였다. 이름이 성현이었던가, 상현이었던가. 그러니까…… 현이의 엄마가 혼자 발코니에서 화분을 구경하는 정은에게 다가와 말을 걸었을 때 다른 아이들은 모두 현이의 방에서 장난감을 구경하고 있었다. 니가 전학생이구나. 자신의 눈썰미를 과신하는 투였다. 겉도는 걸 보니 전학 온 지 며칠 안 됐다는 그애겠지, 그렇게 생각했을 것이다. 그 순간 정은은 전학생이고 싶다는 생각을 했다. 이 장소에 잘 어울리지 않고 서툰 이유가 자신이 이곳에 유입된 지 얼마 되지 않아 적응 기간이 필요한 거였으면 했다. 막상 전학생이었던 혜수는 성격이 밝고 활기차 이미 같은 반 아이들의 마음을 다 사로잡은 뒤였다. 아니에요. 정은의 대답에 그녀의 눈이 휘둥그레졌다.

그럼 넌 누구니?

정은은 자신이 누구라고, 혹은 무엇이라고 설명해야 좋을지를 몰랐다. 현이의 친구라고 해도 될까. 두 사람은 짝꿍이었는데도 별로 말을 해본 적이 없었다. 정은은 현이가 왜 자신에게 불쑥 초대장을 내밀었는지도 의아했다. 물론 초대장을 받은 사람은 정은만이 아니었다. 초대장은 현이의 책가방에서 끝없이 나왔다. 전교생에게 다 돌릴 수 있는 양인지도 몰랐다. 정은은 자신이 꼭 참석하지 않아도 된다는 걸 알았다. 그래도 갔다. 생일잔치에 초대받은 적은 처음이라 조금 들떴다. 학교 앞 문방구에서 귀여운 캐릭터 지우개도 하나 샀다.

애는 정은이예요, 전학생은 저고요. 어느샌가 곁에 온 혜수가 말했다. 우리 반에서 현이 다음으로 저한테 잘해준 애예요. 제일 착하고 제일 똑똑한 애예요. 정은은 그 말을 듣고 얼떨떨했다. 자신은 혜수에게 잘해줬다고 할 만한 행동을 한 적이 없었기 때문이었다. 똑똑하다는 것도 근거가 없는 말이었다. 그저 어른에게 붙들려 곤란해하는 것 같아 구해주려고 꺼낸 말인지도 몰랐다. 현이의 엄마는 혜수의 말을 듣고는 더는 궁금하지 않다는 듯 고개를 끄덕이며 정은의 머리를 쓰다듬어주었다. 우리 현이하고도 사이좋게 지내. 그날 이후 정은은 혜수처럼 되고 싶었다. 무엇보다도 친구의 좋은 점을 칭찬하는 사람이 되자고 마음먹었는데 아무리 애써도 잘 안 됐다. 누군가를 칭찬하는 건 상당한 열의가 필요한 일이었다. 그런 걸 잘하는 사람은 누군가를 위해 자신의 하루치 열량을 다 소모하는 것인지도 몰랐다. 정은은 졸업할 때까지 혜수에게 잘해주자고 마음먹었다. 운도 따랐다. 두 사람은 계속 같은 반이 되었고 같은 중학교에 진학했다. 혜수가 전학 가는 바람에 한 번 헤어졌지만 고등학교에서 다시 만났다. 그뒤로는 쭉 가깝게 지냈다. 그 긴 세월 동안 혜수가 정은에게 모진 말을 한 적은 거의 없었다. 이번만은 예외였다.

"그 부장이라는 사람도 그래. 당연히 회사 비품인 줄 알았겠지. 그 돈이 충분하냐고? 너무 과하게 준 거 같은데. 사진들 좀 없어진 게 대수야? 부장도 알고 있어? 그 사진에 나오는 사람이 네가 스토킹하던 사람이라는 거."

"뭐? 스토킹?"

"일방적이었잖아. 너 혼자 좋아한 거고."

"뭐? 나랑 선생님은 진짜 친했어. 너도 잘 알잖아."

"애들은 다 수군거렸어. 정은이 걘 아직도 선생님 쫓아다니냐고. 중딩도 아니고 왜 그러냐고. 친구 없어서 선생님이 챙겨주던 시절은 그만 졸업해야 하지 않겠냐고. 난 차라리 잘됐다 싶어. 그 사진들이 무슨 의미가 있어? 아무 의미도 없지. 너 혼자 과도하게 부여한 의미밖에 없지. 그건 진작에 버렸어야 했어. 네 손으로 직접 삭제했어야 했다고. 끝을 냈어야 했어. 근데 이젠 그럴 수도 없으니 영영 청승 떨겠지."

정은은 아무렇지 않은 표정을 지어보려고 했다. 얼굴근육을 자신의 의지대로 움직여보려고 했는데 근육은 자의를 가진 듯 정은이 지으려는 표정을 방해했다. 정은은 자신이 짓고 있는 표정이 어떤지 짐작이 가지 않아 두려웠다. 어떤 표정일까. 혜수의 말을 모두 반박할 수 있는, 어이가 없다는 듯한 표정일까. 아니면 부정한 일을 염원하다가 들킨 사람의 표정일까. 혜수만 그 표정을 볼 수 있었다. 혜수는 어떤 의미를 발견하려는 사람처럼 정은의 얼굴을 빤히 보다가 이내 한숨을 쉬고 고개를 돌렸다.

정은은 항변하고 싶어졌다. 혜수의 모든 말에 상처를 받았다. 일방적이었나? 그저 내 부탁을 거절하는 게 어려워 만나주었던 것뿐일까. 그랬을지도 모른다. 하지만 그것만은 아니었다. 선생님이 정은에게 먼저 연락할 때도 많았다. 잘 지내냐고 물었다. 보고 싶다고 말했고 만나자고 했다. 맛있는 것을 먹으러 가자고, 영화를 보자고, 전시회에 가자고, 소풍을 가자고. 그 모든 제안들에 정은이 훨씬 더 들떠서 응낙했던 것도 사실이었다. 정은은 그게 정말 좋았다. 그것이 모두 사라졌을 때는 모든 걸 잃은 것같이 슬펐다.

"그래도 스토커라는 말은 너무 심하잖아. 그렇게 말하면 안 되지. 왜 그렇게 말해?"

"선생님이 그렇게 말한 적 있잖아. 얘 내 스토커잖아, 하고."

정은은 그 말을 부정하지 못했다. 어느 해에 연락이 닿은 동창들과 함께 선생님을 만났을 때였다. 여전히 자주 만나는 정은과 선생님을 두고 누군가 놀랍다는 듯이 이야기하자 그렇게 대답하는 선생님이 있었고 그 말을 웃어넘기는 자신이 있었다. 당연히 농담이었다. 거기 있는 모두가 다 알았지. 하지만 시간이 흘러서 그 말을 곱씹으니 단순한 농담만은 아닌 것 같았다. 선생님의 말에는 어떤 불쾌의 경험이 녹아 있었던 것일까.

"너 지금 이렇게 화낼 거면 그때 냈어야 해. 그때 그렇게 웃어넘길 게 아니라 화를 냈어야 했다고. 너 내가 결혼한다고 선생님한테 전화했을 때 선생님이 뭐랬는지 알아?"

"결혼한다고 말했었어? 안 오셨잖아."

"너가 말하랬잖아."

"뭐라셨는데?"

"정은인 어쩌면 좋니?"

"뭐?"

"선생님이 한 얘기야. 정은인 어쩌면 좋니? 신통찮은 일 하면서, 변변찮은 사람 만나면서 계속 그렇게 살 텐데. 하긴 개 성격에 남들처럼 평범하게 잘사는 건 힘들지도 모르겠다. 지금도 감지덕지지. 많이 나아졌지. 계속 그런 식으로 말하길래 빡쳐서 내 결혼식에는 안 와도 된댔어."

정은은 그게 무슨 말인지 이해할 수 없었다. 선생님이 정말 그렇게 말했다고? 그걸 믿으라고? 선생님이 설사 그렇게 생각했다고 한들 혜수에게 그런 말을 할 필요는 전혀 없었을 것이다. 하지만 혜수가 굳이 거짓말을 할 이유도 없었다. 정은은 그렇게 말했다는 선생님에게도 그 사실을 전하는 혜수에게도 화가 났다. 화가 머리끝까지 나서 미친듯이 화를 내고 싶었는데 속성으로 이루어진 검열 끝에 화를 내서는 안 된다고 결정했다. 그 말이 자신에게 얼마만큼 큰 의미가 있는지 들키고 싶지 않았기 때문이었다. 그래도 혜수는 다 알았겠지만.

"근데 왜 말 안 했어?"

"그땐 나 사느라 바빠서 너 신경쓸 겨를 없었어."

"그럼 그냥 계속 말하지 말지."

이젠 그때 왜 그렇게 말했냐고 따질 사람도 없었다. 정은이 자신의 속내를 맘 편히 털어놓을 수 있는 사람은 선생님이 유일했다. 선생님은 정은의 인생에서 일어나는 지난한 일들을 궁금해하는 사람이었다. 두 사람이 가장 많이 공유했던 것은 실패의 과정이었다. 정은은 친구들에게는 좋았던 일만을, 혹은 자신이 이룬 성과만을 자랑하고 싶었지만, 그에게는 별거 아닌 이야기들도 할 수 있었다. 그는 정은이 어떤 말을 해도 비난하지 않았다. 그럴 수 있지, 그럴 수 있어. 그 때문에 정은은 속마음을 털어놓는 일을 멈추지 못했다. 선생님도 정은에게 자신이 어떻게 좌절해가고 있는지를 자주 토로했다. 요즘 학생들은 무슨 생각을 하는지 잘 모르겠어. 아무리 노력해도 알 수 없을 것 같고. 그래서 그냥 수업만

하고 나와버려. 너희 때랑은 또 달라. 정은은 선생님의 그런 나약한 말들이 좋았다. 두 사람은 서로의 추잡한 감정까지도 모두 교환했다. 어린 학생들을 욕하고, 직장 상사를 욕했다. 누구를 얼마나 미워하는지, 그들이 어떤 식으로 망해버렸으면 좋겠는지 마구 떠들어댔다. 어쩌면 둘 사이에 교집합의 세계가 없었기 때문에 가능했는지도 몰랐다. 두 사람은 멀기 때문에 가까웠다. 서로를 가장 잘 알고 있었다. 정은은 가끔 자신이 가진 유일한 비밀이 바로 선생님인 것 같다고도 생각했다. 비밀 같은 건 가지고 싶지 않지만 선생님이 자신의 비밀이라면 그건 나쁘지 않았다.

그런데 그게 선생님에게는 그저 다 유흥이었을까. 재밌는 이야깃거리였을까. 여기저기 떠들고 다녔을까. 진짜 별 얘기를 다 했었는데. 아무한테도 못하는 얘기도 선생님한테는 다 했었는데. 선생님이라서 했었는데. 부끄럽고 쪽팔린 이야기일수록 더. 그때마다 한심하다고 생각했을까. 속으로 비난했을지도 모르지만 내색하지 않았다. 하지만 했을 거야. 자주 나를 비난했겠지. 나는 비난받을 만한 일도 자주 털어놓았으니까. 그렇게 생각하면서도 정은은 혜수가 한 말이 믿어지지 않았다.

"넌 선생님한테 좀 과하게 집착하니까, 뭔 얘기를 해도 좋게 안 들릴 것 같았어. 지금도 봐. 선생님이라고 해서 네가 이렇게까지 하는 걸 바라겠어? 징글징글하다고 생각하겠지. 넌 진짜 좀 스토커 같아."

"진짜 왜 그렇게까지 말해? 넌 나를 잘 모르잖아!"

정은은 더는 화를 참지 못했다. 정은의 말에 벙찐 표정을 짓던 혜수가 "맞아, 난 널 잘 모르지" 하고 시인했을 때, 정은은 혜수가 그렇지 않다고 자신에게 맞서 소리쳐주기를 바랐다는 것을 알았다. 난 너를 알아, 내가 왜 몰라? 나는 너를 아주 잘 알아, 라고 말해주기를 기대했던 것이다. 하지만 혜수는 자신을 잘 모른다고 말했고 정은은 마치 이 세상에 자신을 아는 사람이 아무도 없다는 사실을 처음 깨달은 사람처럼 등골이 오싹해졌다.

그날 밤 정은은 아주 괴로웠기 때문에 자고 일어나면 자신이 완전히 다른 사람이 되어 있을지도 모른다고 생각했다. 그러니까 완전히 미쳐버린 채로 잠에서 깰 것이라는 불안감에 사로잡혔다. 자신이 어디에 있는지도 모르고 어디로 가야 하는지도, 오늘 해야 할 일이 무엇인지도 모를 거라고. 무엇보다도 자기 자신이 누군지도 모를 거였다. 그래서 잠들 수가 없었다. 졸음이 밀려왔는데 잠들면 안 될 것 같았다. 잠들기 싫어서 엉엉 울었다. 우는 건 체력 소모가 많은 일이었고 결국 울다 지쳐 잠들었다. 창밖의 파르스름한 빛이 조금씩 방안까지 스미고 야단스러운 새소리에 서서히 정신이 돌아왔을 때에야 정은은 여전히 자기 자신인 채로 잠에서 깼다는 것을 알 수 있었다. 안도감 속에서 정은은 또 울었다. 그렇게 한동안은 아침에 눈을 뜨면 제일 먼저 하는 일이 우는 것이었다. 그래도 어느 날에는 완전히 미쳐버리겠지, 하는 생각을 떨쳐버릴 수가 없었다. 결국엔 미쳐버릴 거야. 물론 그런 일은 일어나지 않았고 그런 기미도 보이지 않았다. 무엇보다도 정은은 미칠 수 있는 종류의 사람이 아니었다. 자신이 학습한 규칙을 따르며 조용히 살아가는 사람일 뿐이었다.

*

　여름이 다 가도록 정은은 혜수에게 연락하지 않았다. 혜수도 마찬가지였다. 정은은 고향에서 방문 교사 일을 시작했다. 부모가 더 그럴듯한 일을 구해야 하지 않겠냐고 타박할 때면 약간 환멸이 느껴졌다. 무엇보다도 이곳에는 일자리 같은 게 거의 없다시피 했다. 교사 일은 정은이 그나마 가장 적합한 것으로, 자신의 학력을 인정받을 수 있는 것으로 고른 거였다. 정은에게는 그 일이 최선이었다. 그럴듯하게 산다는 것이 어떤 종류의 일인지, 어떻게 가능한지 도통 알 수 없었다. 정은은 어렸을 때 자신이 부모만큼 나이를 먹으면 그들보다 더 잘 살고 있을 거라 막연히 생각했다. 그때까지만 해도 미래란 늘 나아지는 방향으로 다가오는 법이라고 기대했으니까. 하지만 정은은 인생에서 만나는 대부분의 단계에서 늘 자신의 기대에 못 미쳤고 조금씩 더 부모보다 나빠졌다. 궤도를 완전히 벗어나지는 않았지만 늘 힘이 달렸다. 그래서 실패한 것은 아무것도 없는데도 조금씩 의지가 깎여나갔다.

교사 일을 시작한 뒤 정은은 일로 만나는 사람이 아니면 아무도 만나지 않고 조용히 지냈다. 꾸준히 연락을 이어온 고향 친구라고는 혜수뿐이었으니 만날 수 있는 사람이 없기도 했다. 아버지의 소개로 몇 번 선을 보기도 했다. 잘되지는 않았다. 남자들은 너무나도 결혼을 하고 싶어했다. 결혼을 하고 싶은 마음은 정은도 마찬가지였지만 그 남자들은 도가 지나쳤다. 그게 징그러웠다. 그 남자들이 말하는 결혼의 조건들을 하나씩 듣고 있다보면, 자신이 상상했던 종류의 안정적인 삶과 크게 다르지 않은 모습인데도 역겨웠다. 왜 이렇게 진저리가 쳐질까. 그 남자들이 처음 보는 사람 앞에서 속내를 가감 없이 드러냈기 때문만은 아니었다. 차라리 그건 솔직하다고도 할 수 있었다. 정은이 역겨웠던 건 그들이 말하는 삶이 누군가 그렇게 살아야 한다고 일러준 것처럼 판에 박힌 듯 똑같았기 때문이었는지도 몰랐다. 아니면 순진하게도 그게 가능할 거라 믿기 때문이었는지도.

　정은은 자주 멍해졌다. 하던 일을 잊고 입만 벌리고 있는 때가 많았다. 정신을 차리자! 뺨을 찰싹 때려보기도 했지만 얼마 안 돼 다시 멍해져서 치약 뚜껑을 변기에 빠뜨리기도 했고, 배터리가 없어 꺼진 폰을 뒤늦게 발견하기도 했다. 어느 날은 가만히 주차해둔 남의 차를 들이받았다.

　약국에서 아이를 안고 나온 여자에게 정은은 죄송하다고 말하며 고개를 숙였다. 여자는 정은을 외면하며 애써 화를 억누르는 표정이었다. 여자가 아이를 뒷좌석에 앉히고 안전벨트를 매주려고 했을 때 아이가 토하기 시작했다. 여자가 소리를 질렀다.

"그러게 내가 과자 먹지 말라고 그랬잖아!"

아이는 토하면서도 고개를 끄덕였다. 여자는 물티슈를 꺼내 아이의 입가를 닦아주고는 문을 세게 닫았다. 그러고 몸을 돌려 정은에게 물었다.

"보험은 불렀어요?"

"네, 십 분 정도 걸린대요."

여자는 한숨을 내쉬더니 차 옆에 서서 자신의 보험회사에 전화했고, 보험회사 직원을 기다리는 동안 남편과 통화를 하면서 화를 식혔다. 남편은 여자의 짜증과 화를 다 받아주고 달래주는 듯했다. 여자는 차문을 열어 아이에게도 전화를 바꿔주었다. 아이는 자랑스러운 일을 전하듯 주저 없이 말했다.

"아빠, 나 토했어!"

정은은 자신도 누군가에게 전화를 걸고 싶다고 생각했다. 제가 사고를 냈어요. 차를 들이받았지 뭐예요. 다친 데는 없어요. 그래도 병원은 가봐야 할까요? 교통사고는 후유증이 심하다고 하잖아요. 그래도 가만히 있던 차를 살짝 받은 것뿐이니까 아무렇지도 않겠죠⋯⋯ 하고 싶은 말들을 머릿속으로 읊어볼 때면 늘 그 말을 들었으면 하는 사람이 누구인지가 분명해졌다.

아, 선생님. 이럴 땐 어떡해야 해요?

146

그는 답을 알고 있었다. 정은이 지나는 일들은 그가 이미 지나온 것들이었다. 그럴 때는 이렇게 하면 돼, 답을 제시해주었다. 자신이 곤란해하는 일을 그도 이미 겪었다는 것, 크게 특별한 일이 아니라는 것, 무사히 통과하여 무탈하게 지내고 있다는 사실을 확인하는 것만으로도 정은은 안심이 됐다. 정은은 늦어지는 보험회사 직원을 기다리다 뒤늦게 생각이 나 학생의 집에 전화를 걸었다.

"어머니, 죄송해요, 제가 가는 길에 사고가 나서 오늘 수업을 취소해야 할 것 같아요. 네, 별로 다치진 않았어요. 그럼요. 보강해야죠. 현수가요? 네, 바꿔주세요. 그래, 선생님이 오늘 못 갈 것 같아. 숙제는 다 했어? 잘했어, 다음주에 봐."

보험회사 직원이 생각보다 더 늦어지는 바람에 정은은 충동적으로 혜수에게 문자를 보냈다.

—뭐해. 저녁에 족발 어때.

답이 오지 않을지도 모른다고 생각했다. 오지 않을 리가 없다고도 생각했다. 정은은 자신의 차를 한번 더 살펴보았다. 원룸 전세금을 빼서 얼마간은 부모의 빚을 변제하는 데 보태고 남은 돈으로 장만한 중고차였다. 대중교통이 불편한 고향에서 일을 하며 지내기 위해 선택한 것이었지만 언제까지 이곳에 머물게 될지 알 수 없었다. 확실한 건 아무것도 없었다. 부모가 말한 그럴듯한 일이라는 것도 확실함의 정도를 가리키는 것인지도 몰랐다. 부모는 정은에게 뭐든 확실하게 보장된 삶을 살 것을 요구했다. 정은은 부모 앞에 서면 곤충이 된 기분이 들었다. 머리, 가슴, 배로 나뉜 몸을 갖고 유전자에 새겨진 대로 규칙적인 삶을 살아내야 했다. 하지만 어디까지가 배라고 말할 수 있나. 어디까지가 둔부라고, 허벅지라고, 옆구리라고. 어디까지 남색이고 어디부터 보라라고. 어디까지가 동경이라고, 질투라고, 사랑이라고. 정은은 아무것도 말할 수가 없었지만 모두 다 분명히 아는 것처럼 굴었다.

보험 서비스는 아주 깔끔했다. 정은은 이런 서비스라면 다음에 또 사고를 당한다고 해도 안심이 되겠다고 생각했다. 보험 처리를 모두 끝내고 차에 올라타려는데 혜수에게서 문자가 왔다.

―그래. 좋아.

주인이 둘이 먹을 거면 중짜를 시키라고 했는데 막상 나온 것을 보니 둘이 먹기엔 양이 많았다.

"누구 또 부를까? 혜민이 어때?"

"나 걔랑 안 친해."

"수정이는?"

"수정이 얼마 전에 애 낳았잖아. 몰랐어?"

"현주는?"

"걔 삼교대 해. 오늘 나이트랬어."

"민정이!"

"남편 따라 세종시 간 게 언젠데. 진짜 연락 좀 하고 살아. 뭐가 그렇게 바빠서 다들 어떻게 사는지도 몰라. 좋은 일 있으면 연락하고, 나쁜 일 있어도 하고, 아무 일 없어도 하고."

정은과 혜수는 양이 많아서 도저히 다 못 먹겠다고 생각했던 족발을 뼈에 붙은 살점까지 열심히 뜯어먹고 너무 배가 불러서 옆 동네까지 걷기로 했다. 그래도 십 분, 이십 분이면 다 걸어갈 작은 동네였다.

밖은 쌀쌀하고 거리는 어두웠다. 이 날씨에 걷는 게 잘하는 일일까? 그래도 속까지 좀 시원해지지 않아? 그런 대화를 주고받았다. 가끔 차가 지나가긴 했는데 새벽의 거리처럼 한산했다. 한적한 도롯가에 인도 전체를 진열장으로 만들어놓은 이불장수가 있었다. 밝은 조명을 켜놓고 이불을 머리 위로 길게 터널처럼 펼쳐놓아서 두 사람은 엉거주춤하게 고개를 숙이고 이불 아래를 지나갔다. 터널 끝에 간이의자를 두고 앉아 사람이 지나가건 말건 휴대폰만 들여다보고 있는 이불장수는 그다지 열의가 없어 보였다.

"더럽겠지?"

혜수가 주변을 두리번거리며 말했다.

"뭐가?"

"이불 말이야. 도로변에 이렇게 펼쳐놔서 매연을 다 뒤집어쓸 거 아냐."

"다 들리겠다."

정은이 혜수를 말리는데 이불장수가 고개를 들고 태연히 말했다.

"빨아 쓰면 돼요."

"맞는 말이네요. 내 얼굴도 맨날 닦아서 쓰는데."

혜수가 넉살 좋게 대꾸했는데 이불장수는 표정이 좋지 않았다.

"안 살 거면 그냥 가세요."

정은이 혜수의 팔을 잡아끌었다.

조용히 이야기할 곳을 찾다가 들어간 카페에서 혜수는 일 년 전 가르쳤던 제자들을 마주쳤다. 아이들은 혜수를 알아보고 호들갑을 떨면서 달려왔다.

"고등학교에 샘이랑 똑같이 생긴 샘이 있어요. 똑같이 국어 샘이고, 진짜 똑같이 생겼어요."

"뭐? 그 샘도 예뻐?"

애들은 웃으면서 예쁘다고 말했다. 혜수는 기분이라며 애들에게 작은 케이크 하나를 사줬다. 학창시절부터 사람들 이름을 잘 외우던 혜수는 지금도 수업하는 반의 학생들 이름은 물론이고 이래저래 오가며 마주친 아이들의 이름도 다 외운다고 했다. 사람 이름을 곧잘 까먹고 맨날 보던 사람이라도 평소와 다른 곳에서 마주치면 긴가민가하는 정은이 보기에는 너무나 대단한 능력이었다. 한창 예민할 때잖아. 언제나 아이들에게 반갑게 인사하는 혜수에게 어떻게 그럴 수 있느냐고 물었을 때 혜수는 그렇게 말했다.

선생님에게도 자신이 그랬을 것이라고. 그 순간 정은은 생각했다. 가장 아끼는 제자여서라기보다는 가장 마음에 걸리는 제자여서. 정은은 선생님과 나눈 우정을 모두 부정하고 싶지는 않았지만 그에게는 어떤 의무감이나 책임감도 있었으리라는 것을 더는 모른 척할 수가 없었다. 졸업을 하면, 대학을 가면, 취직을 하면 끝날 거라고 생각했을 텐데. 그 모든 단계를 통과한 다음에도 정은은 선생님이 필요했고 관계가 영원히 지속되었으면 했다. 어느 해 추석에는 집에 찾아간 적도 있었다. 연락을 했을 때 흔쾌히 오라고 해서 정은은 사과 한 상자를 들고 찾아갔고 선생님의 가족들과 함께 명절 음식을 먹었다. 화기애애한 분위기였다고, 정은은 기억한다. 하지만 그 자리에 있었던 사람들은 다르게 기억하고 있을지 모른다. 제가 괜히 낀 건 아니죠? 정은이 선생님의 남편에게 물었을 때 남편은 쓸데없는 걱정을 다 한다는 듯 웃으며 대답했다. 명절이면 가끔 찾아오는 제자들이 있어서 이렇게 함께 식사도 해. 우리야 과일도 얻어먹고 좋지. 정은은 그런 말들을 그냥 다 믿었다. 그 말들이 아주 거짓인 것은 아니었겠지만 그래도 설마 올까, 하지 않았을까. 가족끼리 보내는 시간이잖아. 눈치도 없이 설마 올까, 그랬을지도 모르지. 모처럼의 휴일인데 가족끼리 편히 쉬고 싶은 마음이 더 컸을 것이다. 지나고 나니 그런 것들이 짐작되었다. 하지만 그때는 그저 선생님에게 인사를 드리고 싶다는 마음뿐이었다.

카페 이층으로 올라가 생딸기주스를 마시면서 정은과 혜수는 답이 안 나오는 이야기들을 했다. 역시 답은 안 나왔고, 음료가 바닥나서 공연히 빨대로 컵 밑바닥에 남은 얼음을 휘저었다.

"생딸기주스인데 이렇게 얼음이 많을 일이야?"

혜수가 투덜대면서 남은 얼음 하나를 입에 넣고 와자작와자작 씹어댔다. 일층으로 내려왔을 때 아이들은 이미 떠나고 없었다.

"너 근데 딸기 안 좋아하지 않았어?"

혜수가 트레이를 내려놓으며 물었다.

"내가 원래 좀 그래."

"뭐가?"

"싫어했던 건 꼭 나중에 좋아하게 되더라고."

"왜 그래."

"그러게 말이야. 왜 그럴까. 그리고 좋았던 건 꼭 싫어져. 그래서 맨날 뒤통수 맞잖아. 근데 생각해보니까, 내 맘대로 점수를 너무 후하게 줘서, 혼자서 그 사람은 막 이렇고 저럴 것이다 이상화하는데 그렇지 않으니까, 애초에 그런 사람인 적이 없으니까, 그냥 나 혼자 뒤통수 맞은 기분이 드는 건지도 모르겠더라고."

정은은 선생님도 노력했을 것이라고, 정은이 기대한 모습을 보여주려고 애썼을 것이라고 생각했다. 정은이 이상적으로 생각했던 선생님의 모습대로. 마지막에 정은에게 연락하지 않은 것은 정은이 기대한 모습을 보여줄 수 없기 때문이었는지도 몰랐다. 이유가 무엇이었든 간에 이제는 물어볼 수가 없다.

어두운 골목 앞에서 헤어지기 전에 혜수는 정은에게 혼자서 갈 수 있겠냐고 물었다.

"안 무섭겠어? 데려다줄까?"

"너는 나중에 어떻게 돌아가려고?"

"난, 별로. 겁 없잖아."

혜수는 뭔가 고심하는 듯 뚝뚝 끊어서 말했다. 그래서 진짜 겁이 없다는 건지 이제부터 겁이 없기로 한 건지 헷갈렸다. 혜수는 결혼하기 전에는 정은을 집 근처까지 바래다준 적이 없었다. 그런 걸 물어본 적도 없었다.

"너 결혼하고 변했어. 더 씩씩해졌어."

"그런가. 무서울 게 없어졌나봐."

"그게 결혼이랑 무슨 상관인데."

"살면서 결혼만큼 큰 결정을 내린 적이 없는 것 같아. 해보니까 별거 아니더라. 그 결정을 내리고 나니까 다른 것쯤은 쉽게 할 수 있을 것 같은 기분이지."

혜수는 결혼해서 행복한 것 같았다. 결혼생활에 대해 직접적으로 이야기한 적은 없지만 어떤 불평불만을 토로할 필요가 없다는 점부터가 그럭저럭 만족스러운 생활을 해나가고 있다는 증거였다. 가끔 혜수가 남편과 통화하는 걸 들을 때면 정은은 배가 살살 아파왔다. 나는 남이 잘되는 꼴을 못 보는 인간인 걸까. 정은은 혜수가 행복하게 잘사는 게 좋으면서도 자신이 없는 데에서야 아주 평안하고 행복하다는 점이 가끔은 섭섭했다. 이렇게 섭섭해하는 자신이 너무 싫으면서도 어쩔 수 없이 섭섭했다. 결혼 소식을 들었을 때도 비슷한 기분이었다. 그때는 자신이 서울에 있을 때여서 혜수와는 자주 만나지 못했는데도, 그 남자 널 잘 알아? 나만큼 잘 알아? 삼 년밖에 안 만났는데 어떤 놈인지 어떻게 알아? 농담하듯 따졌다. 혜수는 정은의 투정을 가만히 듣고 있다가 웃더니 삼 년은 짧은 시간이 아니잖아, 했다. 정은은 혜수가 남편과 이 년을 만났어도, 일 년을 만났어도 그렇게 답했을 거라는 걸 알았다. 한 달을 만났어도 그렇게 말했을지도 모른다.

"그럼 데려다줄래?"

혜수는 흔쾌히 그러겠다고 했지만 정은은 농담이었다고, 추운데 얼른 들어가보라고 했다. 헤어지기 직전에 정은은 오래전부터 궁금했던 것을 혜수에게 물어보았다.

"나랑 선생님이랑 닮은 데가 있어?"

"그런 건 알아서 뭐하게. 있으면 뭐 어쩌려고."

혜수는 왜 또 그런 걸 물어보느냐는 듯한 표정을 지으면서도 이내 대답해주었다.

"너도 선생님도 잘 웃지. 애 같고."

"애 같아?"

"둘이 만화부에서 같이 『세일러문』 보다가 친해졌잖아. 기억

154

안 나? 수업하다가 애들 졸면 선생님이랑 너랑 '널 용서하지 않겠다!' 그랬잖아. 얼마나 꼴사나웠는데."

그랬었나. 그런 장난스러운 모습은 거의 기억에 남아 있지 않았다. 정은은 선생님과 처음에 어떻게 친해졌는지 잘 기억나지 않았다. 그런 것들은 중요하지 않았다. 특별한 계기 같은 건 없었다. 이 년간 담임이자 특별활동의 담당 선생이었고 정은이 고등학교 3학년일 때 선생님이 전근을 가기 전까지 같은 아파트에 살았다. 그런 우연들이 겹쳐서 친해졌다.

"근데 내가 진짜 스토커 같았어?"

"됐어. 그냥 답답해서 한 소리야. 넌 그냥 한결같이 철이 없어. 그런 얘기 듣고도 실실 웃기만 했잖아."

정은은 혜수가 선생님에게 결혼 소식을 알렸을 때 선생님이 했다는 말들을 떠올렸다. 선생님은 그 말들을 했을 것이다. 그건 자신이 부모에게 자주 듣던 말이기도 했다. 언제까지 그렇게 살 거니? 살은 또 왜 이렇게 쪘어. 친구들은 다 결혼하고 애 낳고 하는데 너는 나이만 먹고 꼴이 이게 뭐야. 다 너 걱정해서 하는 말이지. 선생님도 결혼한다며 오랜만에 연락을 해온 제자에게 보통의 어른 역할을 수행하고 싶어서 그 말들을 했을 것이다. 정은을 스토커라고 지칭하며 두 사람의 관계에서 한 발을 뺀 것도 어른스러워 보이고 싶어서였을 것이다. 그 나어린 제자랑 왜 자꾸 같이 놀러 다니는 거야? 선생님의 남편은 그렇게 말했었다고 했다. 말이

나 통해? 하지만 정말 그런 이유에서였다면, 정은은 그런 선생님을 이해하고 싶지는 않았다. 선생님이라면 안 그래야 하는 거 아닌가. 그러나 정은이 선생님과 가까울 수 있었던 것도 그런 나약함 때문이었다. 그러니 미워할 수만도 없었다.

"근데 도대체 회사는 왜 그만두고 내려온 거야? 진짜 제정신이야?"

"몰라. 진짜 제정신이 아닌가봐."

"이거 봐. 또 그냥 웃지. 나도 몰라. 난 간다."

"안 돼. 가지 마."

"왜 그래. 진짜 가지 마?"

"아니. 가."

"술도 안 마셨는데 왜 이래. 정신 차려. 나 진짜 간다. 괜찮지?"

"괜찮아."

"안 괜찮으면 안 괜찮다고 말해야 해. 나는 곧이곧대로 다 믿을 거니까 꼭 말해줘야 해."

정은은 고개를 끄덕이고 혜수를 떠밀었다. 혜수도 손을 흔들고 돌아서 갔다. 안녕, 잘 가. 정은은 그대로 잠깐 서서 혜수의 뒷모습을 바라보았다. 혜수가 나를 안다. 혜수는 나를 모른다. 정은은 교단에 올라가 난생처음 보는 사람들 앞에 서서 자기소개를 하는 마음으로 혜수가 떠나가는 모습을 바라보았다. 안녕하세요. 제 이름은 오정은입니다. 아주 짧은 문장을 말하는 것뿐인데도 그 시간은 언제나 길고 길다. 정은은 이번이 마지막일지도 모른다고 생각한다. 마지막이 아닌 걸 알 때에도 늘 그런 생각을 한다. 소개가 끝나면 선생님이 정은의 어깨를 툭툭 치면서 저기 빈자리로 가서 앉으면 돼, 하고 말해준다. 정은은 자신의 자리가 미리 마련되어 있다는 사실에 자못 놀라면서 아이들 사이를 지나 자리로 가 앉는다. 가방을 벗으며 이곳에 완전히 속한 사람이 되려면 얼마나 걸릴까를 생각해본다. 왜 나는 기껏 그런 것을 바랄까. 정은은 그런 것을 바라고 싶지 않다고 생각하면서도 날짜를 손꼽는다.

*

수영씨가 일부를 복구했다며 정은에게 보낸 파일은 정은이 선생님과 당일치기 패키지여행으로 동해에 갔을 때 찍은 사진이었다. 정은은 그중 한 장의 사진에 오래 시선이 머물렀다. 산책로 위에서 바다를 내려다보며 찍은 것이었다.

해안 산책로를 따라 걸을 때였다. 바다는 얼핏 잔잔하게만 보였다. 그래도 흰 포말이 이는 것을 보면 물살이 얼마나 빠른지 짐작할 수 있었다. 수영은 못하겠지? 카누나 카약 같은 걸 탈 수 있을까. 일행 중 누군가 말했을 때 정은은 그것 참 재밌겠다고 생각했다. 그때 앗! 하고 탄성이 들려왔다. 바람이 누군가의 모자를 날려버린 것이다. 사람들이 날아오른 모자를 따라 고개를 들었다. 모자는 수면 위로 떨어져서 물살을 타고 가버렸다. 먼바다로 계속 계속 흘러갈 것이다. 가버렸네. 가버렸어. 비싼 거였어? 그런 물음도 들려왔다. 모르겠어. 선물받은 거였는데 미안해서 어쩌지. 그런 대답도. 그에게 이곳은 선물받은 모자를 잃어버린 장소로 기억될 것이다. 다음에 또 누군가와 이곳을 지날 때면 분명 그 이야기를 할 것이다. 내가 예전에 여기 왔을 때 말이야, 바람이 너무 세게 불어서 모자가 날아가버렸지 뭐야…… 정은에게 그 산책로는 선생님과 처음 여행을 갔던 곳으로 기억된다. 그런 장소들, 거리들, 물건들, 음식들, 날짜들이 정은에게는 아주 많았다. 선생님을 상기시키는 것들. 들러붙어서 절대 떨어지지 않는 것들. 무엇보다도 누가 자신을 선생님이라고 부를 때마다 정은은 선생님을 떠올렸다. 그래서 방문 교사 일을 그만둬야 할지도 모른다고 생각했다. 하지만 그만둘 수 없었고 선생님을 생각하는 일도 마찬가지였다.

마음에
없는
소리

내가 식당을 연다는 소식을 들은 민구는 카톡으로 웬 헛소리냐는 표정을 짓는 듯한 개 이모티콘을 보냈다. 처음 봤을 때 민구와 정말 닮았다는 생각이 들어서 내가 사준 것이었다.

—선미 니는 요리 못하잖아.

민구는 연달아 카톡을 보냈다.

—돈도 없고.

민구의 말은 모두 사실이었지만 나는 식당을 열었다. 열었다기보다 오랫동안 할머니가 운영하다 휴업한 작은 식당을 이어받았다는 말이 옳았다. 메뉴는 소고기뭇국과 멸추김밥으로 정했다. 요리는 못했지만 레시피를 따라 하는 것 정도는 할 수 있었다. 할머니에게 소고기뭇국 만드는 법을, 유튜브에서 멸추김밥 싸는 법을 배웠다. 이렇게까지 상세하게 할 필요가 있나 싶게 모든 것을 단계별로 정리한 다음에 그대로 따랐다. 돈은 없었지만 할머니에게 무밭이 있었고, 할머니는 매년 무를 다 팔 수 있을지 고민했기 때문에 내가 좀 가져다 써도 괜찮았다. 무밭 옆에는 고추밭도 있었다. 한두 고랑 정도의 작은 밭이었지만 고추는 따도 따도 새로 자라났다. 멸치 또한 바로 옆 동네 어촌의 특산물이었으니 멸치를 구하는 일도 어렵지 않았다.

그리고 시에서 지원을 받는 것도 가능했다. 시에서는 청년들의 경제활동을 장려하고 침체된 재래시장을 활성화한다는 목적으로 재래시장에 가게를 차리려는 청년들에게 초기 창업 비용을 포함해 일 년간 임차료와 인건비 등을 지원하겠다고 공지했다. 시청의 일자리 창출 지원 부서에서 일하는 승호의 말로는 신청자가 거의 없어 신청만 하면 백 프로 선정될 것 같다고 했다. 그런 사정을 다 말했는데도 민구는 쓸데없는 데 힘 빼지 말라면서 말렸다.

나는 시에서 정한 청년의 커트라인인 만 삼십오 세에 딱 걸리는 나이였다. 신청 서류를 작성하다가 사업 계획을 쓰는 칸에서 한참을 망설였다. 막상 멸추김밥이라는 단어를 쓰려고 하니 지나치게 소박하다는 생각이 들었고, 이 나이를 먹도록 여전히 미지의 계획만 세우고 있는 내가 한심하게 느껴졌다. 내 또래들을 떠올려보면 더욱 그랬다. 어느덧 아이가 일곱 살이 된 친구도 있었고, 고시에 합격해 공무원이나 교사로 일하며 정년을 보장받은 친구들도 있었다. 차장, 계장, 사장도 있었다. 난 그 긴 세월 동안 뭘 했지? 아무것도 안 하지는 않았는데 딱히 무얼 했다고 말하기도 어려웠다. 자괴감이 들어 모든 걸 때려치울 뻔했다. 아니야, 난 시가 인정한 청년이야…… 마음을 다잡고 사인까지 마친 서류를 이메일로 제출했다. 모든 절차를 끝마치자 뭔가 좀 허무해졌다. 안 돼도 문제였지만 돼도 문제였다. 소고기뭇국과 멸추김밥을 그다지 팔고 싶지는 않았는데…… 하지만 그거 말고는 딱히 생각나는 게 없었다.

"이번엔 좀 잘해봐라."

서류 쓰는 걸 도와준 승호가 전화를 걸어와 그렇게 말했다. 승호와 함께 공무원 시험을 공부했던 적이 있었다. 나는 반년 만에 때려치웠는데 승호는 이 년을 더 공부했다. 이 좁은 동네에는 내 십대, 이십대 시절을 속속들이 잘 아는 사람들이 넘쳐났다. 내 삽질과 실패와 포기와 체념의 과정을 고스란히 지켜본 사람이었다. 승호는 잔소리를 더 하고 싶은 눈치였는데 다행히 누군가가 불러서 전화를 끊었다.

승호가 애써주었지만 이번에도 잘해볼 수가 없었다. 나는 신청일 기준으로 생일이 보름 정도 지나버려 더는 만 삼십오 세가 아니었던 것이다. 담당자를 붙들고 공고일 기준이 아니었느냐고 거의 울다시피 물었지만 어쩔 수 없다는 말만 돌아왔다. 하여튼 쉬운 게 없었다. 그래도 식당은 계획대로 열기로 했다. 만 삼십오 세가 넘도록 이룬 게 거의 없었기 때문이었다. 내가 이룬 건…… 컴활 1급, ITQ, 컴퓨터그래픽운용기능사, 한국사 1급, 2종 보통면허(장롱)뿐이었다. 그나마 자격증으로라도 남아 증명되는 것들이었다.

*

"그것도 대단한 거지."

개업 날 커다란 화분을 들고 나타난 화영은 매사 부정적인 민구와는 다르게 지나치게 낙천적인 사람이었다. 둘이 어떻게 눈이 맞아 결혼을 했는지 늘 의문이었다. 함께 고등학교를 다닐 때까지만해도 두 사람은 서로에게 별 관심이 없다가 고등학교 졸업 후 가까워졌다. 당시 화영이 일하던 농협에 민구가 자주 가면서 눈이맞았던 것 같다. 민구의 어디가 좋았느냐고 물었을 때 화영은 "내가 민구 통장 잔고를 다 봤잖아" 하고 말했다. 민구네는 크게 쌀농사를 짓고 있어서 학창시절부터 제법 잘사는 축에 속했고 인심이좋았다. 요새 누가 쌀을 먹나 싶었는데 논만 많은 게 아니라 건물도 많다고 했다. "민구네가 여기 토박이잖아. 조상님 덕을 많이 본집안이야." 그럼 민구는 너의 어떤 점을 좋아했느냐고 물어보자화영은 몰라서 묻느냐는 듯 "내가 좀 예쁘잖아" 했다. 나는 그 뻔뻔스러움에 닭살이 돋으면서도 인정할 수밖에 없었다. 사실 화영은 좀이 아니라 많이 예뻤으니까 뻔뻔하기보다는 겸손했다. 게다가 화영처럼 낙천적인 사람이 곁에 있으면 민구에게도 좋을 것이다. 나도 화영의 긍정적인 에너지에 기운을 차릴 때가 많았다.

화영이 가지고 온 식물의 이름은 해피 트리라고 했다. 너무 재미없는 이름이라는 생각이 들었고 어떤 과업을 떠맡은 기분도 들었다. 길을 걷다보면 완전히 시들어버린 화분들이 가게문 앞에 놓여 있고 유리문에는 '임대 문의'라는 종이가 붙어 있는 광경과 종종 마주칠 때가 있었다. 유리문 너머는 어둡고 텅 비어 있으며 문틈에는 누구에게도 전해지지 못해 빛바랜 고지서와 광고 전단지가 꾸역꾸역 끼워져 있었다. 그건 실패했다는 뜻이었다. 그 장면을 떠올리자니 해피 트리가 시들지 않도록 잘 가꾸어야만 식당도 망하지 않을 거라는 이상한 믿음이 생겨났다.

개업 이벤트로 반값 할인을 했는데도 손님은 그다지 많지 않았다. 반이나 깎았으니 줄을 서서 먹는 정도는 되어야 했는데 한번 먹어볼까, 하고 들여다보던 사람들도 좁은 가게가 몇 안 되는 손님들로 꽉 찬 걸 보고는 그냥 돌아갔다. 김밥을 포장해가는 사람도 많지 않았다. 애초에 침체된 재래시장이었다. 감염병이 돌기 시작하면서 유동인구는 전보다 더 줄었고 그나마 장을 보러 나온 사람들은 대부분 단골 식당이 있었다.

사람이 많지 않은 게 안쓰러웠는지 화영은 나의 하찮은 자격증들을 대단하다고 치켜세우다가 여기저기 전화해 손님을 모았다.

쌀 배달을 돌고 있던 민구가 근처에 있었는지 가장 먼저 나타났다. 김밥 한 줄을 시킨 민구는 그럭저럭 맛이 있다면서도 다른 곳과 그다지 차별화되는 게 없어서 손님을 끌기엔 역부족일 수도 있겠다 말했다.

"그런 건 개업하기 전에 말했어야지. 그때는 말리기만 하더니."

"빚만 남는 거 아니가."

부정 타는 소리만 해대는 민구의 허벅지를 화영이 주먹으로 퍽퍽 쳤다. 하지만 나 역시 상상해본 일이었다. 아주 쫄딱 망해버리는 것. 그래도 코딱지만한 식당이고 할머니가 쓰던 집기를 이어받은 덕에 큰돈이 들어가지는 않았으니 망하더라도 쫄딱 망하지는 않을 것이다. 다시 원래대로 돌아가는 것뿐일 것이다. 하지만 그때면 마흔 정도가 됐을 텐데, 그건 거의 망한 거나 다름없는 게 아닐까.

"개업 시기도 너무 안 좋고. 좀만 미루다 하지 그랬노."

"놀면 뭐하노."

"승호는 왔다 갔나? 지원금 될 거라고 바람만 잔뜩 넣더니 뭐 제대로 알지도 못하면서 한 소리였네."

"승호 바쁘다더라."

"그놈은 맨날 바쁘다 하노."

"확진자 나와서 또 비상이라던데."

"승호네 부서랑은 상관없지 않나? 누가 보면 지가 일 다 하는 줄 알겠네. 니 동생은 한번 안 오나?"

"상욱이는 병원에 있대."

화영이 대신 말했다.

"왜? 뭔 일 있나?"

"일하다가 좀 다쳤다. 프레스기에 손가락이 껴가지고 금가서 깁스하고 누워 있다. 신호수가 한눈팔았다더라. 다행히 그렇게 심하지는 않고. 상욱이 말로는 보험도 되고 몇 주 일 안 해도 된다고 좋단다."

정말 좋지는 않겠지만. 그럴 리는 없겠지만. 가족들이 지나치게 맘 아파하며 걱정하는 꼴을 보기 싫어서 괜찮은 척 약을 파느라 하는 헛소리겠지만. 우리가 불행을 극복하는 방식은 태연해지는 것이었다. 낫는다는 것을 믿고 그 미래가 이미 도래한 것처럼 굴기. 그렇게 하면 반복되는 불행들을 점점 대수롭지 않게 여길 수 있었다.

"에구, 또 고생이네. 아버지도 허리 다치셨다 하지 않았나. 다들 빨리 나아야 할 텐데. 근데 진짜 승호는 안 오나? 승호한테 전화해봐라."

혹은 외면하기.

"승호 바쁘다니까."

"아니 진짜 뭐 대단한 일 한다고 바쁘노?"

"내가 아나."

우리 동네는 감염병 청정 구역이라고는 하지만, 같은 행정구역 안에서 발생한 확진자를 알리는 재난 문자가 잊을 만하면 한 번씩 도착했다. 사람들은 문자메시지를 받자마자 확진자가 누구인지, 어디에 사는지, 무슨 일을 하는지, 가족관계는 어떻게 되는지를 빠르게 공유했다. 소문은 아주 순식간에 퍼졌다. 그렇게 확진자가 자신과 몇 다리를 건너면 있는지를 확인하는 일은 감염병의 가능성에서 멀어지려는 시도처럼 보이기도 했고, 오랜만에 씹을 거리를 찾은 것처럼 보이기도 했다. 이 시국에 서울에 놀러갔다 왔다고? 공연을 보러 갔다 왔다고? 제정신이야?

"언제였지? 몇 년 전 여름에는 콜레라 때문에 아주 난리였잖아."

콜레라 환자가 발생했다는 소식을 듣고 식겁했던 일이 떠올랐다. 그거 박멸된 거 아니었어? 아주 멸종된 줄 알았는데. 도대체가 21세기에 콜레라가 웬 말이야. 그래도 21세기라서 환자들은 빠르게 치료되었고 감염도 크게 확산되지 않았다. 이번에도 그럴 것이라 여기고 마음을 놓고 있었다. 수도권에서 확진자 수가 점점 늘고 있다는 뉴스를 볼 때만 해도 먼 나라의 일처럼 느껴졌다.

"근데 콜레라 그거 다 똥 때문이라면서?"

'똥'이라는 단어에 멸추김밥 하나를 젓가락으로 들던 손님이 화영을 째려봤다.

"야, 너네 다 먹었으면 그만 떠들고 가라."

나는 민구와 화영의 등을 떠다밀고 설거지를 했다. 이제 손님은 더 안 올 것 같았지만 벌써 문을 닫을 수는 없었다. 오늘 팔려고 만든 음식이 아직 많이 남아 있었다. 설거지를 끝내고 소고기뭇국을 다시 데우면서, 커다란 들통에 가득 든 국을 국자로 휘휘 저으면서, 나박나박 썬 무가 반투명해진 것을 보면서 나는 아직도 21세기를 잘 모른다는 생각을 했다. 내가 이런 소리를 하면 화영은 페이스북이랑 인스타그램부터 좀 깔아보라고 말했다. 서울 사는 사람들도 요즘 같은 자가 격리의 시대에는 인터넷 속에서 더 오래 시간을 보낼 거라고 말이다. 거기에 있으면 촌에 살든 서울에 살든 별 차이도 없을 거라고. 그건 결국 인터넷 접속을 멈추면 내가 평생을 산 이 동네에는 21세기스러운 것이 별로 없다는 뜻이기도 했다. 하루는 방송국 차량이 우리 동네로 잔뜩 몰려와서 촬영을 하길래 무슨 일인가 했더니 1990년대를 배경으로 하는 드라마를 찍는 중이라고 했다. 굳이 세트장을 새로 지을 필요 없이 이 동네에서 손쉽게 90년대 풍경을 만들어낼 수 있는 것이다. 2000년대에 들어서는 아이도 거의 태어나지 않아 손으로 꼽을 수 있을 정도였다. 마을을 떠난 사람들도 명절 때나 찾아와 하루이틀 머물다 갈 뿐이었고 가끔 이사를 오는 사람들 역시 21세기보다는 20세기가 더 어울릴 법한 은퇴자들이었다. 그 덕에 감염병에서는 안전한 편이었지만.

*

　"사장아, 뭇국 하나 가져와봐라."

　식당으로 들어온 노인이 의자를 빼 다리를 꼬고 앉으며 말했다. 그는 분명 노인인데도 젊고 건강한 기운을 내뿜고 있었다. 남의 가게에 와서 패악을 부릴 힘이 남아 있다는 뜻에서 그랬다. 술을 시키길래 술은 팔지 않는다고 말했는데도 길 건너에 있는 하나로마트에 가서 막걸리라도 좀 사오라고 했다. 나는 밥솥에서 밥을 푸면서 "에이, 어르신. 대낮부터 무슨 술이에요" 하고, 시청에 제출한 계획서에 '멸추김밥'이라고 쓸 때는 전혀 예상하지 않았던 말을 능청스럽게 내뱉었다. 그런데도 그는 재차 생떼를 썼고, 그런 인간을 말리다보니 역시나 계획서를 쓸 때의 나는 참으로 순진했다는 생각을 하게 됐다.

　노인은 반찬으로 내놓은 김치를 다 먹고는 더 달라는 의미로 빈 반찬 그릇을 젓가락으로 세게 탁탁 쳤고, 계산을 하면서는 이를 쑤시며 뭔가를 공중에다 퉤 뱉었다. 자판기 커피도 없냐고 구시렁대며 문을 열고 나가는 그의 뒤통수에다 대고 나는 최대한 상냥한 목소리로 "또 오세요" 하고 말했다. 나는 정말로 그가 다시 왔으면 했다. 그와 닮았을 친구들을 아주 많이 데리고 왔으면 했다. 내가 취업에 실패할 때마다 아빠는 "남들 하는 것 좀 봐라. 사람이 어떻게 저 좋은 것만 하고 살겠노?"라고 했다. 그런 게 삶인가? 모욕을 견디는 것…… 그렇다면 나는 이제야 겨우 살아가는 흉내를 내고 있는 건지도 몰랐다.

노인을 배웅하고 나니 머릿속이 새까매져 멍하니 앉아 있는데 민구에게서 전화가 왔다. 내일 점심시간에 직원들이랑 먹을 김밥을 좀 싸달라는 것이었다. 나는 정신을 차리고 허둥지둥 볼펜과 종이를 찾아서 필요한 개수와 픽업 시간을 메모했고, 전화를 끊고 나서는 업소용 커피 자판기를 렌트할 만한 곳을 찾아보았다. 저녁까지 손님이 별로 없어 주변의 거의 모든 렌트 업체의 조건을 따져볼 수가 있었다.

나는 오랫동안 고모부가 소개해준 여행 회사에서 일했다. 사무실이 시내에 있어서 한 시간씩 버스를 타고 나가야 했다. 주로 문서 수발만 하면 된다고 했지만 커피를 타거나 청소를 하는 일이 더 많았다. 대신 야근을 시키지 않았고 꼬박꼬박 월급이 나왔으므로 참고 다녔는데, 어느 날 팀장이 나를 넌지시 부르더니 친구 중에 괜찮은 사람이 있으면 좀 소개해달라고 했다. 그러면서 며칠 전 점심때 찾아와서 나와 같이 밥을 먹던 그 친구면 좋겠다고 덧붙였다. 애초에 화영을 염두에 두고 꺼낸 얘기 같았다. 그애는 이미 결혼을 했다고 말했더니 팀장은 쩝, 하고 입맛을 다시며 아쉽다는 표정을 지었다. 나보다 열 살이나 많은 이혼남이 무슨 염치로 그런 말을 입에 올릴 수 있는지 도무지 이해가 가지 않았다. 회사 막내인 현태와 함께 탕비실에서 커피를 타다가 울분을 누르며 그 얘기를 속삭였더니 현태는 납득이 안 가는 건 아니라는 듯 대꾸했다. "요즘 세상에 이혼이 흠도 아니고, 팀장 정도면 관리도 잘했고, 뭣보다 부자잖아요." 그 반응에 놀란 내가 "니, 돈이면 다가?" 하고 헛웃음을 지으며 묻자 현태는 아무 대꾸 없이 피식 웃었다. 그 웃음을 보니 현태와 둘이서 점심을 먹을 때면 매번 회사 욕을 하면서도 월급 때문에 사표는 못 쓴다며 입버릇처럼 "돈이 최고야"를 뱉어댔던 내가 스쳐지나갔다. 물론 그건 진짜 '돈이 최고'라는 뜻은 아니었다. 한 번도 그렇게 생각해본 적은 없었다. 하지만 21세기를 거의 코앞에 두고 태어난 남자아이에게 그게 완전히 그런 뜻은 아니었다고 구구절절 설명하기는 어려웠다. 그건 너무 꼰대 같았고…… 돈이 왜 진짜 최고는 아닌지 설명할 적당한 말도 당장 떠오르지 않았다.

커피 자판기는 그리 비싸지 않았지만 내 주머니 사정을 생각하면 엄두가 안 났다. 한숨이 절로 나왔다. 머리를 뒤로 젖히며 나도 모르게 중얼거렸다.

"역시 돈이 최고야……"

*

개업 다음날인 화요일 아침에는 죽고 싶었다. 겨우 몸을 일으켜 샤워를 하는 내내 죽고 싶다고 생각했다. 그건 아주 일상적인 감정이어서 더는 나를 놀라게 하지 못했다. 익숙하고 편안한 기분마저 들었다. 절대 실행까지는 가지 않을 것임을 알기 때문인지도 몰랐다. 가능한 몇 가지 방법들을 떠올리며 머리를 감을 뿐이었다. 하지만 언제까지 그럴 수 있을까? 나는 샤워를 마치고 나와 젖은 머리를 털면서 그 생각을 잠깐 미뤄두고 일을 하러 갈 채비를 했다. 식당 문을 열고서는 아침의 생각 같은 건 까맣게 잊어버린 채 재료들을 준비하고 서빙을 하고 손님들과 농담을 주고받았다. 가끔은 너무 저급해서 치가 떨리는 농담들도 있었다. 그때마다 테이블을 엎어버릴 수는 없었다. 밤에 집에 돌아와 몸에 밴 음식 비린내를 씻어내면서 나도 모르게 "씨발……" 하고 내뱉고 말 뿐이었다.

*

　금요일에는 평소보다 재료가 일찍 소진되었다. 체력도 다 소진되어서 집에 가서 잠들고 싶다는 생각만이 간절했는데 승호에게서 전화가 왔다.

　"식당 잘했나? 금요일인데 한바리하러 가자."

　"나는 내일도 일해야 되거든."

　"그니까 바람 좀 쐬면 기분 낫다 아니가. 정 피곤하면 스쿠터 내가 운전할게. 너는 내 뒤에 타라."

"뒤에 가만 앉아 있기에도 너무 늙었다. 스쿠터도 이제 팔라고. 밤바리는 더 못한다. 체력이 안 따라준다. 이제 지붕 있어야 된다."

나는 승호가 좀더 열심히 나를 설득해주었으면 하는 마음에 구구절절 변명을 덧붙였다. 별 이유도 없이 만나자는 말만 듣고 냉큼 달려나가는 건 어쩐지 내키지 않았다. 결국 승호의 입에서 회를 사겠다는 말이 나온 다음에야 알겠다고 했다. 하지만 스쿠터를 탈 힘은 정말로 없다고 하니 승호가 차를 가지고 식당 앞으로 오겠다고 했다.

해안을 따라 이어진 국도를 타고 삼십 분 남짓 쭉 달리다 여포 해변에서 잠깐 차를 세웠다. 우리 둘 다 그곳을 좋아했기 때문에 그냥 지나가면 섭섭할 것 같았다. 해변엔 사람이 거의 없어서 우리는 마스크를 벗은 채 걸었다. 그러고 걸으니까 감염병이 돌기 전으로 돌아간 기분이 들어서 눈물이 날 뻔했다. 그 얘기를 했더니 승호도 고개를 끄덕였다.

"이제 좀 살 것 같네."

우리는 다시 차에 올라타 목적지인 횟집으로 향했다. 해변에서 좀 먼 언덕에 있어 관광객들은 잘 모르는 곳이지만 거기야말로 진짜 맛집이었다. 서울 놈들은 뭘 몰라. 여기까지 와서도 프랜차이즈나 다름없는 그런 횟집들만 가고. 횟집으로 가면서 괜히 관광객들을 욕했던 나는 가게에 들어갔을 때 와자하게 들려오는 서울말에 조금 당황했다. 그 사람들은 우리가 좋아하는 창가 쪽 테이블을 차지하고 있었다. 창밖으로 바다가 훤히 내려다보이는 명당이었다. 파도 소리가 아득히 들리는 자리이기도 했다. 다른 자리에서는 파도 소리가 거의 들리지 않았다.

"손님이 많네요."

그 옆 테이블에 양반다리를 하고 앉으며 사장에게 넌지시 말하자 새로 이사온 사람들이라고 했다.

"청년예술가? 뭐 그런 사업에 선정돼서 한동안 살러 온 거라 하네."

"아."

사장의 말에 승호가 다 알겠다는 듯 고개를 끄덕였다.

"둘이 왔어? 모둠으로 소짜면 되지?"

"네. 중짜 같은 소짜로요."

사장은 웃으면서 알겠다고 말했지만 나는 승호의 대답에 약간 질려버렸다. 승호는 공무원이 된 뒤로 쓸데없는 농담만 점점 늘었다. 사장이 주방으로 들어가는 걸 보고 나는 상체를 앞으로 숙이며 속삭였다.

"니 그런 거 어디서 배웠노. 다시는 하지 마라. 진짜 아재 같고 극혐."

"뭐 어때서. 사장님도 웃잖아."

"니가 손님이니까 웃지."

테이블에 회가 나왔을 때 옆 테이블 사람들이 우르르 일어나 가게 밖으로 나갔다. 다 먹고 돌아가나 했는데 담배를 피우러 나간 거였다. 승호는 통유리 너머로 사람들을 흘겨보며 한마디했다.

"저런 놈팡이 같은 놈들이 나랏돈을 다 빼먹는다니까."

"멀끔하게들 생겼는데 어딜 봐서 놈팡이고."

"예술가라잖아. 맨날 놀고먹으면서 예술가랍시고 나랏돈 타 먹는 거다. 먼저 먹는 놈이 임자라느니 눈먼 돈이라느니 어쩌니 해 가면서."

그들은 담배를 피우며 심각한 표정으로 무슨 이야기인지를 하고 있었다.

"최고네. 넌 부럽다. 나도 예술가 할래."

"예술가는 아무나 하나."

아무나 못하는 그런 거라면, 그럼 마냥 놈팡이들인 것만도 아니었다. 갑자기 술이 확 당겼다.

"사장님! 여기 좋은데이 하나요."

"뭔데? 나는 운전해야 되는데 치사하게 혼자 마시나."

"대리 불러라."

"여까지 누가 오겠노."

나는 사장이 가져다준 소주병의 뚜껑을 따며 승호에게 고개를 숙였다.

"그럼 잘 부탁합니다."

＊

　"요즘은 여까지도 대리 잘 옵니다. 애인 혼자 마시게 두지 말고."

　사장이 슬쩍 말을 보탰을 때 그런 사이가 아니라고 부정하려다가 나도 승호도 그냥 하하 웃고 말았다. 잔을 채우려는데 승호가 병을 가져가 한 잔 따라주었다.

　"첫잔만 따라줄게."

　담배를 피우러 나갔던 놈팡이들이 다시 우르르 들어왔다. 창밖은 어느새 어둑해져 있었다. 그 때문인지 파도 소리가 조금씩 들려오기 시작했다. 옆 테이블의 대화도 잘 들렸다. 일요일에는 산에 한번 갈까요? 전 빠질게요. 등산은 별로. 근처에 렌트해주는 데가 있으려나? 드라이브 좀 하고 싶은데. 저 사람들한테 물어볼까요? 그냥 검색해보세요. 다 나와요. 오토바이도 렌트되려나? 검색해보라니까요. 근데 여기 경치 진짜 좋다. 사진을 몇 장이나 찍어요. 그만 좀 찍어요. 이렇게 예쁜데 안 찍고 배겨요? 그래요. 많이 찍어요…… 그곳에서 보이는 풍경은 충분히 감탄할 만했으므로 그들의 반응이 이해가 갔다. 그리고 나는 내가 더이상 그 풍경에 호들갑을 떨지 않는다는 사실을 깨달았다. 그러자 그 자리를 그들이 차지한 것이 당연하게 여겨졌다.

　매운탕까지 해치우고서야 우리는 자리에서 일어났다. 승호가 집 앞까지 차로 데려다주겠다고 했다. 우리는 마을 어귀에 도착해 팽나무 앞에 차를 세워두고 근처 슈퍼에서 사온 아이스크림을 먹었다.

 "술 깨고 들어가야 되는 거 아니가? 밤늦게 술 먹고 돌아다닌다
고 혼날라."

 "한 병밖에 안 마셨는데 뭐. 그리고 우리집에서 누가 날 혼내노.
나 없었으면 진작 다 죽었을 사람들인데."

 나는 술에 취해서 아무 말이나 해댔다.

 "니 아무래도 술 좀 깨고 들어가야겠다."

 승호는 빼빼코를 입에 물고 사이드브레이크를 풀었다. 승호는
운전을 잘했다. 아주 부드럽게 가속하고 감속해서 속도가 변하는
걸 거의 느낄 수 없을 정도였다. 오래 운전을 한 사람처럼 노련해
서 제대로 포장되지 않은 시멘트 도로를 지날 때에도 덜컹거리는
일이 별로 없었다. 밤의 도로는 어두웠다. 눈을 감고 있었는데도
이따금씩 도로변의 가로등이나 맞은편에서 달려오는 차량의 헤드
라이트가 내 얼굴을 훑는 게 느껴졌다. 살짝 열어둔 차창으로 들
어오는 바람이 꽤 찼다. 서서히 술이 깨기 시작하자 부끄러움이
밀려왔다. 나는 자는 척을 하며 집에 도착하지 않았으면 좋겠다고
생각했다.

                                    *

 민구는 자주 김밥을 포장하러 왔다. 하루는 고민이 있는데 자기

대신 화영과 얘기를 좀 해봐달라고 부탁했다.

"왜?"

"화영이가 자꾸 이사를 가자 하네."

"어디로?"

"부산이나 울산으로 가자고."

"유진이 때문에?"

"어. 내년이면 초등학교 들어가잖아. 아무래도 도시에서 다니는 게 낫지 않나 하고."

"나쁠 거 없지 않나?"

"가서 식당 같은 거 하자 하는데 그게 쉬운 일도 아니고, 친구들도 다 여기 있는데 아무도 없는 데 가서……"

"화영이 언니 부산 살잖아. 아무도 없는 건 아니지."

나는 화영이 내게는 그런 고민을 한 번도 나눈 적이 없었다는 점이 섭섭했다. 그렇게 이사를 가버리면 우리는 일 년에 한두 번 볼까 말까 한 사이가 될 텐데 화영은 그게 아무렇지도 않은 것일까.

"난 사실 가기 싫거든. 니가 말려주면 안 되겠나? 니 말은 들을 텐데."

"둘이 잘 얘기해봐라. 내가 뭐라고 내 말을 듣노."

"니 말은 듣지."

무슨 근거로 그런 말을 하는지 알 수 없었다. 민구가 가고 얼마 안 돼 화영이 식당으로 왔다. 볼일이 있어 나왔다가 들렀다고 했다. 나는 화영에게 이사 이야기를 꺼냈다. 민구에게 나쁠 거 없지 않으냐고 말했지만 나도 화영이 떠나는 것을 어떻게든 말리고 싶었다. 도시로 가봤자 아무 소용도 없을 거라고 말해버리고 싶었다.

"공부 그거 다 유전이다. 너네 둘 다 공부 머리 없었는데 도시 간다고 크게 다르겠나."

화영은 내 말에 화를 냈다.

"왜 그런 식으로 말하는데? 나는 늘 니 잘되라고 좋은 말만 해줬는데."

화영의 말이 맞았다. 화영은 늘 내게 좋은 말만 해줬다. 화영뿐만이 아니었다. 같은 반 친구들도 학교 선생님도 내게 좋은 말을 많이 해줬다. 내가 똑똑하다고 했고 이런 시골에서 썩을 애가 아니라고 했다. 커서 뭐가 되고 싶든 다 이룰 수 있을 거라고도 했다. 왜 그중 무엇도 이루어지지 않았는지 종종 되짚어본다. 어디서부터 잘못됐을까? 어쩌면 똑똑하다는 말을 믿었던 때부터였는지도 모른다. 그 믿음에 근거해 내린 선택들은 전부 잘못된 것들이었다.

"미안. 너네 가면 나 혼자 놀아야 되니까 그렇지. 안 갔으면 해서."

내 찌질한 속마음을 털어놓으며 사과했지만 화영은 쉽게 화를 풀지 않았고, 나는 "화 풀어라, 응?" 하고 없는 애교를 부려가며 화영의 어깨를 잡고 가볍게 흔들었다. 화영은 알았다고, 괜찮다고 했지만 더 머무르지 않고 떠나버렸다. 화영이 가고 난 뒤 한참을 우울해하고 있는데 화영에게서 문자가 왔다.

—병원 예약 있어서 일찍 나왔다. 나중에 전화할게.

혹시 자기가 계속 화나 있는 줄 알고 내가 맘 쓰고 있을까봐 문자를 보내준 것 같았다. 나는 다시 사과의 말을 적어 보냈다.

—미안. 그거 진심 아니었다.

—안다.

화영은 정말 알까. 나는 화영이 좋았다. 화영도 나를 좋아해주었으면 했고, 화영이 내게 상처를 주지 않았으면 했다. 그 바람대로 화영은 내게 상처가 될 행동은 하지 않았다. 다만 가끔 서운하다고 말했다. 아주 사소한 것들 때문이었는데, 나는 화영이 왜 나한테 그런 것에 대해서까지 당연하다는 듯 관심과 애정을 바라는지 이해할 수 없었다. 정작 내 의견도 좀 들어주었으면 하는 중요한 일을 결정할 때는 나를 논외로 치면서. 그래도 나는 화영이 서운하다고 할 때마다 사과했다.

저녁에 화영은 정말 전화를 해왔다. 우리는 아무 일도 없었다는 듯 평소처럼 한가한 수다를 늘어놓았다. 나는 일이 너무 힘들다고 투덜거렸다.

"어떻게 살아야 하노. 이제 곧 마흔인데."

"왜 또 혼자만 늙은 척이고. 아직 한참 남았다."

"금방이지."

"결혼은 안 하나?"

"니는 나한테 그거 물어보는 거 지긋지긋하지도 않나."

"왜 안 하노? 재형인가가 하자고 했을 때 왜 안 했노?"

"도대체 그게 언제 적이고? 그리고 그놈 나랑 헤어지고 다음해에 바로 결혼했잖아."

재형이 내게 결혼하자고 했을 때 내 나이가 스물일곱이었다. 재형은 내가 스물다섯 살 때 친구에게 남자를 소개해달라고 졸라서 만난 사람이었다. 나보다 네 살이 많았고 조선소에서 용접 일을 했다. 그럭저럭 말이 통했다. 하지만 결혼은 망설여졌다. 주변에 결혼한 친구들이 아예 없는 건 아니었지만 그 나이에 결혼하는 건 어쩐지 억울했다. 무엇보다 그때 엄마가 병원에 입원해 있어서 간병할 사람이 필요했다. 일찍 결혼해서 아이 둘을 낳고 사는 언니는 육아만으로도 벅차 보였고, 고등학교를 다니는 늦둥이 남동생은 여전히 보살핌이 필요했다. 아빠는 일거리를 찾아 건설 현장이 있는 도시로 떠나 있을 때가 많았다. 할머니도 거의 하루종일 식당에서 일했기 때문에 엄마 곁을 지킬 사람은 나뿐이었다. 혼자 도망칠 수도 없었다. 모아놓은 돈도 없었거니와 불쑥 떠나버릴 용기도 없었다. 어릴 때는 빨리 결혼해서 집을 떠나고 싶었지만 언니를 보면 그것도 답은 아닌 것 같았다.

"승호는 어떻노? 승호가 니 좋아하잖아."

"좋아하긴 뭘 좋아하노."

"내 보기엔 좋아한다. 구십구 프로다."

함께 공무원 시험 공부를 한다고 붙어다닐 때는 내가 승호를 좋아했다. 하지만 승호는 공부에 집중하고 싶다며 거절했고 나도 마음을 접었다. 이제 나는 승호를 좋아하지 않고 승호가 나를 진짜 좋아하는지도 알 수 없었다. 무수한 뉘앙스, 분위기뿐이었다. 일 프로가 없었다. 그건 내게 결정적인 것이었다. 그게 없으면 아무것도 아니었다. 그리고 무엇보다 아무리 생각해도 승호에게 나는 좋은 상대가 아니었다. 승호가 번듯한 사람이 되어갈수록 거리감이 느껴졌다. 나는 늘 친구들이 잘되길 빌었지만, 그건 한 치의 거짓도 없는 진심이었지만, 이런 식으로 혼자 남겨지는 건 싫었다. 언제부턴가는 좋은 미래를 상상하는 것도 그만두었다. 물론 좋은 미래를 상상하는 것은 별 볼 일 없는 현실을 견디는 데에 도움이 됐다. 미래에는 좋은 일들이 기다리고 있으리라고 낙관하는 것. 하지만 어떤 모습일지 알 수 없는 미래만 기다리며 현재를 견디는 것은 오래 할 수 있는 짓이 아니었다. 더군다나 이제는 미래 쪽에서 나를 기다리지 않는다는 생각마저 들었다. 미래는 내가 어서 빨리 지쳐 낙오되기만을 바라고 있는 것처럼 여겨졌다. 미래에는 나를 위한 자리가 없을 것만 같았다. 아무리 노력해도 그 어떤 보상도 주어지지 않을 것만 같았다. 만약 미래에 나를 위한 자리와 보상이 마련되어 있다면 지금 내게 그 전조들이 보여야 하지 않을까? 하지만 그런 낌새와 징조와 기미는 전혀 찾아볼 수가 없었다.

"서로 심심해서 시간 때우는 거지."

"니도 맘 있는 거 아니면 너무 붙어다니지 마라. 혼삿길 막힌다."

할머니가 늘 하는 잔소리를 닮은 말에 뭐라 대꾸할 힘이 없었다. 가정을 꾸린 친구들은 늘 부모의 입장에서 내게 잔소리를 했다. 그런 점에선 화영도 예외가 아니었다.

"친구랑 놀지도 못하나?"

"정신 차리고 나이 생각해라. 이제 그럴 시간 없다."

시간은 너무 많았다. 그걸 다 어떻게 써야 할지 걱정될 만큼.

"근데 니는 민구랑 왜 결혼했노?"

나는 화영에게로 화제를 돌렸다.

"말하지 않았나? 내가 민구 통장을 봤다고."

"아니, 그런 거 말고 진짜로."

대외적인 명분으로 정해놓은 그런 거, 분위기 좀 띄워보려고 하는 농담 같은 그런 거 말고. 물론 그게 아예 영향을 안 주지는 않았겠지만 그래도 그거 말고 진짜로 마음을 움직이게 했던 그런 거. 화영은 진지하게 다시 대답했다.

"진짜로 그게 결정적이었다."

"그럼 안 결정적인 건 뭐가 있었는데?"

"안 결정적인 거? 그런 건 많지. 차고 넘치지. 니도 알잖아, 민구 어떤지. 좀 무뚝뚝한 데가 있긴 해도 사람 잘 챙겨주고 다정하잖아."

나는 고개를 끄덕였다. 민구는 그 형용모순 같은 설명이 잘 어울리는 사람이었다.

"그…… 누구지? 발명가로 유명한 사람. 이름이 기억이 안 나네. 진짜 나이들었나? 요샌 그런 게 잘 기억이 안 난다."

나는 그 사람의 이름을 떠올리려 애쓰다가 이내 포기하고 말을 이었다.

"암튼 그 사람이 천재는 구십구 프로의 노력과 일 프로의 영감으로 이루어진다고 했잖아. 그거, 노력이 구십구 프로 차지할 만큼 중요하단 뜻이 아니고 구십구 프로나 노력을 해도 일 프로가 없으면 말짱 꽝이라는 뜻이라더라. 너한테는 그 일 프로가 통장 잔고인 거가? 그럼 니는 구십구 프로나 좋은 게 있어도 그 일 프로가 없었으면 결혼 안 했을 거가?"

"잘 모르겠네. 그걸 그렇게 나눈다는 게. 그냥 그 모든 걸 다 합한 게 민구잖아."

화영이 잘 모른다고 말할 때면 나는 뭔가 알 것만 같은 기분이 들었다.

*

화영과 민구는 결국 이사를 가기로 결정했다. 두 사람이 떠나기 전에 우리 넷은 다 함께 스쿠터를 타고 동네를 돌기로 했다. 해안 도로를 따라 한 바퀴 달리고 나서 이제 어느 쪽으로 가볼까 고민하는데, 승호가 한 번도 가본 적 없는 곳을 가리켰다.

"저기 올라가보자."

공사를 끝내고 개통을 앞둔 고가도로였다.

"가도 되나?"

내가 머뭇하자 민구가 말을 보탰다.

"길을 잘못 들었다 하지 뭐."

도착해보니 입구에 바리케이드가 쳐져 있어 막상 스쿠터로는 들어갈 수 없었다. 돌아가려는데 승호가 스쿠터를 세우고는 바리케이드를 뛰어넘었다.

"하여튼 공무원이라는 새끼가 하지 말라는 짓은 다 하고 다니고."

민구와 화영은 투덜거리면서도 승호를 따라 바리케이드를 넘었다.

"야, 니도 얼른 와봐. 넘 좋다. 넘 널찍하다. 경치도 죽인다."

다들 제정신이 아니네, 하고 지켜보다가 나도 슬쩍 바리케이드를 넘었다. 아스팔트는 공사 차량과 인부들을 제외하면 아무도 지나가지 않았을 완전한 새것이었다. 화영과 민구는 판판한 도로 위를 마구 뛰어다녔다.

"여길 이렇게 발로 밟아보는 사람은 우리가 마지막이겠제? 이

186

제 앞으로는 차만 쌩쌩 다닐 거 아니가."

승호가 왠지 뿌듯하다는 투로 말했다.

"그런가? 아니다. 또 모른다. 옛날에 어떤 영화에서 봤는데 만약에 온 세계에 좀비 바이러스가 퍼지면……"

"웬 또 미친 소리고."

"어라, 저기 좀 봐봐."

횟집에서 봤던 그 놈팡이들이 어슬렁거리며 커다란 카메라로 사진을 찍고 있었다. 그 사람들은 승호와 나를 알아보지 못한 것 같았다. 식당에서 어쩌다 한 번 마주친 정도로 얼굴을 기억하는 사람은 거의 없을 것이다. 나만 그 사람들을 너무 의식하고 있었다.

"여기 경치 진짜 좋네요."

그중 여자 한 명이 다가와 말을 걸어서 가볍게 눈인사를 했다. 여자는 친근하게 말을 이었다.

"여기 이렇게 도로가 생길 줄은 몰랐어요. 이 동네 분들이신가요? 저도 고등학교까지 여기서 다녔거든요."

"근데 사투리를 거의 안 쓰시네요."

"이상하게 그게 그렇게 되더라고요. 대학 가면서 서울에 살게 됐는데 가족들이나 어릴 때 친구들 빼고는 동향 사람 만나도 그냥 서울말을 쓰게 돼요. 지금은 잠깐 프로젝트 때문에 내려와 있어요. 저희 나중에 전시회도 할 건데 놀러오세요."

"어디서요?"

"바닷가 옆의 초등학교에서요."

그 학교는 삼 년 전에 폐교된 곳이었다. 운동장에는 풀이 자라기 시작했다. 마을 사람들은 어구 같은 것들을 갖다두고 운동장에서 그물을 손질했는데, 지난해에 시에서 무슨 사업을 한다고 리모델링을 하더니 사람들을 다 쫓아냈다.

"근데 몇 살이세요?"

내가 나이를 말하자 여자가 놀라며 되게 동안이시다, 호들갑을 떨었다. 나는 괜히 쑥스러워하고 말았는데, 그때 옆으로 다가온 승호가 초를 쳤다.

"인간이 철이 안 들어서 그래요."

"그래, 니는 철들어서 늙어 보이고 되게 좋겠다."

"두 분 동갑이세요? 암튼 전시 보러 꼭 오세요. 거기 전시실로다 꾸며놨거든요. 볼 거도 많고 체험 부스도 있어서 데이트하기 좋을 거예요."

"저희 그런 사이 아니에요."

승호가 웃으면서 손사래를 쳤다.

"아, 제가 오해했네요. 데이트 아니어도 구경하기 좋으니까요, 시간 되면 오세요."

여자는 내 눈치를 슬쩍 살피며 자신의 말을 정정했다. 놈팡이들이 떠나고 난 다음에 우리는 여포해변으로 향했다. 해변 입구에 스쿠터를 세워두고 모래사장에 아무렇게나 앉아서 내가 싸온 김밥을 다 같이 먹었다.

"쉰 거 아니가?"

"괜찮은데?"

"먹기 싫음 말고."

"그냥 맛이 없는 건가? 선미 니는 김밥집 말고 딴거 해라. 진짜 영 아닌 거 같은데."

"딴거 뭐 할까."

"왜 이것저것 잡스러운 거 할 줄 아는 거 많잖아."

"돈 되는 게 없다. 순 놈팡이 취미뿐이다."

"하긴 취미가 돈이 되는 건 이상하지."

"이왕이면 되면 좋을 텐데."

"그거 너무 인생 날로 먹으려는 거 아니가."

"회 존나 맛있는데. 인생도 날로 먹는 게 최고지."

"다시 공무원 시험 준비해보는 건 어떻노? 니 머리 좋잖아."

"너무 늦었지. 이제 머리가 굳어서 안 되겠더라."

"그럼 언제까지 그렇게 살 거고?"

내가 아무 대답을 하지 않자 갑자기 모두 말이 없어졌다. 우리는 한참을 파도 소리만 들었다. 언제까지일까? 나도 내게 자주 묻는 질문이었다. 승호는 더는 이렇게 살면 안 된다는 뜻으로 한 말이겠지만 나는 계속 이렇게 살고 싶다는 생각을 했다.

혓바닥에 까끌하게 모래가 느껴져 고개를 돌려 침을 뱉고 주변의 모래로 덮었다. 아무리 조심해도 해변에 앉아 뭔가를 먹으면 모래가 꼭 입안으로 들어왔다. 고등학교를 다닐 때 종종 화영과 함께 해변에서 햄버거를 먹던 일이 떠올랐다. 손에 소스가 묻으면 모래에 손을 파묻고 비벼 닦아냈다. 햄버거를 다 먹은 뒤에는 앉아서 수다를 떨며 햄버거 포장지 위로 모래를 한 주먹씩 퍼부었다.

"화영아, 기억나나? 우리 어릴 때 바닷가에서 햄버거 먹던 거."

"당연히 나지."

"그때 모래사장에 묻은 포장지가 몇 장이나 되겠노?"

"없을걸. 내가 집 갈 때마다 다 꺼내서 쓰레기통에 버렸거든."

"뭐? 언제?"

"집 갈 때라니까."

"난 왜 몰랐지?"

"그러게? 왜 몰랐노?"

몰랐다, 정말. 약간 배신당한 기분을 느끼며 나는 모래사장에 벌러덩 누워버렸다. 내가 마냥 철없이 모래사장에 포장지나 파묻고 있을 때 화영은 그 순간엔 내게 동조하면서도 집에 가기 전에 그걸 끄집어내서 쓰레기통에 버린 것이었다. 나는 늘 화영을 낙천적인 사람, 그 때문에 어딘가 좀 순해빠진 구석이 있는 사람이라고 멋대로 생각해왔다. 하지만 순해빠진 건 나였고 뭘 모르는 것도 나였다.

화영과 민구가 아이 때문에 먼저 돌아가고 난 다음에 승호와 나

SINCE 1993 MUNHAKDONGNE

온라인 서점에 전달할 안내문에 최은영 작가를 어떻게 소개하면 좋을지 고민하다가 '함께 성장해나가는 우리 세대의 소설가'라고 적어넣었습니다. 우리가 조금씩 나이를 먹는 순간순간에 최은영 작가의 소설이 함께해왔음을 새삼 깨달았기 때문입니다.

「쇼코의 미소」 속 '쇼코'와 '소유'가 그들이 원하던 방향으로 나아가지 못하거나 서로를 향해 날카로운 말을 던질 때 저는 그런 감정이 무엇인지 너무나 알 것 같았던 사회 초년생이었고, 「아치디에서」에서 간호사인 '하민'이 스스로가 엉망이 되었다고 느끼며 훌쩍 아치디로 떠날 때는 저 역시 직업인으로서의 어떤 보람과 소진 사이를 오가며 지내고 있었습니다. 그리고 지금은 「아주 희미한 빛으로도」 속 젊은 강사인 '희원'이 자신은 어디까지 다다를 수 있는지, 더 나아갈 수 있는지 어림해보는 모습을 보며 그의 고민과 저의 고민이 겹쳐지는 순간을 경험하기도 합니다.

소리를 내지 않고 우는, 스스로를 오랫동안 용서하지 못하는, 떨리는 목소리로 부당한 일에 대해 말하는 사람들. 그리고 그들과 함께하는 동안 어쩐지 서서히 정화되고 나아가게 되는 마음. 『아주 희미한 빛으로도』가 우리에게 주는 건 그런 드문 순간들인 것 같습니다.

_N (문학동네 국내문학 편집자)

는 해안도로를 한번 더 달렸다. 다시 여포해변으로 돌아왔을 때는 날이 저물어 있었다. 승호가 라면이 먹고 싶다고 해서 우리는 해안가에 있는 마트에서 새우탕면을 하나씩 사와 바닷가에 앉았다. 해가 지자 꽤 쌀쌀해졌다. 내가 몸을 덜덜 떠는 시늉을 하니까 승호가 마트로 달려가서 비치 타월을 사왔다.

"금방 갈 건데 그걸 뭐하러 사오노. 관광객들한테 바가지 씌워서 파는 건데."

"잠깐이라도. 나 때문에 라면 먹다가 감기 걸리면 우짜노. 이제 우리 늙어서 잘 낫지도 않는데."

"먼지 쌓여 있어서 더 병 걸리는 거 아니가?"

나는 승호의 마음씀씀이에 고마움을 느끼면서도 딴소리를 했다. 비치 타월은 왜 굳이 현란한 꽃무늬를 넣었는지 도무지 이해가 가지 않는 아주 촌스러운 생김새였다. 'Beach Towel'이라는 글자가 예스러운 서체로 새겨져 있었다. 그걸 어깨에 두르고 있으니 추위가 좀 가셨다.

"한잔하고 갈까?"

그 질문을 받고 나는 문득 승호가 여자였으면 좋겠다는 생각을 했다. 그러면 이렇게 나이 먹어서 둘이 붙어다녀도 남들이 어떻게 볼까 신경을 안 썼을 텐데. 둘이 사귀는 거 맞제? 차라리 결혼을 할 것이지, 그런 수군거림들도 없었을 텐데. 아닌가, 그렇게 둘이 붙어다니니까 남자를 못 만나지, 그런 참견들을 했으려나. 이 동네는 너무 좁아 금방 말이 퍼지고, 사람들은 남의 인생에 사사건건 관심이 많았다. 다들 먹고살 만한가보지.

"너무 늦었다. 나 내일도 식당 문 열어야 되잖아."

라면 국물을 후루룩 마시고 고개를 들어보니 달이 밝았다. 검푸른 바다 물결 위로 흰 달빛이 어룽지고 있었다. 달이 무척 예쁘다고 말하려다가 하지 않았다.

*

화영은 떠나기 전에 꼭 해야 할 일이라는 듯 내게 인스타그램 계정을 하나 만들어주었다. 우리는 이제 직접 만나거나 통화를 하기보다 인스타그램으로 더 자주 만난다. 나는 인스타그램을 들여다보면서 화영에 대해 몰랐던 것을 많이 알게 되었다. 어떤 면들—이를테면 스릴러 소설을 무척 좋아한다는 것, 정기적으로 여성단체에 후원을 하고 있다는 것, 잠이 잘 오지 않는 밤에는 혼자 차를 몰고 나가 드라이브를 한다는 것—은 내가 알던 화영과는 영 다르기도 했다. 그건 그저 다른 사람들에게 보여주고 싶은 모습인 걸까. 아무려나, 그 모든 걸 다 합한 것이 화영이었다.

화영이 올린 사진을 두 번 터치하는 일이 나의 중요한 일과 중 하나가 되었다. 새로운 곳에 적응하느라 바쁘게 지내는 화영이 가끔 전화를 걸어와 "선미야, 보고 싶다" 하고 말하면 나는 지금 영혼이 하나도 안 느껴지는데 거짓말 아니냐며, 마음에도 없는 소리 하지 말라고 핀잔을 줬다. 그러면 화영은 "아이고, 다 들켰네" 하고 웃음을 터뜨렸다. 그 웃음소리를 들을 때마다 화영이 무척 보고 싶어졌다.

승호는 언제나처럼 늘 내게 필요한 것들을 알려주었다.

"내년에 그 사업 또 한다더라."

"어차피 난 나이 때문에 안 되잖아."

"다음부터는 만 삼십구 세로 늘릴 거래."

"왜?"

그렇게 물었지만 그 나이 먹도록 자리를 못 잡은 사람이 많다는 뜻인지도 몰랐다. 내년에 나는 다시 청년이 된다.

"평균수명도 점점 더 늘어나니까 어쩔 수 없나보지."

승호는 청년이라 불리는 기간이 늘어나는 게 좋은 일이라거나 어떤 득을 보는 일이 아니라 감당해야 하는 것이라는 투로 말했다. 정처 없는 시간이 점점 더 길어지기만 하는 것 같았다.

식당 일은 해피 트리를 돌보는 일과 함께 돌아갔다. 어느 날에는 손님이 하나도 없어 해피 트리와 나만 식당을 지키기도 했다. 그래도 해피 트리가 무사했으므로 식당도 망하지 않았다.

여자가 말한 전시회에는 혼자서 갔다. 승호가 같이 가보자고 말하지 않을까 싶었지만 그런 일은 없었다. 일부러 찾아간 것은 아니고 우연히 들른 것이었다. 학교 운동장에는 마을 사람들이 모여

단체로 춤을 추고 있었다. 꼬리잡기 게임을 하는 것도 같은 그 행위가 우스꽝스럽게 느껴졌다. 정말 남사스러워요! 외쳐버리고 싶었다. 하지만 그 춤을 추고 있는 사람들 모두 큰 소리를 내며 웃고 있어 정말 행복해 보였다. 그렇게 웃어젖힐 정도로 행복하다니. 그 모습이 남사스럽게 느껴지는 건 그러한 감정이 너무 낯설어서 그런 것일까? 뜨악한 표정을 짓고 있는 나를 여자가 발견하고 알은체를 했다. 그러면서 여자는 함께 춤을 추자고 했다. 싫다고 몇 번이나 거절했지만 끈질기게 잡아당기는 여자의 손을 뿌리치지 못했다. 그녀의 허리를 잡고 운동장을 달리면서 순간이지만 무척 신이 났다. 그야말로 아주 남사스러울 정도였다. 계속 그렇게 달릴 수도 있을 것만 같았다. 하지만 곧 음악이 그쳤고 사람들은 모두 어딘가로 떠나갔다. 여자는 전시실로 꾸며놓았다는 교실을 가리키며 말했다.

"화살표를 따라가시면 돼요."

하지만 나는 고개를 젓고 학교를 빠져나왔다. 거기서 그러고 있을 때가 아니라는 생각이 뒤늦게 들었다. 해야만 하는 일이 많았다. 원하든 원치 않든 삶은 오랫동안 계속될 것이고 거기엔 아주 많은 공을 들여야만 한다.

내가 울기
시작할
때

사후 세계에 관한 여러 가설을 세워본 적이 있다. 야자를 땡땡
이치고 바로 옆 중학교 운동장 한쪽, 가로등 불빛도 없는 계단 구
석에서 몇몇과 어울려 놀던 고등학생 때였다. 누군가 대한민국에
서 고등학생으로 살아가는 것에 대해 신세한탄을 했고, 모든 게
허무하다는 말이 오갔고, 어차피 죽으면 다 끝이라는 데에 이르
렀다. 우리 중에는 기독교 신자도 있었고 불교 신자도 있었고 무
신론자도 있었다. 나는 그때까지 신을 믿지도 안 믿지도 않은 채
로 살고 있었다. 별 생산성 없는 말들, 누구도 자신의 의견을 굽
힐 마음이 없는 말들이 여러 차례 오간 다음에 어둠 속에서 누군
가 말했다.

죽는다는 건 어쩌면 그냥 마음이 산산이 흩어지는 건지도 모

르지.

다른 누군가가 그게 무슨 말이냐고 되물었다.

처음에 기능을 다하는 건 몸뿐이지만 그렇게 되면 마음이 머물 곳이 없어지니까 마음은 산산이 흩어질 수밖에 없지. 그러면 너라고 할 만한 것은 완전히 사라지고 마는 거야. 너는 여러 마음들의 집합체 같은 거라서.

누구지? 운동장에 모인 사람은 예닐곱 정도였다. 처음엔 둘이었는데 차츰 불어났다. 어둠 속에서 발소리로 가까워져서는 곁에 쪼그려앉았으므로, 이름을 밝힐 새도 얼굴을 밝힐 불빛도 없었으므로, 누가 누구인지 알 수 없었다. 그때 누가 선생이 떴다고 속삭였다. 나는 어둠 속에 완전히 묻히기 위해 무릎을 가슴팍까지 바짝 끌어당기면서 우리들 사이에서 마지막으로 흘러나왔던 말을 떠올렸다. 너는 여러 마음들의 집합체 같은 거라서. 애초에 마음들은 내가 생겨나기 전에 여기저기, 세계 곳곳, 멀리 우리은하의 끄트머리까지, 안드로메다은하 부근까지 흩어진 채로 머물 만한 곳을 탐색하다가 내 몸이 생겨나자 빠르게 이곳으로 모여든 걸까. 어떤 마음은 아직 오고 있는 중일 것이다. 어쩌면 몸이야말로 나의 가장 깊은 곳인지도 모른다. 그러니까 몸이야말로 나의 가장 내밀한 곳. 몸은 마음의 심연. 아니, 그때는 그런 것까지 떠올리지는 않았고, 그냥 그 말을 하던 친구의 목소리가 참 좋다는 생각만 하고 있었다.

한참 숨죽인 채 침묵하고 있는데 선생이 손전등으로 우리가 있는 계단 쪽을 훑었다. 들켰다고 생각한 순간 노란 빛이 사라졌고 고개를 들어보니 선생은 반대편으로 걸어가고 있었다.

우릴 못 봤나?

선생이 완전히 사라진 걸 확인하고 누가 속삭였다.

나 완전 들키는 줄 알았는데.

나도. 어떻게 못 보고 그냥 가지?

우리는 낄낄거리며 원래의 분위기로 돌아갔다. 나는 조금 전의 이야기가 이어지기를 기대했는데 옆 반의 스캔들로 화제가 바뀌었다. 건성으로 흘려들으며 그애가 다시 입을 열기를 기다렸지만 목소리는 들리지 않았다. 그래서 누가 그 말을 했는지 영영 알 수 없게 되었다. 야자를 마칠 시간이 되자 하나둘 자리를 뜨기 시작해 다시 둘만 남았다.

안 가?

친구가 일어나 엉덩이를 탈탈 털며 물었다. 가야지, 대답하려는데 다른 누군가가 입을 열었다.

가야지.

또 누가 있었나? 옆에서 슥 그림자가 일어났다. 나는 그대로 쪼그려앉은 채 나란히 걸어서 운동장을 빠져나가는 두 사람의 그림자를 지켜보았다.

죽은 지 일 일째, 심연을 잃어버린 기분이다.

*

　삼의 본명은 삼이 아니었지만 사귄 지 얼마 안 되어서 삼이 자기를 삼이라고 불러달라고 했다. 남자친구를 삼이라고 부르는 건 영 내키지가 않아서 웬 헛소리냐고, 싫다고 거절했는데 삼이 끈질기게 주장해서 어쩔 수 없이 몇 번 삼이라고 불러주었고 나중에는 그게 너무 익숙해져서 진짜 이름을 까먹어버렸다.

　삼과는 화실에서 처음 만났다. 삼은 내게 자주 말을 걸었는데 대개는 그림에 관한 이야기였다. 나무를 많이 그리네요, 파란색을 좋아하시나봐요, 직선을 조금만 덜 쓰면 좋지 않을까요? 처음엔 보조 교사인 줄 알았다. 며칠째 선 긋기 연습만 하고 있는 걸 봤지만 몸이 굳지 않도록 손을 푸는 거라고 생각했다. 그래서 그런 간섭을 그냥 참고 넘겼는데 선 긋기 연습을 하는 삼에게 원장이 다가와 이제 구를 그려볼까요, 라고 말하는 걸 보고서야 그가 완전히 초보라는 걸 알 수 있었다. 그뒤로는 삼이 내게 하는 말을 가만히 듣고만 있지 않았다. 나는 삼이 입을 닥치고 내 앞에서 꺼져줬으면 좋겠다는 마음으로 내가 품고 있던 생각들을 거리낌없이 이야기했다. 가장 힘주어 말한 대목은 나는 옛날 남자친구를 죽일 작정이라는 것이었다. 어째서냐고 묻길래 있었던 일들을 숨김없이 털어놓았다. 삼은 고개를 끄덕이더니 죽여 마땅한 놈인 것 같다고 말했다. 그러면서 자긴 아버지를 죽이고 싶다고 했다. 아버지를 죽일 방법에 대해 자주 궁리해본다고. 하지만 그러고 싶다는 마음뿐이고 그 마음만으로는 처벌을 받지 않을 거라고 했다. 우리는 둘 다 죽이고 싶은 사람이 있다는 공통점으로, 또 죽일 방법들을 공유하면서 가까워졌다. 대개는 실현될 수 없는 것들이었고 때문에 우리는 우리의 악의를 소중하게 간직할 수 있었다.

삼은 화실을 오래 다니지 않았다. 자신에게 필요한 건 선 긋기와 원 그리기뿐이었다는 듯 기초 과정을 끝내자 화실을 그만뒀다. 나 역시 도통 그림 실력이 나아지지 않는 데 지쳐서 그만뒀다. 초등학생 대상의 보습학원에서 시간제 강사로 일하며 버는 빠듯한 벌이에 수강료가 부담이 되기도 했다. 내가 화실을 그만둠과 동시에 화구들을 상자 속에 넣어두고 꺼내지 않은 것과 달리 삼은 집에서도 혼자 그림을 그렸는데 삼이 그린 것을 보면 늘 선과 원뿐이었다. 삼은 눈에 보이는 것을 그리는 것이 아니라 눈에 보이지 않는 것, 아니 보려면 볼 수 있는데 맨눈으론 볼 수 없고 현미경으로 들여다봐야 보이는 것들을 그렸다.

삼의 자그마한 책상 위는 깨끗하게 정돈되어 어릴 적 과학실에서 보았던 현미경과 켄트지와 끝을 날카롭게 깎아놓은 2B와 4B 연필만 올려져 있었다. 삼은 회사에서 돌아오면 현미경이 잘 놓여 있는지부터 살폈다. 혼자 사는 집이었고 도둑이 들 리도 거의 없는 반지한데 어째서 그러느냐고 물었더니 삼은 큰맘 먹고 산 거라 자기가 정말 그걸 산 게 맞는지 헷갈려서 그렇다고 했다. 얼마나 큰맘을 먹고 샀는지 궁금해서 얼마짜리냐고 묻자 삼이 대꾸를 않아서 나는 십만원쯤, 아니 이십만원쯤일 것이라고 내 나름의 거액을 현미경에게 매겨주었다.

나는 일할 때 말고는 대부분의 시간을 삼의 집에서 보냈다. 삼은 책상에 앉아 현미경 재물대에 아주 자잘한 것을 올려놓고 접안렌즈로 들여다보며 그림을 그렸다. 삼은 주로 우리가 공원을 산책하며 주워온 삼나무 나뭇잎들을 그렸다. 삼은 삼나무가 가장 좋기 때문에 삼나무를 그린다고 말했다. 그래서 삼이라고 불러달라 했던 거냐고 물으니 꼭 그런 것만은 아니지만, 이라고 할 뿐이었다. 왜 삼나무를 좋아하냐고 묻자 삼은 책상 아래 발을 올려놓고 있던 공간 박스에서 『마음의 진화』라는 책을 꺼내 펼치더니 읽기 시작했다.

우리는 포유류고 모든 포유류는 파충류 조상에서 나왔으며 파충류의 선조는 어류였고 어류의 조상은 벌레와 비슷한 해양 생물이었으며 그 해양 생물은 다시 몇억 년 전에 단순한 다세포생물로부터 나왔고 그 다세포생물은 지금부터 약 삼십 억 년 전에 자기복제하는 거대분자에서 유래한 단세포생물에서 나왔다. (……) 우리는 모든 침팬지 모든 벌레 모든 풀잎 모든 삼나무와 조상이 같다.

삼은 흐뭇한 듯 낭독을 마쳤지만 나는 그래서 삼나무가 왜 좋은데? 하고 되물을 수밖에 없었다. 왜 침팬지나 벌레, 풀잎이 아니고 삼나무인지 삼은 대답해주지 않았다. 삼은 아무 말 없이 다시 그림을 그렸다. 연필을 뾰족하게 깎고서 길게 뻗은 직선과 몇 개의 원들, 타원들, 얽히고설킨 그물들, 반복되는 것들을 말없이 그렸다. 접안렌즈에 눈을 갖다대고 한참 들여다보다가 켄트지에 가느다란 선과 원 그리는 일을 반복했다. 언젠가 나는 현미경으로 삼나무 잎을 들여다보며 삼이 그린 것과 비교해본 적이 있는데 삼은 좀처럼 함정에 빠지는 일이 없는지 그 둘은 아주 닮아 있었다. 아주 잘 그린 것 같았다. 하지만 이게 다 무슨 소용이람. 나는 자주 그런 생각을 했다.

삼에게 그림을 그릴 시간은 많지 않았다. 삼은 저축은행의 추심팀에서 일했다. 채무자의 집에 찾아가 문을 두드리고 도주로를 차단하기 위해 집 앞에 서 있고 차에서 기다리는 그런 일들을 했다. 열심히는 했는데 남는 돈은 별로 없었다. 삼은 학자금 대출을 아직 다 갚지 못했고 할머니에게 생활비를 보내고 있었으며 동생이 자주 돈을 빌리러 온다고 했다. 뭣 하러 돈을 빌려주냐고, 모르는 척하라고 했더니 삼은 동생인데 어떻게 그러느냐고 했다. 큰돈도 아니고 오만원, 십만원 정도라고도 했다. 잘은 몰라도 그 돈들이 차곡차곡 모여 천만원쯤은 가뿐히 넘어섰을 것이다.

삼이 그림을 그릴 때 나는 침대에 누워 삼의 블루투스 스피커를 내 스마트폰과 연결해 멋대로 음악을 틀곤 했다. 삼은 네가 틀어놓은 음악 때문에 얘들이 떨고 있잖아, 하고 말했다. 진동 때문에 세포들이 자꾸 떤다는 것이었다. 나는 그것까지도 그리라고 했다. 떨림을 어떻게 옮겨 그릴 수가 있을까. 나는 그런 것까지는 알지 못한다. 삼도 그럴 수는 없다고 했다. 그래서 음악을 꺼달라는 뜻이냐고 물으면 삼은 꼭 그런 것은 아니라고 했다. 그때에는 나도 삼의 화법에 익숙해졌기 때문에 그 말이 꺼달라는 부탁이라는 것을 알았다. 너는 일을 할 때도 그러느냐, 돈을 갚으셔야 한다고 말했을 때 채무자가 나더러 이걸 갚으라는 뜻이냐고 되물으면 꼭 그런 것은 아닙니다, 하고 말하느냐, 그렇게 물은 적이 있다. 그러자 삼은 그건 일이므로 누군가 그런 질문을 한다면 꼭 그런 것입니다, 하고 대답할 거라고 말했다. 일을 할 땐 그런 단호함이 있는 사람이라고 생각하니 좀 안도가 됐다.

또 어느 날엔가는 삼이 블루투스의 어원을 알려주었다. 그건 10세기에 살았던 바이킹의 이름을 딴 것인데 그는 스칸디나비아반도를 통일한 사람이라고 했다. 그처럼 무선통신 규격을 통일한다는 의미로 블루투스라는 이름이 붙여진 거라고. 이름이 '푸른 이'인 것은 그의 치아가 지나치게 하얀 탓에 달 밝은 밤이면 푸르게 빛났기 때문이라고 덧붙였다. 밤에도 그 푸른 이를 보며 따라가면 길을 잃지 않았던 것처럼 선이 없이도 하나의 기기가 다른 기기를 좇아갈 수 있다는 뜻도 있다는 것이었다. 정말이냐고 묻자 현미경으로 잎맥을 들여다보던 삼은 잠깐 대답이 없더니 접안렌즈에서 눈을 떼고 켄트지 위에서 연필을 움직여가며 농담이라고 말했다. 어째서 그런 재미도 없는 농담을 하는 거냐고 묻자 나를 웃기고 싶었기 때문이라고 해서 조금 놀랐다. 얼마 뒤에 삼은 실은 그런 게 아니라 내가 얼마나 자기 말에 귀를 기울이는지 확인하고 싶어서 그랬다고 했다. 왜 그런 걸 확인하고 싶은 거냐고 물으려다가 묻지 않았다. 그러나 삼은 마치 내 마음을 읽은 사람처럼 그에 대해 말해주었다. 하지만 그건 내가 요구한 답이 아니었으므로 귀담아듣지 않았다. 켄트지는 영국의 켄트주에서 처음 만들어졌기 때문에 붙여진 이름이라고 삼이 말해주었을 때에도 나는 아, 그렇구나, 하고 고개를 끄덕였지만 나중에 인터넷에서 켄트지의 유래를 찾아보았다.

나는 음악을 끄지 않았고 삼도 그에 대해 별다른 말을 않았다. 어쩌면 떨림까지도 옮겨 그리는 데 성공했는지도 모른다. 아니면 떨림을 무시할 수 있게 되었거나. 삼은 나중에는 음악을 들으며 그림을 그리는 데 익숙해진 듯 음악을 따라 흥얼거리기도 하고 마음에 드는 곡은 누가 부른 거냐, 제목이 뭐냐, 묻기도 했다. 나는 그런 곡은 따로 표시를 해두었다가 3이라는 제목의 폴더를 만들어 담아두었다. 그래서 삼이 열심히 그림을 그릴 때 그 노래들을 틀어주기도 하고 가끔 나 혼자일 때도 삼의 기분이 궁금해지면 그 노래들을 들었다.

삼이 말했다.

노래 불러줄까.

내가 대답했다.

그래.

삼은 노래를 불러주었다. 난생처음 듣는 그 노래는 끊길 듯 끊기지 않고 계속되어서 나중엔 오래전부터 잘 알고 있던 노래처럼 여겨졌다.

좋다.

간명한 내 감상에 삼이 노래를 멈추고 물었다.

이 가수 좋아해?

아니 누군지 몰라. 노래 말고 목소리. 니 목소리가 좋다고.

삼은 잠깐 웃었고 그 웃음소리마저도 좋았다. 다정하고 부드러운 삼. 매일 아침 일어나 어디론가 가서 추심명령을 읊는 삼.

삼은 자신의 일이 그다지 중요하지 않은 것처럼 말했다. 자신의 삶에 아무런 영향도 끼치지 못하며 그로 인한 스트레스도 거의 없는 것처럼 일에 대한 이야기는 거의 하지 않았다. 왜 그러느냐고 물었더니 삼은 실제로 그렇기 때문이라고, 그 일은 아무 의미도 없고 자신의 삶에 아무런 영향도 끼치지 못하기 때문에 그에 대해 언급할 필요를 느끼지 못한다고 말했다. 그 의미 없는 일을 하느라 삼은 적게는 아홉 시간에서 많게는 열다섯 시간까지 회사에 있었다. 하루의 반을 의미 없는 일을 하느라 보내고 남은 시간에는 대체로 잠을 잤다. 겨우 깨어 있는 시간에 삼은 의미 있는 일들을 했다. 삼은 나중에 그 모든 일에 익숙해졌다. 일이 힘들지 않으냐고 물었더니 기공을 그리다 문득 고개를 들고서 힘들지 않다고 말했다. 삼의 눈을 가까이서 보면 흰자에 시뻘건 실핏줄이 이리저리 뻗쳐 있었다. 밤새 그림을 그린 날에는 눈 전체가 벌겋게 충혈되어 있었다.

어느 여름밤에 침대에 누워 그림 그리는 삼의 뒷모습을 보다가 잠들었는데 새벽 무렵 입이 바짝 말라 잠에서 깼다. 아직도 안 잤느냐고 묻자 삼은 가로등이 꺼지는 것을 보고 잘 거라고 했다. 이불 속에 그대로 누워 머리맡의 창을 올려다보니 가로등 하나가 눈에 들어왔다. 하늘은 완전히 검지 않은 남빛이었다. 잠시 후 가로등 불이 꺼졌다. 바로 꺼지는 게 아니라 서서히 빛이 사그라졌다. 삼은 가로등이 켜지거나 꺼질 때 단번에 불이 들어오고 나가는 것이 아니라 서서히 밝아오고 어두워가는 것처럼 보이는 경우가 있는데, 그건 그저 착시라고 했다. 이미 빛은 완전히 있는데도 혹은 완전히 없는데도 눈이 재빠르게 인지하지 못한다는 것이었다. 그 말은 얼핏 들어도 농담 같았다. 삼은 이런 골목길의 가로등 아래로는 밤 동안 평균적으로 다섯 명의 사람이 지나간다고도 말했다. 다섯 명은 너무 조금인 것 같다고 잠결에 생각하는데 삼은 아무도 안 지나가더라도 이렇게나 어두운 골목이므로 가로등은 세워진다고, 그렇게 법으로 정해져 있다고 얘기했다. 그런 법이 있다니, 그건 그다지 가혹하지가 않네, 하고 생각하면서도 나중에 인터넷으로 확인해봐야겠다고 마음먹었지만 다시 깼을 땐 까먹어버렸다. 목이 마르다고 했더니 삼은 냉장고에서 물병을 꺼내 한 잔 따라주고는 이불을 비집고 들어오면서 오늘은 내내 아무도 안 지나가더라, 하고 말했다. 나는 너무 졸렸던 까닭에 진짜? 그거 농담이지? 하고 묻지 못하고 흥, 웃기만 했는데 삼이 농담이야, 하고 말했다. 나는 물을 꿀꺽꿀꺽 들이켰다. 차가운 물이 몸속 구석구석을 찌르르 흐르는 것이 느껴졌다. 몹시 목이 말랐던 탓인지 물은 아주 달았다. 바짝 말랐던 혀도 금방 축축해졌다.

그날 삼은 아버지를 죽인다. 목숨이 끊어진 것을 확인한 다음 먼 데로 달아나는 것까지가 계획이었으므로 엄밀한 의미에선 실패다. 삼은 어두운 거실에 넋 놓고 앉아 있다가 발각되고 뉴스에도 나온다. 면회를 가자 삼은 후회한다고 말한다. 왜 내가 도망가지 않았을까. 도망갈 수 있었는데 안 갔어. 그때의 마음이 짐처럼 남아 있다고, 삼은 계속 후회한다.

꿈에서 깬 나는 내 곁에서 잠든 삼을 껴안았다. 여름밤을 지나며 남은 약간은 시큼한 냄새를 맡자 삼이 누구도 죽이지 않았다는 게 실감났다. 그것은 조금 고약할지언정 적어도 내게는 악취가 아니었다. 나는 삼의 어깨에 머리를 묻고 숨을 잔뜩 들이켤 수 있었다. 그러나 가만히 있기만 해도 냄새를 풍기는 것은 사실이었다. 냄새가 더 퍼져나가지 않도록 감추어야 했다. 하루의 잠만으로도 금세 냄새를 풍기는 삶. 눈을 뜨면 착실히 간밤의 냄새를 씻어내는 매일매일의 삶.

꿈 이야기를 하다가 우리의 살인 방법 리스트에 하나를 더 추가하자고 말하자 삼이 이제 그만하라고 했다. 우리는 이제 아무도 안 죽여도 되지 않냐고. 그러고 며칠 뒤 함께 미드를 보는데 열댓살쯤 돼 보이는 소녀가 어떤 남자에게 총을 겨누는 장면이 나왔다. 남자는 소녀의 엄마를 죽인 살인자였고 그 사실을 알게 된 소녀가 남자를 쏴 죽이려는 참이었다. 그때 소녀의 뒤쪽에서 형사가 나타나 총을 내려놓으라며 소녀를 설득하기 시작했다. 하늘에 계신 네 엄마도 네가 이러는 건 원치 않으실 거야. 이러면 너도 저놈과 똑같아질 뿐이야. 그 말에 감화된 듯 소녀는 울먹이며 손에 든 총을 내려놓았다. 내가 저애 엄마였다면 원했을 거라고 삼에게 말했더니 삼이 그건 애한테 너무 가혹하지 않으냐고 말했다. 아이를 가혹하게 대하는 건 법뿐이라고 나는 설명했다. 저놈과 소녀를 똑같은 사람으로 만들어버리는 것도 법뿐이라고. 그래도 삼은 계속 고개를 저었다. 말은 그렇게 하지만 너도 결국엔 그런 걸 원할 순 없을 거야. 삼의 말이 다 맞았다. 나는 남은 삶 내내 아무도 죽이지 못할 것이다. 아무도 죽이지 않아도 된다. 그래서 다행이라고 여겼다. 그러나 또 어느 밤에 불을 다 끄고 누우면, 부들거리는 이불을 머리끝까지 덮고서 발가락을 꼼지락거리며 잠이 오기를 기다리는 동안 다른 기억들이 마구 떠오를 때면, 안 죽이면 안 될 것 같은데, 하고 생각해버리는 것이었다. 그렇다고 당장, 혹은 먼 훗날에라도 죽일 수 있는 것은 아니어서, 나는 삼이 날카롭게 깎아놓은 연필심을 부러뜨리거나 공들여 그린 그림을 손바닥으로 문질러버리곤 했다. 그뿐이었다. 삼은 부러진 연필을 보고 이게 얼마짜린 줄 아냐고 한숨을 쉬며 커터 칼로 다시 깎았지만 뭉개진 그림을 보고는 아무 말도 하지 않았다. 삼은 늘 농담만을 말했고 문제가 될 만한 건 말하지 않았다.

삼은 큰돈을 꾸고 갚지 못하는 사람들을 보면 대개 가족 중 누구 하나가 불치병을 앓고 있다고 말했다. 그러니 살아남으려면 돈이 많아야 한다고 말했다. 누구에게나 닥칠 수 있는 불행을 극복하려면 돈이 많을수록 유리하다고 말했다. 가난은 일종의 질병이라고 할 수 있는데 사소할 수 있는 이 질병을 불치병으로 키우는 것이 국가라고 말했다. 나는 그걸 누가 몰라, 하고 대꾸했다. 하지만 삼은 국가가 문제라고 말하면서도 뉴스를 보지 않았고 선거철이 되어도 투표하지 않았으며 자기가 힘을 보태 사회의 어떤 부분을 바꿀 수 있을 거라고 기대하지도 않았다. 그저 열심히 회사에 다니며 채무자들에게 문자를 보내고 전화를 하고 집으로 찾아가 추심명령을 전달했다. 삼은 그때마다 자신이 채무자들을 비난하는 기분이 든다고 했다. 왜 아직도 가난한 거야, 하고. 그러는 삼도 가난하기는 마찬가지여서 스스로 답을 내릴 수가 있었다. 이십사 시간 동안 일만 한다고 해도 그저 살아 있느라 드는 비용을 충당할 수가 없기 때문이었다. 삼의 결론은 그래서 아프지 말아야 한다는 것이었다. 삼은 병의 발생이 의지와 관련된 것처럼 말했다.

그 때문에 삼이 부모님은 건강하시지, 하고 묻는 말이 전에는 속깊은 안부 인사인 것만 같았는데 이후로는 우리 가족의 경제 사정을 가늠하려는 말처럼 들렸다. 결국 어느 날에 나는 삼이 묻는 안부 인사에 대한 답으로, 아빠가 얼마 전에 위내시경 검사를 받았는데 이상 소견이 발견되어 조직 검사를 하고 결과를 기다리는 중이라고 말했다.

얼마 뒤 우리는 헤어졌다. 아빠의 조직 검사 때문은 아니고 내가 삼에게 드라이아이스를 먹인 때문이었다. 진짜 먹이려 했던 것은 아니었는데 눈을 감고 입을 아, 벌린 채 아이스크림이 들어오기를 기다리던 삼이 입 앞까지 가까워진 냉기를 느끼고 고개를 앞으로 내밀며 스푼 위의 것을 덥석 삼켰다가 혀가 탈 듯한 통증에 깜짝 놀라 뱉어냈다. 눈을 뜬 삼은 드라이아이스가 바닥에 떨어져 있는 것을 보았다. 드라이아이스는 아무 일도 없다는 듯 주변의 온도에 따라 승화되어 바닥에는 축축한 습기만 남을 것이다. 더 나중에는 그런 게 거기 있었다는 사실도 알 수 없게 될 것이다. 난 정말 모르겠어, 하고 삼이 말했다. 그건 당연했다. 영영 모를 거야, 라고도 했다. 그건 뜻밖이었다. 그리고 삼은 양손으로 얼굴을 감싸며 헤어지자고 말했다. 몇 번이나 참았다가 겨우 말한 것일까, 나는 그런 생각을 했다.

얼마 후 전화를 걸어온 삼은 맛이 잘 느껴지지 않는 것 같다며 드라이아이스가 다른 것들의 온도를 다 빼앗아간다는 걸 아느냐고 물었다. 혀가 계속 너무 차갑다고도 했다. 그것도 농담일까. 내가 별 대꾸를 않자 삼은 그냥 전화했다고 말했다. 그래서 나도 그냥 평소처럼, 있었던 일들을 늘어놓았다. 학원에서 원장이 관리비를 좀 아껴야 할 것 같다며 선생들에게 화장실 청소를 시키기로 한 일이며 당연히 별도의 보상은 없는 점, 원장은 그 역할 분담에서 아무 책임도 지지 않는 것에 대해서도 이야기했다. 삼은 아, 그 원장 놈이, 하고 장단을 맞춰줬는데 나는 삼이 내 이야기를 제대로 듣고 있는 건지 확신할 수 없었다.

어떤 한 시기에 우리는 분명 운명 공동체였다. 서로에게만 느끼는 특별한 호감이 있었다. 함께할 일들의 목록을 작성하고 함께 밥을 먹고 함께 차를 마시고 함께 웃다가 함께 자고 함께 있었다. 아무 목적 없이 만나는 사이였다. 다른 연인들이 하는 대부분의 일들을 우리도 했다. 이제는 나와 삼을 우리라고 칭해서는 안 될 것 같지만 나는 우리라는 단어를 계속 쓰기로 작정했는데, 그게 효율적이라는 판단 때문이었다. 다른 적당한 표현을 찾기엔 게으르기 때문에. 그것은 마치 다른 적당한 표현을 찾기 어려워 그 근삿값인 사랑한다는 말을 하는 것과 비슷했다.

나는 우리가 서로를 사랑한다고 믿었지만 사실 우리는 서로를 별로 사랑하지는 못했다. 한 번도 사랑한다고 말하지도 못했다. 왜 하지 못했을까. 물론 나는 삼을 좋아했다. 삼도 그랬을 것이다. 삼이 나를 아끼고 좋아해주었다는 점은 말 이외의 행동들로 대부분 전달되었다. 그래도 나는 우리만의 언어를 발명하고 싶었다. 그게 서로의 마음을 전달할 효율적인 방법이라고 설명하자 삼은 언어란 건 상대를 속이려고 만들어진 거라고 말했다. 거짓말하려고. 부끄러워서 얼굴이 붉어진 건데 더위를 많이 타서 그런 거라고 변명하려고. 사랑하지 않는데 사랑한다고 말하려고.

얼마간의 침묵이 지난 다음에 할말이 완전히 바닥난 나는 아빠가 결국 위암 판정을 받았다고 말했다. 그것만으로는 그렇게 절망적인 건 아닌데 또다른 데로 전이가 됐다고 말했다. 삼은 한참 침묵하더니 아버지의 쾌유를 빈다고 말해주었지만 나는 도저히 그게 진심이라고 생각할 수가 없어서 전화를 끊고 나서 한참을 울었다. 하지만 삼은 그 누구보다도 진심이었을 것이다. 그런 상황에서 쾌유를 빌지 못하는 사람은 나뿐인 것이다. 나는 왜 이런 인간인가, 하는 생각으로 다시 울었는데 다 울고 나니 번다한 생각들이 모두 다 용해된 느낌이었다. 그렇게까지 울기 위해서는 엄청난 열의와 압력이 필요했다. 절대 사라지지 않을 것만 같았던 악감정들을 온몸으로 울면서 모두 죽여버린 기분이었다. 때로 울음이 정화인 것은 어떤 살해에 성공했기 때문인지도 모르지. 나는 물기가 말라 뻑뻑해진 눈알을 굴리며 아무 목적도 없이 천장 구석구석을 살피다가 한참 만에 일어나서는 집으로 내려가기 위해 가방을 쌌다. 학원에는 아버지가 위독하다고 사정을 말하고 며칠 휴가를 냈다.

　엄마도 남동생도 할머니도 울지 않았고 고모만 조금 울었다. 얼마나 큰 소리로 얼마나 오래 우는가로 슬픔의 정도를 측량할 수 있다면 아빠의 죽음에 그나마 슬퍼한 사람은 고모뿐일 것이다. 그 슬픔을 이기고 전과 다름없는 일상으로 금세 돌아갈 수 있었던 사람도 고모뿐이었다.

　아빠가 죽은 이후 엄마는 좀처럼 먹지 않았고 남동생은 담배만 피워댔으며 할머니는 갑자기 많이 늙어버렸다. 명절에 할머니를 만날 때마다 할머니는 하나도 안 늙었어요, 라고 했는데, 그러면 할머니는 니가 태어났을 때 얼추 다 늙어 있었으니까, 하고 말했는데, 아빠가 죽고 나자 아직 늙지 않은 부분들이 한꺼번에 다 늙어버린 것 같았다. 화장을 마치고 집으로 돌아가는 택시 안에서 옆에 나란히 앉은 할머니의 손을 잡으며 할머니 왜 이렇게 늙었어, 라고 말했을 때 할머니는 잠든 듯 아무 말을 않았다. 할머니 왜 이렇게 늙었어, 다시 말하자 앞좌석에 앉은 엄마가 고개를 돌려 쉿, 하고 속삭였다. 할머니 주무시잖아. 동생은 창에 머리를 기댄 채 지나는 풍경만 응시했다. 생각해보니 할머니에게 처음으로 반말을 한 것이었다.

　진단을 받고 죽음에 이르기까지는 오랜 시간이 걸리지 않았고 진단이 내려지기까지 별다른 징후가 있었던 것도 아니어서 나는 아빠를 죽인 것은 진단이 아니었을까 생각했다. 엄마는 자신이 차려온 음식들 때문이 아니었을까 생각했다. 할머니는 자신이 나쁜 것을 물려주었기 때문이라고 생각했다. 동생은 자기가 스트레스 요인이지 않았을까 싶다면서 자기도 위암에 걸릴까봐 걱정이 된다고 했다. 건강검진 받으러 가도 제일 먼저 확인하는 게 가족력이잖아, 누나. 그렇게 걱정이 되면 담배를 끊으라고 했더니 동생은 웃었다. 그냥 어쩌다 한 번 피우는 거야.

집에 머무는 며칠 동안 매일 밤 동생과 식탁에 마주앉아 맥주한 잔씩을 마셨다. 동생은 발코니에 나가서 담배를 피웠는데 그때마다 경비실에서 인터폰으로 연락해 민원이 들어왔다고 했다. 엄마는 자주 누워 있었다. 티브이를 틀어놨지만 보지는 않는 것 같았다. 엄마가 기운이 없어 보여 걱정이라고 하자 동생은 어쩌면 당연한 것 같다고 말했다. 우리는 엄마랑 아빠가 허구한 날 싸우는 모습만 봤지만 둘은 팔 년이나 연애하다가 결혼했다고. 할머니가 엄청 반대했는데도 말이다. 몰랐었다. 연애결혼이라는 건 알았지만 팔 년이라니. 나는 그렇게 오래된 일이 바로 오늘의 감정에 영향을 미친다고는 여기지 않았지만 그때의 잔여물이 남아 있을 수는 있겠다고 생각했다. 그런 걸 앙금이라고 해, 누나. 그건 보통 부정적인 뜻으로 쓰인다고 말했더니 동생은 머쓱한 듯 맥주 한 모금을 들이켜고는 담배를 피우러 발코니로 나갔다. 한바탕 울고 난

다음에도 완전히 용해되지 못한 어떤 것들이 천천히 가라앉아 앙금이 된다. 앙금이 부정적인 걸 이르는 말이라면 긍정의 감정으로 가라앉는 것은 뭐라고 부르면 좋을까. 생각해봤는데 누나, 긍정의 감정은 다 녹아들겠지. 가라앉을 리가 없잖아. 담배를 피우고 돌아온 동생이 말했다. 어김없이 경비실에서 인터폰이 걸려왔고 동생은 네, 네, 하고 성의 없이 대답했다. 그렇게 며칠 집에서 각자의 슬픔을 감당하는 동안 나는 약속한 날짜에 학원에 돌아가지 못했고 해고 통보를 받았다.

일자리는 없어졌지만 가족들에게는 사정을 말하지 않고 다시 서울로 올라가기로 했다. 동생이 엄마가 너무 쓸쓸해할 거라며 가지 않으면 안 되냐고 나를 붙잡았다. 고향에는 안 좋은 기억만 있어 마음 둘 데가 없다는 거 너도 알지 않느냐고 거절했더니 동생은 내게 미안하다고 했다. 엄마는 용돈으로 쓰라며 봉투 하나를 내밀었다. 아빠의 조의금 중 일부였을 것이다.

서울로 가는 고속버스를 기다리고 있을 때 삼이 전화를 걸어와 현미경을 팔았다고 말했다. 중고가를 듣고 나는 깜짝 놀랐다. 그렇게 비싼 거였느냐고 묻자 그렇게 비싼 거였다고 삼은 말했다. 왜 팔았냐고 묻자 삼은 돈이 필요하기 때문이라고 대답했다. 왜 돈이 필요한 거냐고 묻지 않았는데 삼은 설명해주었다. 일을 그만두었다고 했다. 아, 하고 말았을 뿐 그에 대해 별다른 반응을 보이지 않자 삼은 다시 일을 그만둔 이유에 대해서도 알려주었다. 누가 죽었다고 했다. 누가? 채무자라고 했다. 왜? 사고였다고 했다. 어떤 사고? 새벽에 술에 취해 길을 건너다 차에 치였다고 했다. 그래서 너는 왜 일을 그만뒀다는 건데? 삼은 채무자가 술에 취하기 전날 그녀를 찾아갔었다고 했다. 홀로 아이를 키운다는 그녀는 삼에게 무릎을 꿇고 사정했다. 삼과 함께 간 상사는 담배를 피운다며 밖으로 나가버렸다. 삼에겐 아무런 권한이 없었고 삼도 어떻게 보면 회사에 종속된 채무자에 가까웠다. 이러지 마세요, 라고 삼은 말했다. 그녀도 삼에게 아무 권한이 없다는 걸 알았을 것이다. 그녀는 그 순간엔 울지 않았는데 삼은 그녀가 아마 자신이 찾아가기 전에 이미 울었거나 자기가 떠나고 난 뒤에 울었을 거라고 말했다. 어째서 그렇게 생각하냐고 물었지만 삼은 이유를 설명하지 못했다. 그러니까, 그건, 음, 하고 뜻 없는 단어들만 내뱉다가 화제를 돌렸다.

삼은 내 머리카락을 그린 그림이 있는데 내게 주고 싶다고 말했다. 내 머리카락이 확실하냐고 물었더니 얼마 전에 베개에 붙은 걸 떼어냈는데 삼십 센티미터가 넘으므로 내 것이 틀림없다고 말했다. 나는 받고 싶지 않았다. 뭣 하러 헤어진 여자친구의 머리카락을 현미경으로 들여다보며 그림이나 그리고 앉아 있었던 거야, 하고 말해버렸다. 삼은 심심해서 그랬다고 말했다. 잎을 주우러 나가기도 귀찮았는데 마침 집에 그게 있어서, 어떻게 보면 침엽수의 잎 같기도 해서 그걸 그리기로 했다는 것이다. 현미경으로 들여다보니 더더욱 침엽수의 잎 같았다고 했다. 그러니까 우리는 모든 풀잎 모든 삼나무와 조상이 같다는 거냐고 묻자 삼이 웃었다. 그 소리가 반가워서 나도 덩달아 웃었다. 삼은 머릿속이 연결하고 싶지 않은 인과관계로 가득해서 집중할 무언가가 필요했다고 말했다. 내 머리카락을 그리는 동안에도 그 인과관계를 완전히 떨쳐버릴 수 없어서 그런 고민을 상사에게 말했더니 그는 자긴 그보다 더한 일도 숱하게 겪어왔다고 말했다고 했다. 삼에게 그 말은 앞으로 그런 일을 숱하게 더 겪을 것이라는 예고같이 들려서 삼은 내 머리카락의 테두리를 그리다가 일을 그만두기로 결심했다. 한동안은 수입이 없을 것이므로 현미경은 삼에게 사치였다. 그래도 그렇게 당장 팔 필요는 없지 않았느냐고 했더니 삼은 사실 그림 그리는 일을 이제 그만두기로 했다고 고백했다. 어째서냐고 물었다. 삼은 그런 걸 물을 줄은 몰랐다고만 말할 뿐 대답하지 않았다.

나도 학원을 그만두게 되었다는 이야기를 했더니 삼이 잠깐 망설이다 아빠의 안부를 묻기에 돌아가셨다고 말했다. 삼은 어쩌면 기계적이라고 할 만한 몇 가지 조문의 말들을 읊었다. 그것은 완전히 몸에 체화되어야 가능한 것처럼 느껴졌고 그렇게 체화된 것이야말로 마음과 맞붙어 있는 것 같았다. 때문에 그 기계적이고 형식적인 조문의 말이 내게는 적잖은 위로가 되었다. 삼은 마지막에 나는 괜찮으냐고 물었다. 어째서 그 말에 모든 것이 녹는다는 생각을 했는지는 모르겠지만 나는 서울로 가는 버스에 앉아서 울고 말았다. 소리는 내지 않았는데 한참 말을 않자 삼이 눈치를 챘는지 혹시 우는 거냐고 물어서 그렇다고 대답했다. 삼은 울지 말라고 하지 않고 내가 울음을 그칠 때까지 전화를 끊지 않고 기다려주었다. 다 울고 난 다음에 나는 말없이 전화를 끊고 삼에게 고맙다고 문자를 보냈다. 삼은 건강하게 잘 지내라고 답을 주었는데 그러지 못해서 삼에게 미안하다.

삼이 울적할 때에 별다른 위로의 말을 건네지 못한 것도 미안하다. 삼을 이해하지 못한 것에 대해서는 미안한 마음이 들지 않는다. 처음에는 이해하려는 노력을 한 적이 없으니 이해하지 못한 거라고 생각했으나, 아니었다. 삼은 거슬러올라가보면 모두가 같은 조상을 만나게 된다고 이야기하면서 결국 우리는 하나의 점에서 폭발해 나온 것이 아니겠냐고 했다. 모두가 하나의 점에서 시작했기 때문에 아무리 이질적인 존재라고 해도 서로에게서 유사점을 발견할 수 있다고도 말했다. 나는 하나였던 무언가가 어떤 이질감을 도저히 견딜 수가 없어서 분화를 시작한 것이 아니겠냐고 대꾸했다. 태초의 무언가는 어느 날 불쑥 대분화를 시작했다. 하나가 둘이 되고 둘이 또 열이 되는, 자기 안의 도저히 화해할 수 없는 것들이 끝없이 쏟아져나오며 갈라지고 갈라지기를 거듭하는 어마어마한 속도의 분열이었다. 그러니까 태초에 무언가가 있었고 무슨 이유에선가 급작스러운 폭발을 시작했다면, 도무지 이해할 수 없는 것을 발견한 까닭에, 도무지 합의점을 찾지 못했기 때문이라고 믿고 있다.

　한국에서는 삼십칠 분마다 한 명씩 자살한다고 한다. 어느 날엔가 함께 그런 뉴스를 보다가 삼이 내게 혹시 너도 자살 같은 걸 생각해본 적이 있느냐고 물었다. 우리는 그때 배스킨라빈스에서 하프 갤런 한 통을 사와서 마구 퍼먹어대고 있었다. 그래서 나는 죽으면 '바람과 함께 사라지다' 못 먹잖아, '엄마는 외계인'도, 하고 대충 말했다. 아이스크림에 그런 이상한 이름을 붙인 회사를 이해할 수 없어하던 삼은 내 대답을 듣고서 그런 사소한 이유로 살고 싶은 거냐고 물었다. 그런 사소한 이유로도 살고 싶은 게 사람이 아니냐고 나는 대답했다. 죽고 싶은 이유를 수십 가지나 가지고서도, 자기 같은 건 아무짝에도 쓸모없다고 생각하면서도, 밤마다 엉엉 울면서도, 아침이면 일어나 허기를 느끼고 무언가를 먹고 마시며 포만해지는 게 사람 아니냐고. 그러자 삼이 내 얼굴을 골똘히 보다가 눈감고 아, 해, 하고 말해서 눈을 감고 아, 했더니 내 입속으로 '바람과 함께 사라지다'를 한 숟갈 넣어주었다. 이 달달함 때문에 살고 싶은 거냐고 물어서 차가운 단맛을 침으로 녹이며 그렇다고 고개를 끄덕였지만 사실 나는 맹물을 들이켜면서도 살아 있는 게 낫다고 생각하는 사람이었다. 그러니까 자살은 아니었다.
　이것들은 모두 아주 오래된 일이다.

*

죽은 지 이 일째 되는 아침에는 누군가 나를 깨우러 와줬으면 좋겠다고 생각한다. 하지만 그럴 리는 없다. 나는 혼자 살고 있었다. 동이 터올 때부터 요란스레 들리던 새소리가 언제인지 모르게 그쳐 있다. 남의 집 현관문이 열렸다 닫히는 소리가 들린다. 다시 또 삼십여 분 뒤에 비슷한 소리가 한번 더 들린다. 골목을 가로지르는 구두 소리가 들리기도 하고 오토바이 소리와 누군가의 노랫소리가 들리기도 한다. 그 소리들을 제외하면 이 거리의 주택가는 놀랍도록 조용하다. 낮 동안은 거의 아무 소리도 들리지 않는다. 가끔 바람이 세게 불어 방충망이 덜컹거릴 뿐이다. 저녁이면 귀가한 사람들로 다시 조금 소란스러워진다. 티브이 소리, 압력밥솥 소리, 전화벨 소리가 들린다. 그리고 내 폰으로 메시지가 도착했다는 소리도 들린다. 연달아서 한 번, 두 번, 세 번, 네 번, 다섯 번…… 조금 사이를 두고 다시 한번 더. 확인하고 싶다. 내가 죽은 지도 모르고 계속 메시지를 보내는 저 사람은 누굴까.

셋째 날 아침에도 아직 마음의 여유가 있다. 누구라도 곧 나를 찾아줄 것이다. 나는 여전히 삶에 대해 기대하는 것이 있었다. 밤 동안은 가로등 불빛이 내 방으로 스며들었다. 나는 가로등 불빛이 좋다. 사위가 서서히 어두워지는 와중에 막 가로등이 켜지는 순간을 목격한 사람이 있다면 나의 그런 애착을 이해할지도 모르겠다.

동그랗고 노란 그 빛은 어둠 속에서도 자기를 잃지 않는 것 같았다. 넷째 날엔 어디서 빵을 굽는지 구수한 냄새가 온 동네에 퍼져 나간다. 죽기 전에는 별로 맡아본 적 없는 냄새다. 다섯째 날엔 혀 끝에서 쇠 맛이 난다. 공기 중에 그런 맛이 떠도는 것 같다. 여섯째 날엔 기분 나쁠 만큼 정교하게 생긴 작은 벌레가 몸에서 마구 솟아 나온다. 나는 어떤 것들에 대해 반복해 생각한다. 혀 위에 올려놓고 천천히 굴리면서 그것들이 완전히 녹아들 때까지. 일곱째 날엔 구수한 빵 냄새는 모두 사라지고 다른 불쾌한 것들만 남는다. 이건 내 냄새일까. 그리고 나는 날짜를 세는 걸 포기한다.

　나를 발견한 사람이 어쩌면 삼인지도 모른다. 그는 어딘가 전화를 건 다음에 바닥에 주저앉아서는 이제 달리 할 수 있는 거라곤 그것뿐이라는 듯 울기 시작한다. 딱딱한 것이 녹아 뜨겁게 흘러내리는 울음소리에 마음을 의탁하고 싶어질 때, 나였던 것은 산산이 흩어지고 만다. 그래도 그때에는 마음 둘 곳이 몇 있어서 사람들은 잘 살다가도 불쑥불쑥 나를 떠올렸다.

* 소설에 나오는 책은 대니얼 데닛의 『마음의 진화』(이희재 옮김, 사이언스북스, 2006)이다.

사랑하는
일

"정말 결혼은 안 할 거야?"

엄마가 그렇게 물었을 때 나는 고개를 끄덕였다. 실은 못하는 거지만 일단은 안 하는 걸로.

"그래도 평생 혼자 사는 건 너무 외로운 일이야. 마음 맞는 친구라도 찾아서 같이 살아."

엄마가 다 이해한다는 듯한 표정으로 그렇게 말했기 때문에 결심이 섰다. 새해가 코앞이었다. 뭐든 새로운 결심을 하기에 적당한 때였다. 티브이 앞에 나란히 앉아 〈도전 1000곡〉 같은 프로를 보며 고사리를 다듬던 중이었다. 실은 일 년 사귄 여자친구가 있다고 엄마에게 말했다. 엄마가 내 베스트 프렌드라고 알고 있는 대학 동기가 사실은 애인이라고, 여건이 되면 걔랑 같이 살겠다고 쉬지 않고 말했다. 엄마는 잠깐 멍한 표정을 지었다가 나중에 다시 이야기하자며 소쿠리를 들고 일어나 부엌으로 갔다. 아직 고사리를 반도 채 못 다듬은 상태였다. 나는 미처 소쿠리에 넣지 못한 고사리 한 가닥을 들고서 엄마가 돌아오기를 기다렸다. 한참을 조몰락거려서 고사리가 다 짓물러버렸는데 엄마는 뭘 하는지 싱크대 앞에 서서 물을 틀어놓고 뒤를 돌아보지 않았다.

그게 벌써 오 년 가까이 된다. 다시 그 이야기를 하게 된 일은 없었다. 엄마는 그날의 대화를 기억 속에서 삭제해버린 듯했다. 그 비슷한 언급을 하는 것조차 피했다. 그건 참 이상한 일이었다. 마음에 맞는 동성 친구와 함께 사는 건 권장할 만한 일이고 동성 애인과 함께 사는 것은 부정해야 하는 일인가.

"헤테로들 하여튼 섹스에 미쳐가지고, 음란해가지고, 사랑이라고 하면 성애적인 거부터 생각해서, 쟤들 어떻게 섹스할까부터 생각해서 그런 거잖아."

"우리 엄마가 그렇게까지…… 미친 사람은 아니거든."

"말이 그렇다는 거지. 그리고 자식들에 대해 제일 모르는 사람이 부모라잖아? 그 반대도 마찬가지야. 원래 가족들은 서로서로 잘 몰라. 너무 잘 알아도 이상하지."

그건 그러니까 결국 우리 엄마가 음란한 사람이라는 이야기를 하고 싶다는 건데…… 엄마와 아빠는 벌써 수년째 각방을 쓰고 있었다. 하긴 영지의 말마따나 그건 집안에서의 일이었고 밖에서는 엄마가 어떤 사람인지 아빠가 어떤 사람인지 나도 잘 몰랐다. 우리 가족은 서로를 잘 모르는 한에서만 사이가 좋았다.

그뒤로도 나는 부부가 각방을 쓰는 일에 대해 아무 생각이 없었는데 어느 날 영지가 불쑥 이렇게 말했다.

"우리가 이렇게 서로 사랑하는데 굳이…… 섹스까지 해야 할까?"

그때 우리는 이미 섹스리스나 다름없었다. 사귄 지 일 년 되었을 때부터 점점 뜸해졌다. 사실 나 역시도 헤테로들 못지않게 섹스에 미쳐 있어서 만날 때마다 섹스 생각만 했는데 영지는 아니었다.

"그게 무슨…… 말이야 방구야."

주위에 그런 지인들이 있긴 했다. 더는 섹스를 하지 않는다는 오래 만난 커플들.

"섹스는 과대평가된 거 같지 않아?"

나는 오히려 과소평가되어 있다고 생각하는 쪽이었다.

"아니. 나는 여자 너무 좋아…… 가슴 만지고 싶어…… 그거 말고도 이런 거 저런 거 다 하고 싶어."

영지는 웃으면서 뭘 더 하고 싶냐고 물었지만 선뜻 대답이 안 나왔다.

"몰라서 물어?"

"아니 왜 말을 못해?"

"나 너무 보수적인 사람이라서……"

그 말에도 영지는 한참을 깔깔거리며 웃어서 나는 영지를 웃길 수 있다면 내가 보수적인 사람이라도 좋다는 생각을 했다.

"그거 알지. 너 가끔 진짜 한남 같은 거."

그건 정말 안 좋았다.

"몰라. 좆 달린 거 빼면 좆도 없는 것들이 여자 잘 만나고 다니는 거 보면 짜증나. 좆 너무 과대평가되어 있어."

"그건 인정."

그날의 대화는 농담처럼 흐지부지되려다가 다시 우리가 섹스를 얼마나 자주 안 하는지로 돌아갔다. 영지는 더는 섹스를 하지 않고 살아도 무방하다면서 급기야 이제 섹스하지 않겠다고 선언했다. 나는 섹스 없이 살 수 없으므로 나가서 다른 여자랑 하고 오겠다고 선언했다. 내 말을 듣더니 영지는 굉장히 진지해져서 내가 원한다면 그렇게 하라고 했다. 다 이해한다고, 그게 맞는 것 같다고. 그 말에 나는 금방이라도 뛰쳐나갈 것처럼 굴었지만 당장 섹스를 할 다른 여자를 찾기는 어려웠다. 나만 섹스에 환장한 여자 같다는 생각이 들었다.

다음에 우리는 좀더 진지하게 이야기했고 오픈 릴레이션십을 가지기로 했다. 그렇게 관계를 유지해보기로 했다. 그뒤로 나는 인터넷에서 만난 몇몇 여자와 가볍게 연락하다가 결국 모텔까지

갔는데 몇 번은 좋았지만 몇 번은 그저 그랬다. 집에 돌아올 때는 늘 영지를, 내가 사랑하는 사람을 생각했고 나 자신이 부정한 사람이 된 것만 같았다. 하지만 영지는 내가 전혀 부정한 사람이 아니라고 했다. 나는 이런 삶의 방식을 유지하면서는 도무지 균형을 잡지 못할 것만 같았는데 영지는 새로운 방식에 자리를 잡아가며 만족하는 것 같았다. 나더러 종종 지나치게 비장해진다고 했다.

"안 어울려."

"맞아. 난 어렸을 때부터 늘 비장미 없는 사랑을 하고 싶었어."

안 비장한 말을 비장하게 하고 나니 정말 비장한 것 따위가 싫었다. 영지는 먼저 잠들었다. 전기장판은 뜨뜻했고 밤은 어두웠고 영지는 부드러웠고 영지에게선 머스크향 세제 냄새와 살냄새가 뒤섞여 났다. 영지의 고른 숨소리를 듣고 있자니 나도 졸음이 밀려왔다. 따뜻하고 배부르고 곁엔 사랑하는 사람이 있고 이제 남은 일이라곤 잠드는 것밖에 없고 때마침 잠이 서서히 밀려오고…… 그 순간은 내가 가장 좋아하는 상태였다. 하지만 나는 너무 외로워서 눈물이 났다.

영지는 다른 사람과 섹스를 하러 다니지는 않았지만(나와도 안 했다……) 가깝게 지내는 친구들이 있었다. 그 친구들과는 무엇이든 공유했고 힘들 때면 의지했다. 그래서 나는 내가 영지의 친구들과 다른 점이 무엇인지를 알 수가 없었다. 가까운 친구 이상의 무엇이라는 걸 어떻게 증명할 수가 있지? 그러니까 관계 증명을 위해서라도 섹스를 해야만 한다는 생각마저 들었다. 부부는 각방을 써도 부부라지만…… 영지와 내가 섹스를 하지 않는다면 우리는 아주 친한 친구, 엄마가 마음 맞는 친구와 함께 사는 것도 나쁘지 않다고 말했을 때의 그런 친구와 다를 바가 없지 않나 하는 생각이었다. 하지만 다르지 않아야 할 이유는 또 무엇이며…… 성애 중심의 세상에서는 섹스를 하는 유일한(혹은 유일하다고 가정되어 있는) 사람과 법적 동반자 관계를 맺고 살아가는 게 마땅하지만 나는 그럴 수가 없었다. 동성결혼이 법제화되어 영지와 결혼을 한다고 해도(영지는 '우리가 이렇게 서로 사랑하는데 굳이 결혼까지 해야 할까?'라고 할지도 모르지만……) 섹스는 다른 사람과 해야 할 것이다. 마치 운동하듯, 테니스를 치는 것처럼. 실제로도 섹스는 운동 효과가 좋다지만……

"내가 계속 다른 사람을 만나도 괜찮아?"

영지는 괜찮다면서 손 잘 씻고 콘돔 잘 챙기라는 말만 했다. 지금 그게 할 소린가…… 괜찮지 않을 텐데, 괜찮을 리가 없을 텐데 생각했지만 그건 그저 내 생각이었다. 어떻게 괜찮지? 어떻게 괜찮을 수가 있지? 나를 사랑 안 하나? 하지만 영지는 정말 괜찮았고 나를 사랑했다. 영지는 나를 존중해주었다. 그렇게까지 할 필요는 없는데……라는 생각이 들 정도로 나를 존중해주었다.

어느 날에는 우리가 헤어지고 있는 중이라고 생각했다. 어떤 이유에서든 영지의 마음은 이미 떠났는데 무너질 나를 위해 유예 기간을 주는 거라고. 아니, 그것도 너무 이상했다. 영지는 사실 아무 것도 욕망하지 않는 사람이 아닐까. 나를 좋아하지도 않으면서 혼자보다는 둘이 낫다는 일종의 정상성 수행을 위해 만만한 내 곁에 남기로 한 것이 아닐까. 나는 그런 생각까지 하기에 이르렀고 영지가 무척이나 원망스러웠고 다른 여자와도 종종 만나는 상태로 계속 영지를 사랑했다.

그사이 각방을 쓰던 엄마와 아빠가 이혼을 했다. 나는 그 이야기를 영호한테 들었다. 영호가 뜬금없이 자기 집에 놀러오라고 해서 미루고 미루다 갔더니 대뜸 그 이야기를 꺼냈다.

"엄마가 누나한테 말 안 했어?"

"왜 이혼했대?"

"모르지. 작년에 누나 집 나가고는 아예 따로 산 건 알아? 둘이 사이 안 좋았잖아. 잘됐어."

그래, 차라리 외롭게 지내는 게 낫다 싶을 만큼 둘이 엄청 싸웠지.

"너는 딸 생기니까 좋아?"

"말도 마. 진짜 못 자. 나 말고 현영이가."

성은은 이제 막 돌을 지났다. 속도위반이었다. 임신중절을 하니 마니 말이 많았는데 결혼을 택했다. 지금도 그때도 영호는 경제적으로 자리를 잡지 못했기에 아빠의 지원(집과 차, 양육비……)이 없었으면 불가능했을지도 모른다. 그런데도 영호는 아빠와 사이가 좋지 않았다. 사실 아빠는 누구와도 사이가 좋지 않았다. 그렇게 지갑을 열고 돌아다니는데도 가까워지는 건 무리였다. 현영은 밝고 싹싹한 사람이라 둘의 사이를 풀어주려고도 했던 것 같은데 그건 현영으로서도 불가능한 일이었고 이제는 나와 잘 지내보려는 듯했다.

"가까이 지내면 저희야 좋죠. 가끔 우리 성은이도 봐주고요."

가깝게 지내는 건 나쁘지 않다. 나쁘지 않은데…… 마음 한편에선 너는 어차피 애 못 낳으니까 그 애정은 조카한테나 쏟아라, 라는 뜻인가 하는 생각이 솟아났다. 하여튼 내가 배배 꼬인 사람이라 뭐든 꼬아 듣는 게 문제겠지만. 현영은 별생각이 없을 것이다. 하지만 현영처럼 반듯하게 잘 자란 사람과는 편하게 지내는 게 어렵다. 특별히 특별한 데가 있는 게 아닌 사람. 그냥 평범해 보이는 사람. 모두와 두루두루 원만하게 잘 지내는 사람. 대체로 좋은 사람. 이상하게 그런 사람들이 어렵다. 어쩌다 영호와 결혼을 하게 됐을까. 영호 같은 애가 어디가 좋았을까. 영호와 현영을 반반씩 닮았고, 어딘가 나를 닮은 구석도 있는 것 같은 성은은 현영의 품에서 졸고 있었다.

"성은아, 이리 와봐. 고모한테 와봐."

나는 성은을 들어 내 품에 안았다. 내 어정쩡한 포즈를 보고 현영이 웃으면서 자세를 바로잡아주었다.

"아기 안을 때는 이렇게 머리를 받쳐줘야 해요. 언니, 앞으로 많이 배워야겠어요."

"그렇죠…… 내가 모르는 게 너무 많아요. 영호는 집안일 좀 해요?"

"뭐 그런 걸 물어봐."

영호가 옆에서 투덜거렸다.

"뭐, 적당히 하는 편이에요."

현영은 어쩌면 달관한 사람 같기도 하고 체념한 사람 같기도 했다. 그 말을 들으니 사정이 뻔히 보였다.

"적당히라고 해봤자 흉내만 내는 거겠죠. 결혼하기 전에도 손하나 까딱 안 했어요. 완전 한남이야."

말하고 나서 조금 후회했다. 그런 말은 하는 게 아니었나? 하지만 현영은 틀린 말이 아니라는 듯 전혀 개의치 않고 웃더니 말했다.

"그니깐요. 언닌 진짜 좋겠어요. 한남이랑 결혼할 일은 없잖아요. 최고로 부러워. 저도 여자나 만날 수 있었으면 했다니까요."

아닌가. 개의하는 건가. 남편이고 애아빤데 흉을 봐서 기분이 상한 건가. 하지만 표정에 아무런 악의가 없었고 오히려 얘기가 잘 나왔다는 듯 영호의 만행을 하나둘 이르기 시작했다.

"영호 오빠보다 유튜브가 더 도움이 돼요. 자장가도 틀어주고 요리도 배우고 요즘은 사주도 배워요. 이십대 중반부터 내 팔자가 왜 이렇게 꼬이나 싶어서."

유튜브와 사주라니 이상한 조합이다 싶었는데 요즘은 유튜브에 없는 게 없다고 했다. 돈이 되니까.

"아, 손금 봐줄까요?"

현영이 덥석 내 손을 가져가서 한참 들여다봤다.

"언니, 손 진짜 예쁜데 너무 건조하다. 잠깐만요. 핸드크림 좀 줄게요."

현영은 내가 말릴 틈도 없이 벌떡 일어나 방에서 핸드크림을 들고 나왔다. 그러고는 내 손에 요리조리 핸드크림을 발라주었다. 달달한 복숭아향을 맡으면서, 내 손이 점점 매끈매끈해지는 것을 느끼면서, 나는 영지가 보고 싶어졌다. 빨리 이곳을 벗어나서 영지와 있고 싶었다.

괜찮다고 했는데도 영호가 차로 바래다주겠다고 했다. 말없이 한참 달리다 집에 거의 도착했을 때 영호가 입을 열었다.

"다음엔 누나 애인이랑 같이 봐."

"그래."

"나는 누나가 행복했으면 좋겠어."

"뭔 소리야, 갑자기."

"작년엔 내가 너무 미안했어. 누나 커밍아웃하고 할머니가 너무 괴로워하니까 누나한테 못할 소리 많이 한 것 같아. 현영이 말이 내가 다 잘못한 거래. 듣고 보니 그렇더라. 누나도 행복해질 권리

234

가 있어. 나는 누나 편이야. 누나를 응원하고 지지해."

열심히 자신의 의견을 피력하는 영호의 이야기를 들으며 나는 그야말로 '안물안궁'의 기분이었지만 고개를 끄덕였다. 그러니까 나는 네가, 시스젠더 헤테로 남성인 네가, 자라는 내내 나와의 가정 내 이권 다툼에서 늘 교묘히 우위를 점하던 네가, 나와는 접점이 거의 없어 십 분 이상 대화를 이어나가는 게 무리인 네가 나에 대해 어떻게 생각하든…… 생각이란 걸 하든 말든, 이해를 하든가 말든가, 응원이고 나발이고 아무 관심이 없었지만, 정말 어쩌라고 싶었지만, 내 인생 하나 살기도 벅차다! 하고 외치고도 싶었지만 웃으며 고개를 끄덕였다. 당신이 보여준 하해와 같은 아량에 깊은 감사를 표합니다…… 같은 표정을 짓는 것 정도는 전혀 어렵지 않았다.

"고마워."

하지만 정말 고맙기도 했다. 고맙다는 말을 하고 나니 더욱 그랬다. 곱씹을수록 단맛이 배어나는 쌀알처럼 그 마음은 점점 진해졌다. 진심이라는 건 형식에 뒤따르기도 하는 법이니까. 고마운 마음이 뒤늦게 다시 밀려왔다.

"정말 고마워."

"아냐. 누난 나한테 고마워할 이유가 하나도 없어."

그 말도 고마웠다. 하지만 고마운 마음이 커지면 커질수록 묘하게 서글퍼졌다. 이 정도면 엄청 운이 좋은 편이지, 난 진짜 행운아야, 그런 생각이 이어져서 평소에 내가 얼마나 사람 취급을 못 받고 사는지 실감났기 때문이었다.

아빠와는 그다음 주에 만났다. 만나고 싶지 않았는데 아빠가 거절할 수 없는 제안을 해왔다. 아빠는 배우자운이나 자식운은 없었지만(다 본인이 자초한 결과였다) 재물운은 좋았다. 아빠는 지금 살고 있는 삼십 평대 아파트 말고도 부동산 재테크에 성공해서 구입한 오층짜리 원룸 건물이 세 채 있었고 할머니가 돌아가시면 물려받게 될 주택도 있었다. 나는 그 주택을 호시탐탐 노렸다. 어렸을 때 할머니는 늘 그 집을 내게 줄 거라고 말하곤 했다. 커밍아웃 후에 호적에서 파버리라고 했으니 이루어질 가망은 없겠지만, 그래도 내심 바랐다. 이미 집도 많은 아빠가 할머니에게 그 집을 물려받아 다시 나에게 주는 게 크게 이상한 일도 아니잖은가. 그건 내가 기댈 수 있는 거의 유일한 내 집 마련의 길이기도 했다. 우리 세대가 집 장만하는 길은 상속밖에 없어. 부모 세대가 다 죽어야 한단 말이야. 언젠가 삼겹살집에서 소주를 마시다가 옆 테이블 사람들이 그런 말을 하는 것을 들었다. 하지만 이젠 백 세 시대지. 일흔은 되어야 상속을 받을까 말까야.

"그거 원래 내 몫이잖아. 영호는 장가갈 때 아파트 사줬잖아."

"너도 시집갈 때……"

"몇 번을 말해. 안 간다고. 여자친구랑 산다고."

아무리 반복해도 그 말은 아빠 머리에 입력이 안 되는 것 같았다. 물론 아빠는 다른 말도 본인의 위신과 상관없으면 도무지 기억하는 법이 없어서 만날 때마다 두 번이고 세 번이고 계속 물어댔다. 그런 일이 되풀이되자 나는 아빠와 연락을 끊었다. 앞으로 더는 만날 일이 없을지도 모른다는 생각도 했는데 아빠가 내게 전화를 해온 것이었다. 엄마와 이혼하고 영호와도 왕래가 없다보니 심심해졌는지도 몰랐다.

"그래, 그 집 너 줄 테니까 한번 보자."

"할머니가 주라고 하겠어?"

"너 병문안 한번 가. 더 늦기 전에."

"할머니가 날 보고 싶어하겠냐고."

커밍아웃했을 때 할머니는 내게 저년 저 돌은 년, 미친년, 정신 나간 년, 나사 빠진 년, 하며 욕이란 욕은 다 했다. 평생 저렇게 이기적으로 살다가 나중에 다 돌려받을 거라고 했다. 길 가다 돌에 처맞아 죽지 않으면 다행일 거라고 했다. 어떻게든 살아남아봤자 결국 혼자서 외롭게 죽을 거라고도 했다. 어릴 때 누구보다도 나를 아껴주었기 때문에, 다른 사람은 몰라도 할머니는 내 편을 들어줄 거라 믿었기 때문에, 그때의 상처는 너무 컸다. 할머니가 너무 미친 사람처럼 날뛰어서인지 오히려 아빠의 반응은 덤덤한 편이었다. 더 일찍 알고 있었던 엄마는 그냥 이 일이 더 큰 문젯거리가 되지 않기만을 바라는 사람처럼 무반응으로 일관했다. 그때가 떠올라 집을 포기할까 싶었지만 그러기엔 그건 내게 너무 큰 돈이었다. 그걸 물려받으면 당장 집 걱정을 덜 수 있었다. 월세를 아끼면 자연히 다른 걱정들도 덜 수 있게 된다.

"너한테 할말도 있고."

"뭔데?"

"만나서 하자. 아빠 보고 싶지?"

"노노."

"딸이 돼가지고 아빠한테 말버릇이 그게 뭐야. 내 딸 맞니?"

"나야 모르지."

"뭐라고?"

"아, 나 가봐야 해. 그럼 그때 봐."

아빠는 한숨을 푹 쉬더니 주말에 꼭 보자고 하고 전화를 끊었다. 옆에서 듣고 있던 영지가 지금 아빠한테 잘 보여야 하는 상황이 아니냐고 물어서 나를 맥빠지게 했다.

"누구 편이야? 그동안 아빠가 나한테 한 거에 비하면 이 정돈 아주 양반이야. 근데 너도 같이 보자는데 괜찮겠어? 우리 아빠 헛소리 엄청 많이 할 텐데."

아빠가 무슨 말을 할지 대충 짐작이 가서 더 걱정이었다. 집을 줄 테니까 그 대신 너는…… 하고 그 뒤에 붙일 조건들.

"술로 발라버리자."

"아, 뭘 발라."

"찍소리도 못하게."

진지해야 하는 상황에서 되다 만 농담을 하는 것은 영지의 장점이자 단점이었지만 이번에는 덕분에 긴장이 좀 풀렸다. 아빠가 뭐라고 하든 신경쓸 것 없었다.

"그래! 발라버리자!"

아빠는 원래 체격이 크고 단단했었는데 그사이 혼자 살더니 근손실이 왔는지 조금 왜소해진 느낌이었다.

"영지씨죠? 얘기 많이 들었어요."

중식점의 룸을 예약해놓고 먼저 와서 기다리고 있던 아빠는 우리가 도착하자 자리에서 일어나더니 고개를 숙여 인사했다. 전에 본 적 없는 다정하고 상냥한 표정으로 인사를 건네는 모습을 보자 왠지 빈정이 상했다.

"뭔 얘기를 많이 들어. 얘기를 한 적이 없는데."

"이름 아는 게 어디야. 니가 언제 니 친구 이름이라도 말해준 적 있어? 이 정도면 많이 들은 거지."

영지는 사회생활을 하며 터득한 미소를 지으면서 아빠와 악수를 했다. 아빠는 영지를 칭찬하고 나를 깎아내리는 식으로 대화를 이어갔다. 여자가 IT업계에 자리를 잡았다니 쉽지 않았겠다는 이야기부터 어쩌다 우리 딸 같은 애를 만나서 고생이냐는 말까지. 시간이 흐르면서 긴장이 풀린 때문인지 나는 마음이 편해졌다. 첫인

사에서 약간 점잔을 떤 것만 빼면 아빠가 여느 때와 같은 모습이었기 때문인지도 몰랐다. 헛소리가 반이고 반은 본인 자랑이었다. 종종 이렇게 만나도 괜찮겠다는 생각을 할 뻔도 했지만 아빠가 "딸 하나 더 생긴 셈 치지 뭐"라고 했을 때 퍼뜩 정신을 차렸다.

우리집의 가족 역할극에서 딸은 의무만 잔뜩 부과된 배역이었다. 그러니까 아빠의 그 말은 자신에게 자주 연락을 하고 또 이렇게 가끔 밥도 같이 먹자는 뜻이었다. 이런저런 잡무가 생기면 나나 영지에게 처리를 부탁하겠다는 뜻이었다. 무보수 노동을 끊임없이 요구하겠다는 뜻이었다. 그것만이 아니었다. 아빠의 그 말은 인생의 기로에서 사사건건 간섭을 하겠다는 뜻이기도 했다. 그 간섭은 나의 바람이나 욕망과는 상관없이 아빠의 체면에 좌우되게 마련일 것이다. 집을 주는데 그 정도도 못하니? 싶지만 영호에게는 그런 걸 시키지 않고도 이것저것 다 퍼줬었다. 나는 더는 그렇게 살 생각이 없었다. 더군다나 감히 영지에게까지 그런 마음을 품고 그 마음을 입 밖으로 냈다는 데에 화가 났다. 지가 뭔데 영지를 딸로 삼아. 뭔데 이제 와서 다정한 척이야. 인간이 왜 이렇게 염치를 모르고 주제 파악을 못하지? 영지는 나의 단점으로 지나친 자기 객관화를 든 적이 있었다. 반면 나의 아빠는 그게 전혀 안 되는 사람이었다. 나는 내가 아빠의 영향 아래 자란 탓에 이 모양 이 꼴인 거라고 생각했다. 저렇게는 되지 말자고 수도 없이 다짐했기 때문이다.

내 속이 부글부글 끓어오르는 것을 아는지 모르는지 영지는 정말 아빠를 술로 발라버릴 작정인 듯 연거푸 고량주를 마셔대고 아빠에게도 따라주었다. 영지는 내가 아는 사람들 중에서 가장 술을 잘 마셨다. 소주 세 병을 마시고도 안색 하나 안 변하고 집으로 돌아가는 막차 안에서 멀쩡한 정신으로 스도쿠를 푸는 사람이었다. 결국 먼저 취한 아빠는 일장연설을 펼치기 시작했다. 나는 잠자코 들었다. 이런저런 열받는 발언을 들으면서도 계속 참았다. 일 년 만에 만났으니까. 게다가 아빠를 통해서 할머니에게 물려받아야 할 집이 있었다. 내 직계존속들에게서 다른 건 아무것도 물려받고 싶지 않았지만 그것만은 꼭 물려받고 싶었다.

"우리가 옛날에는 꽤 사이가 좋은 부녀였답니다. (아주 틀린 말은 아니었다.) 어릴 때도 주말이면 내가 딴 일 다 제쳐두고 애들이랑 놀아줬지요. 가족 여행도 자주 갔고요. 애하고 나하고 둘이서만 산에도 가고 테니스도 치러 가고 했어요. 물론 그게 다 애가 동성연애 시작하기 전의 일이지만요…… (그때 나는 옆 테니스코트의 언니를 짝사랑해서 혼자서도 맨날 벽 치기를 하러 갔었다.) 근데! 나는 그거 다 이해해줍니다! (예예, 감사합니다.) 이놈의 대한민국에 나 같은 애비가 몇이나 되겠어요? 하지만 사회적으로는 시기상조다 이 말이지요. (그놈의 나중에!) 굳이 사귄다! 애인이다! 밝힐 것 없이 친한 친구라고 해도 같이 사는 데는 하등 지장이 없지 않냐 이 말이에요. (나와 영지의 최근 관계를 따지고 보면 그

것도 아주 틀린 말은 아니었지만……) 꼭 동네방네 소문낼 필요
는 없지 않겠어요? 하물며 결혼한 부부도 이혼을 하는 마당에(이
혼할 결혼은 왜 하셨는지……) 둘이 앞으로 어떻게 될지도 모르
고……(그니까 이혼할 결혼을 도대체 왜……)"

아빠가 헛소리를 쏟아내는 내내 영지는 고개를 끄덕였다. 그 헛
소리들에 동의해서는 아니고 그냥 습관적으로 끄덕이는 것 같았
다. 게다가 그때쯤에는 영지도 좀 많이 취해 있었다.

"아버님, 저는요……"

오기 전에 호칭을 뭐라고 해야 할지 잠깐 얘기했었다. 영지는
뭐라고 불러도 어색할 것 같다고 했다. (아저씨는 좀 그런가? 하
긴 다 늙었는데 이제 아저씨도 아니지. 할아버님? 어르신? 영감
님? 우리 아빠 이름 강형식인데 형식씨라고 부를래? 미제라면 껌
뻑 죽는 사람인데 미국식으로 하자 그러자……) 아버님은 고려
대상에 없던 호칭이었다.

"저는요, 소문내고 싶어요. 점심으로 맛있는 우동을 먹어도 소
문내고 싶은 게 사람 마음이잖아요. 길 가다 귀여운 고양이를 만
나도 소문을 내는 게 인지상정이라고요. 근데 우리 은호 좀 보세
요. 얼마나 귀여워요. 아버님도 거기 앉아서 계속 본인 자랑만 하
셨잖아요. 뭐 별 대단한 것도 아니었잖아요. 저도 동네방네 소문
내고 자랑하고 싶어요. 동네 사람들 다 모아놓고 잔치라도 열었으
면 한다고요. 다들 그렇게 하면서 살잖아요. 근데 저희가 남들은

다 하는 그 잔치 열겠다는 것도 아니고요. 어디 광고하겠다는 것도 아니에요. 그냥 거짓말 안 하고 살겠다는 거예요."

나는 거짓말 안 하고 사는 정도로는 도저히 만족할 수 없었다. 진실되게 사는 대가로 감당해야 하는 것들이 부당하지 않기를 바랐다. 하지만 영지가 취한 상태에서도 나를 생각해서 아빠에게 예의를 갖추려는 게 느껴져 고마웠다(그럴 필요는 없었지만). 게다가 내가 귀엽다니. 그건 상상도 못했던 말이어서 마음 한편이 찌르르했다가도 한편으론 야, 넌 나랑 하지도 않으면서…… 하는 생각이 들어서 이 타이밍에도 그런 생각만 하다니 나는 도대체 뭐가 문제일까……에 대해서도 잠깐 고민해봤지만 딱히 문제랄 건 없지 않나? 그냥 지나치게 건강한 것뿐이야…… 하고 합리화했다.

"그럴수록 아가씨만 손해라니까. 아직 어려서 뭘 모르겠지만 지금 대한민국 사람들 정서상……"

"이제 그 무식한 인간들 눈치보면서 사는 것도 지긋지긋하고요. (옳소! 그게 다 지능 문제입니다!)"

아빠는 여전히 정신을 못 차리고 "그래도 사랑이란 게 말이야……" 하면서 또 헛소리를 시작했다. 그때 나는 더는 참지 못하고 폭발하고 말았다. 생각해보니 이번 식사시간 동안만 참은 게 아니라 아빠의 딸로 태어나서 사는 내내 참아왔다. 정말이지 계속 참았다. 화병에 안 걸린 게 신기할 정도로 참았다. 이 심리적인 응

어리가 실체를 가진 덩어리가 된다고 해도 이상하지 않을 정도로 참았다. 이미 몸속에 그런 게 있을지도 모르지. 사리라든가, 요로결석이라든가.

"아빠가 사랑에 대해 뭘 알아?"

내가 따지듯 묻자 아빠는 눈을 동그랗게 떴다가 이내 크게 소리쳤다.

"내가…… 내가 왜 몰라!"

술에 취해 눈이 반쯤 풀린 모습이 정말 사랑에 대해 아무것도 모르는 표정이었다. 말을 더듬는 이유도 그 사실을 들켜서 뜨끔한 것이 분명했다.

"어떻게 알아? 엄마랑 중매로 만나서 딱 두 번 보고 결혼했으면서. 두 번 만에 조건 보고 결혼 결정했으면서. 아니, 만나기도 전에 결혼은 거의 내정하고 만난 거면서! 내가 육 년 만난 여자친구랑 같이 산다는데 아빠가 왜 난리야. 뭘 얼마나 잘 안다고 간섭이야. 아빠는 나이 차는 대로 취직하고 결혼하고 애 낳고 남들 하는 거 따라 살았으면서 내가 죽도록 고민한 걸 왜 무시해. 나 진짜 죽으려고도 했어. 사는 거 너무 좆같아서. 근데 영지가 같이 살자고, 살아보자고 해서 살기로 한 거야. 난 진짜 죽을 둥 살 둥 사는데 아빠가 뭘 안다고 사랑에 대해 말해! 아빠가 엄마를 사랑했어? 사랑하는 사람한테 어떻게 그래! 그렇다고 자식들한테 잘하길 했어, 할머니한테 효도를 했어? 씨발 진짜 아빠가 사랑에 대해 아는 게 뭐가 있어! 도대체 할 줄 아는 게 뭐야. 그게 무슨 사랑이야!"

아빠는 내가 하는 말을 제대로 듣기나 한 건지 훌쩍거리기 시작했다.

"아빤 엄마 사랑했어……"

진짜 꼴사나웠다.

"뭘 잘했다고 울어!"

영지가 내 티셔츠를 잡아당겼다. 한참 전부터 잡아당기고 있었는데 흥분해서 눈치채지 못했던 것 같다. 돌아봤더니 영지가 눈썹을 찡긋거리며 왜 이렇게 오버야, 속삭였다. 그제야 분이 좀 가라앉았다. 왜 그렇게 오버했을까. 술에 취해서? 모르겠다. 영지를 사랑하는 마음도 때로는 너무 과한 것 같다. 하지만 그렇지 않다면 나처럼 꼬박 십이 년을 개근하며 벌점을 받는 일도 한 번 없이 대한민국의 보수적인 정규교육 과정을 모범적으로 이수한 체제 순응형 인간이 이런 마음을 알아챘을 리가 없다. 적당한 남자를 찾아내서 진작 식을 올렸을 것이다.

누가 문을 두드리길래 너무 시끄러웠나 싶어 살짝 긴장했는데 종업원이 들어와 코스의 마지막 단계인 식사를 뭐로 하겠느냐고 물었다. 그는 훌쩍거리는 아빠를 보고 조금 의아해하는 것도 같았지만 할일을 했다.

"삼선짜장과 우동, 계란볶음밥 있습니다."

나는 입맛이 뚝 떨어졌는데 아빠는 우동을 달라고 했다. 그래서 우동 셋을 외치고 종업원을 빨리 내보냈다. 영지가 말없이 자신의 잔을 채우고 내게도 따라주었다. 우리 그만 마셔야 해. 이 영감탱이도 술이 장난 아니야. 술로 발라버리려던 계획 완전 실패야. 나는 눈빛으로 그런 얘기들을 영지에게 전했다. 아빠는 혼자서 또 홀짝홀짝 술을 마시더니 말했다.

"그래도 아빤 우리 딸 사랑해."

"아, 진짜! 지랄하지 좀 마!"

잔이 쓰러지며 식탁보 위로 술이 쏟아졌다. 붉은 천이 빠르게 물들어갔다. 진짜 사랑하는 것도 아니잖아. 사랑하는 사람한테 어떻게 죽은듯이 살라고 말할 수가 있냐고. 만나서 한다는 소리가 끝까지 입 닥치고 살라는 말뿐이잖아. 그냥 이도 저도 못하게 하려고 사랑한다고 말하는 거잖아. 널 사랑하는 사람한테 어떻게 그런 상처를 주냐는 식의 죄책감을 심으려고. 그게 왜 상처가 되는지에 대해서는 제대로 설명하지도 못하잖아.

우리는 결국 우동이 나오기 전에 계산을 하고 헤어졌다.

"너 진짜…… 패륜아 같았어."

영지는 전날의 만남을 그렇게 정리했다. 느지막이 잠에서 깨어 해장을 뭐로 해야 하나 고민하던 중이었다.

"뭔 소리야."

"강형식이 이놈! 이 사랑도 모르는 헤테로 놈! 꼴에 남들처럼은 살고 싶어서 사랑 없는 결혼 하고 사랑 없는 섹스 하고! 지는 지멋 대로 다 살면서 굳이 나까지 낳아놓고! 나는 내 맘대로 살지도 못하게 하고!"

영지가 과장되게 연기를 해서 나는 한참을 웃었다.

"뭐래, 내가 언제 그런 말을 했어."

"행간이 그랬어."

"그랬나."

"근데 있지."

"어."

"나도 사랑 같은 게 뭔지 잘 모르겠어."

그 말을 듣는데 가슴이 철렁 내려앉았다.

"그럼 너는, 너는 나한테 사랑한다고 말할 때마다 무슨 생각을 해?"

그렇게 묻는 순간 나는 영지를 사랑하는 내 마음을 너무나도 잘 알 것 같았다. 나는 영지가 없으면 안 돼. 그리고 영지의 입에서 나올 대답이 뭔지는 몰라도 내가 들으면 안 될 것만 같아서 얼른 영지의 입을 막았다.

"영지야, 나는…… 너 정말 사랑해."

영지는 나를 빤히 보다 웃으며 말했다.

"너 지금 말하는 거 너네 아빠랑 닮은 거 알지."

내가 아빠를 얼마나 싫어하는지 잘 알면서 어떻게 나한테 그런 말을 하나 싶으면서도, 왜 그렇게 말하는지도 다 알 것 같아서, 역시 핏줄은 어디 안 가나보다 하는 생각이 들어서, 기어이 그런 걸 물려받고야 말았구나 싶어서…… 나는 그만 울고 말았다. 당황한 영지는 왜 우느냐고 나를 달래주면서 아빠랑 닮았다는 농담 같은 건 다시는 하지 않겠다고 했지만 나는 울음을 그칠 수가 없었다. 안절부절못하는 영지 앞에서 계속 울었다. 우는 것까지도 아빠랑 똑 닮았다는 생각이 들어 멈추고 싶었지만 멈출 수가 없었다. 영지는 자기가 뭘 해주면 기분이 나아지겠느냐며 계속 나를 달랬다. 사랑한다고 말해줘 제발……이라는 생각이 드는 동시에 아니야, 절대 그 말만은 하지 마……라는 생각이 들었고, 아니야 해줘, 아니야 하지 마, 사이에서 그냥 눈물만 났다.

"나 너네 아빠한테 엄청 잘 보이고 싶었어. 그게 아무 의미 없다는 거 알면서도 그랬어."

나는 계속 울었다.

"은호야, 나는 너랑 같이 있고 싶어. 어떤 식으로든."

영지는 계속 내 곁에 있었다.

아주 어릴 때 내가 울면 할머니는 커다란 솜이불을 덮어주었다.

"그 안에서 실컷 울어라."

눈을 떠보면 어둡고 솜이불은 무거운데 그 어둠과 무게가 나를 달래주었다. 그동안 할머니는 나에게 먹일 달달한 음식을 마련해

놓고 기다렸다. 냉동실에 얼려놓은 대봉시일 때가 많았다. 한참을 울다가 왜 울었는지도 잘 기억이 나지 않을 때쯤 머쓱해하며 이불을 걷어내고 쭈뼛쭈뼛 방밖으로 나가면 홍시가 딱 먹기 좋게 녹아 있었다. 나는 차가운 홍시를 파먹으면서 머리끝까지 차올랐던 열이 식는 걸 느꼈다. 할머니는 어리고 철없는 나를 사랑해주고 있었다. 나는 사랑받고 있었고 할머니의 사랑 안에서는 아무래도 안전하다는 기분에 안심이 됐다.

얼마 뒤 아빠는 내게 전화를 걸어와 할머니를 만나러 가라고 했다. 집을 나에게 물려주기로 했다고. 그런 결정을 할머니가 내린 것 같지는 않았다. 할머니가 돌아가시면 집은 자연히 아빠에게 상속될 터였고 아빠는 그걸 내게 증여해주기로 결심한 듯했다. 아빠는 할머니의 병세가 심각하니 마음의 준비를 단단히 하라고 했다. 정말 마지막인가. 나는 긴가민가하며 할머니를 만나러 갔고 정말 마지막이라는 걸 알 수 있었다. 할머니는 나를 알아보지 못했다.

말을 안 했으면 어땠을까. 진짜 나에 대해서. 내가 간절히 바라는 삶에 대해서. 할머니가 이렇게 일찍 죽을 줄 알았다면 죽을 때까지 거짓말을 하며 예쁜 손녀로 남을 수도 있었다. 하지만 더는 내 이야기가 그런 식으로 흘러가버리도록 내버려두고 싶지 않았다. 할머니에게는 할머니 중심의 서사가, 나에게는 나 중심의 서사가 있다. 할머니의 서사가 발단, 전개, 위기, 절정을 거쳐 결말

부근에 이르렀을 때 내 서사는 전개 비슷한 것을 지나는 중이었다. 내 이야기는 어쩔 수 없이 할머니의 이야기에 영향을 받으면서, 할머니의 이야기를 부정하면서 전개된다. 나는 할머니가 내게 욕을 퍼붓고 저주를 퍼붓던 순간을 영영 잊지 못할 거야. 이 세상에서 나를 가장 사랑한다고 말했던 사람이 한순간에 돌변하던 순간을 어떻게 잊어. 할머니도 그 순간에 대해서는 영원히 후회해야만 해. 언 홍시를 내주던 할머니도 함께 기억하는 게 그나마 내가 할 수 있는 최대한의 용서야.

나는 늘 끝나는 순간에 대해 생각한다. 영지와 나의 관계가 끝나는 순간에 대해 생각할 때도 많다. 바라는 끝이 있어. 내 이야기는 이렇게 끝났으면 좋겠어, 하고 기대하는 장면들.

나는 아주아주 행복한 사람으로 죽을 거야. 아무도 그걸 못 막을 거야.

이혼 숙려 기간까지 끝마친 엄마는 큰이모가 있는 캐나다로 간다고 했다. 감염병이 대유행으로 번지기 전이었지만 그래도 여기저기서 동양인 혐오를 표출하느라 바쁜데 지금 거기로 가는 게 맞는 걸까? 다들 우려했지만 엄마는 주변에서 왜 이혼했느냐고 들쑤셔대는 게 더 속 시끄럽다고 했다. 영호와 함께 공항까지 바래다주는 차에서 우리는 내내 별말이 없었다. 항공권을 발권하고 짐을 부치고 출국 심사대를 통과하기 전에야 인사를 나누었다.

"영호, 현영이한테 잘하고."

영호는 또 잔소리냐는 듯 건성으로 네네, 했다. 이제 또 언제 볼지 모르는데 하여튼 정이라고는 없는 놈이었다.

"아빠도 한 번씩 들여다봐. 죽었나 살았나."

"이혼한 마당에 그런 걸 걱정하다니 참 징하다 징해."

"엄마랑은 이혼해서 이제 남남이지만 니들한텐 계속 아빠야. 핏줄은 어디 안 가니까."

"네네, 잘 알겠습니다."

나도 결국은 건성이 됐다. 영호와 나는 그뒤에도 아빠를 들여다보지 않았다. 아빠도 다 큰 어른이었고, 지나칠 정도로 큰 어른이었고, 혼자서도 알아서 잘 살아가야 하는 사람이었다.

"은호 너는…… 영어 공부 열심히 해. 한국서 못 살겠으면 엄마한테 와. 캐나다에 와서 살아."

내가 무슨 좋은 소리 듣겠다고 엄마한테 기어들어가 살겠어, 그런 생각이 드는 한편 엄마가 왜 그런 말을 한 건지 궁금해졌다. 동네방네 레즈비언이라고 소문이 다 났으니까 한국에서 살기에는 글렀다고 생각하는 걸까. 엄마는 그런 상상의 나래를 펼칠 수 있는 사람이면서 왜 내 이야기를 못 들은 척했을까. 기댈 데도 별로 없었는데. 문득 캐나다에 가서 살고 싶다는 생각이 들었다. 엄마가 있는 나라여서가 아니라 그 나라에서 강제되는 법적인 것들이 나를 유혹했다. 하지만 막상 가보면 동양인에 레즈비언이라는 이

중 조건으로 더 괴로워질지도 몰랐다. 나는 현실적인 사람이었고 지나치게 겁이 많은 사람이었다.

"내가 거길 어떻게 가. 가서 뭐 먹고 살라고."

"엄마 있는데 무슨 걱정이야. 큰이모도 있고."

"엄마가 제일 걱정이야."

엄마는 그 말이 마음에 안 드는지 인상을 팍 썼다. 그리고 말했다.

"아무튼 한국서 정 못 살겠으면 캐나다로 와. 은호야, 여자친구 랑 같이 와서 살아."

엄마가 내 여자친구에 대해 말한 건 처음이었다. 늘 유령처럼, 없는 사람 취급했는데. 처음으로 여자친구를 언급하며 함께 캐나 다에 와서 살라고 말한 것이다.

나는 내가 사랑하는 사람을 만난 것에 대해서 늘 다른 사람들의 축복을 받고 싶었다. 사랑하는 사람을 만나는 건 내게 쉽지 않은 일이었고 그래서 격려가 필요했다. 특히 가족들의 격려가. 이러 니저러니해도 내게는 가족들이 가장 가깝고 오랫동안 의지한 사 람들이기 때문이었다. 행복한 순간을 떠올려보라고 하면 떠오르 는 장면들 중에는 가족들의 모습이 꼭 끼어 있었다. 다 옛날 일이 지만 가족들과 행복했던 때가 많았다. 나는 그 사람들에게 사랑받 았고 그 사람들을 사랑했다. 그건 아주 익숙한 일이었다. 그래서 더이상 그럴 수 없었을 때 더 괴로웠는지도 모른다. 가족들을 사 랑하는 건 이미 주어진 일 같은 거였는데, 그 사랑을 이어가는 일,

계속해서 사랑하는 일은 쉽지가 않았다. 무조건적인 사랑 같은 건 없으니까. 내가 영지를 계속해서 사랑하는 일이 가능한 것은 우리가 합의한 일종의 공동선을 향해 함께 나아가고 있기 때문인지도 모른다. 우리는 매일 다른 사람이 되고 매일 사랑하는 일을 한다.

─영지야, 나랑 같이 캐나다에 안 갈래?

서울에 가까워지는 차 안에서 반쯤은 농담으로 장난스럽게 메시지를 보냈는데 영지는 잔뜩 진지해져서 그런 건 쉽게 결정할 수 있는 문제가 아니니 조금 생각해보겠다고 했다.

어느 날 아침 영지는 잠에서 깨자마자 내 귓가에 대고 나와 함께라면 어디든 가겠다고 속삭였다. "왜냐하면……" 하고 그 이유들도 함께 읊어주었다. 그 이유들에 취해서 나는 오랫동안 잠에서 깨어나지 못했다. 그건 마치 영원히 사랑한다는 말처럼 들렸기 때문이었다. 참다못해 눈을 떴을 때 거기에 영원 같은 건 없었고 내가 가장 좋아하는 사람이 내 눈썹을, 콧대를, 인중을 건드리며 오직 내가 눈을 뜨기만을 기다리고 있었다. 시간이…… 멈춰버렸으면 좋겠다고 생각했는데 당연히 시간은 내 마음 같은 건 아랑곳않고 자기 할일을 했고 우리도 그저 우리 할일을 할 따름이었다.

공원에서

기영의 집에 가는 길이었다. 밤 아홉시가 조금 안 된 시간이었다. 서로 일이 바빠 보름 만에 만나는 것이었으므로 이번 주말은 기영의 집에서 함께 보내기로 약속을 해두었었다. 퇴근 후 나는 언제나처럼 필라테스 학원에 가 한 시간 정도 운동을 했다. 조금 지쳤고 동시에 조금 기운이 났다. 사물함에서 옷을 꺼내기 전에 휴대폰부터 확인했다. 일을 마치고 집에 오는 길에 아이스크림을 샀다는 기영의 메시지가 와 있었다. 기다리지 못하고 아이스크림을 한 숟갈 펐으니까 서두르라고. 물론 아이스크림은 아직 냉동고에 있을 것이고 기영의 말은 그저 나를 빨리 보고 싶다는 표현을 에둘러 한 것이라는 걸 나는 잘 알았다. 함께한 시간이 길어지면 당연히 서로에 대해 아는 게 많아져서 상대가 헛소리를 해도 다 알아먹을 수 있으니까. 메시지를 보자 나도 기영을 보고 싶은 마음이 샘솟았으므로 아이스크림이 식기 전에 가겠소, 하고 기영만 웃어줄 재미없는 농담을 적어 답장을 보냈다. 기영은 자기가 샤워를 하고 나왔을 때 내가 집에 와 있었으면 좋겠다고 했고 그 말에 나는 마음이 더 급해져 버스에서 내려 공원을 가로지르기로 마음 먹었다.

그건 한 번도 없던 일이었다. 해가 지면 늘 대로변으로만 다녔다. 공원은 야트막한 산 아래에 길게 조성되어 있었는데 가로등이 많지 않아 밤이 되면 어둑어둑했다. 더군다나 요 몇 달은 개가 나타난다고 했다. 누가 키우다 버린 것인지 야생화되었다는 그 개는 때로 사람을 공격한다고 했다. 공원 초입에 그 내용을 알리는 현수막이 걸려 있었다. '들개 출몰. 포획할 계획이오니 목격한 사람은 즉시 아래의 번호로 연락 바랍니다.' 물론 개가 아니더라도 어두운 밤의 공원을 굳이 지나가고 싶지는 않았다.

그날은 굳이 지나갔다. 막상 공원은 내 상상과는 사뭇 달랐다. 대로변에 비하면 어두운 것은 맞았지만 걱정했던 것만큼은 아니었다. 사람들도 많았다. 일과를 마친 사람들이 삼삼오오 모여 여가를 보내는 밤의 공원이야말로 어느 때보다 활기를 띠는 듯 보였다. 인라인스케이트를 타는 아이들, 벤치에 앉아 이야기를 나누는 연인들, 배드민턴을 치는 가족들. 대부분이 마스크를 쓰고 있었다. 감염병으로 인해 멀리 떠나지 못한 채 발이 묶인 사람들에게 공원은 잠시나마 숨통을 트이게 해주는 곳인지도 몰랐다. 사람들이 이렇게 소란스럽게 움직이며 뛰어다니는 데로는 아무리 들개라고 해도 겁도 없이 뛰어들 것 같지 않았다. 그날 나는 평소보다 십 분 일찍 기영의 집에 도착해 기영과 함께 아이스크림을 먹었다.

그뒤로 기영의 집에 갈 때는 대로변 대신 공원을 가로지르는 쪽을 선택했다. 공원에 가는 날이 많아질수록 점점 더 공원이 좋아졌다. 도시에 왜 공원이 필요한지도 알 수 있었다. 건물들로 빈틈없이 빽빽한 곳에는 반드시 녹지가 필요했다. 내 얘기를 들은 기영이 공원에 가끔 사람이 없을 때도 있다며 그 길은 위험하니 대로변으로 다니라고 했지만 나는 어어, 고개만 끄덕이고는 공원으로 갔다. 그러면 공원에 십 분 정도 앉아 있을 수 있었다. 그건 이상한 기분이었다. 기영이 보고 싶어 죽겠으면서도 혼자서 공원에 앉아 있는 시간이 필요했다.

그러는 사이 공원은 이제 이 도시에서 내가 가장 좋아하는 장소가 되었다. 내 방이 있는 부모의 집보다도 기영의 집보다도 나는 공원이 좋았다. 좋아하는 장소가 생긴다는 것은 마치 인생에 경력이 쌓이는 듯한 기분이어서 한편으로는 뿌듯하기도 했다. 나는 공원이 좋았다. 느티나무 아래 벤치에 앉아 계절을 느끼는 것, 다들 활기차 있는 것, 배드민턴을 치다가 실수를 해도 웬만해서는 웃어넘기는 것, 다정하게 이야기를 나누며 걸어가는 노부부들을 보는 것. 가끔 아무것도 하지 않고 혼자 어슬렁거리는 수상쩍어 보이는 사람도 있었지만 그건 나도 마찬가지였다. 그리고 개들. 공원에는 많은 개들이 돌아다녔다. 들개가 아닌 강아지들이. 벤치에 앉아 있으면 산책을 나온 강아지들을 마음껏 볼 수 있었다. 가끔은 내 쪽으로 달려와 신발 앞코를 킁킁거리는 강아지도 있었다. 그럴 때면 목줄을 쥔 사람은 난처해하며 내게 사과했지만 나는 개가 더 가까이 다가와서 냄새를 맡아주었으면 했다. 걱정과 달리 들개는 나타나지 않았다. 아주 오래된 소문이었을 것이다. 현수막은 공시된 날짜가 한참 지난 채로 바람에 펄럭였다.

그날 밤도 언제나처럼 버스에서 내려 공원을 향해 가고 있었다.

"아들, 이거 좀 도와줘요."

나를 부르나 싶어 돌아보니 한 여자가 폐지가 잔뜩 실린 리어카 앞에 곤란해하며 서 있었다. 오르막길을 쉬이 올라가지 못해 어려움을 겪는 듯했다.

"저 언덕길만 넘어가게 좀 밀어줘요."

나는 아무 말 없이 다가가서 리어카를 밀어주었다. 거의 다 올라왔을 때 리어카 위에 아슬아슬하게 놓여 있던 상자 하나가 떨어졌다.

"상자가 떨어졌어요."

내가 말하자 여자는 고개를 들어 내 얼굴을 찬찬히 보았다.

"딸이었네. 어두워서……"

여자는 내 목소리를 듣고 바로 호칭을 아들에서 딸로 바꾸었다.

"고마우니까 이거 줄게. 여기서 먹고 가."

여자가 상자를 주워 들어 다시 올려놓고는 리어카에 매달려 있는 부직포 가방에서 요구르트를 꺼내 건넸다.

"네? 여기서 먹으라고요?"

"쓰레기 나오니까, 버리고 가라고."

그런 뜻이었나. 얼떨결에 요구르트를 받긴 했지만 그래도 먹는 건 망설여졌다.

"그리고 일찍일찍 다녀요. 말만한 처녀가."

나는 차라리 남자로 오해받는 편이 나았겠다고 생각하며 그대로 공원으로 갔다.

사람들이 나를 남자로 착각하는 일은 종종 있었다. 나는 백칠십오 센티미터의 키에 머리가 짧고 화장도 하지 않는데다 몸매가 드러나지 않는 옷을 주로 입었다. 길을 가는데 총각이나 아저씨, 하고 나를 부르며 길을 묻는다든가, 찜질방에서 파란색 옷을 주며 남자 탈의실로 안내를 한다든가 하는 일들이 있었다. 언젠가 인도로 여행을 갔을 때 함께 간 친구는 예외 없이 'madam'으로 불렸지만 나는 때때로 'sir'로 불렸다. 한참이나 내게 호객행위를 하던 릭샤꾼이 포기하고 돌아서며 근데 너 남자야, 여자야? 하고 대놓고 묻던 일도 있었다. 그래서 익숙했다. 남자로 오해당하면 기분 나쁘지 않으냐고 누가 물어본 적이 있었다. 오해당하는 건 괜찮았다. 때로는 안전하다는 느낌마저 들었다. 성가신 건 내가 여자라는 사실이 밝혀졌을 때였다. 어떤 사람은 죽을죄를 지었다는 듯 사과를 했는데 그것도 좀 웃긴 일이지만 그건 그런대로 점잖은 편이랄 수 있었다. 어떤 사람은 동그란 눈을 하고 찬찬히 내 얼굴을 뜯어본 뒤 가슴을 뚫어져라 봤고, 어떤 사람은 왜 그러고 다니느냐고 물어봤으며, 어떤 사람은 조언을 했다. 머리를 기르라거나 화장을 하라거나 좀더 여성스러운 옷을 입어보라거나 말할 때 솔 톤을 내는 것이 좋다는 식이었다. 나를 위로한답시고 말을 늘어놓는 사람들도 있었다. 왜들 그런 오해를 하지? 이렇게 여성스러운 사람인데. 그 말들은 정말 듣기 싫었다. 그런 말을 들은 날은 사전에서 '여성스럽다'라는 단어의 뜻을 찾아보기도 했는데, 아무리 뒤져봐도 근원적인 뜻은 알 수가 없었고 대신 이게 무슨 뜻인지 우리 모두 잘 알고 있잖아요? 같은 인상만 받을 수 있었다.

내가 좋아하는 한갓진 벤치를 찾아 앉아 요구르트를 어쩔까 생각하는데 기영에게서 전화가 왔다. 나는 조금 전 있었던 일을 말했다. 기영은 요구르트를 절대 먹지 말라고, 당장 버리라고 말하더니 자기는 차가 막혀 조금 늦을 것 같다고 했다.

"얼마나 늦는데?"

"삼십 분 정도?"

나는 괜찮다고 말하고 싶었는데 빈집에서 혼자 기다릴 생각을 하니 그 말이 선뜻 안 나왔다. 미안해, 어쩌고 하는 목소리가 들려왔지만 그냥 알았어, 하고 전화를 끊었다. 전화를 끊고서야 내 옆에 누군가 앉아 있다는 것을 알았다.

공원에 자주 가면서 나는 모르는 사람이 앉아 있는 벤치에는 웬만해선 앉지 않는 것이 암묵적 법칙 같은 게 아닐까 여기고 있었으므로 그 순간 바로 경고음이 울렸다.

"친구가 늦는대요?"

남자는 내 통화를 잘 들었다는 듯 나에게 말을 걸었다. 나는 아무 대답도 하지 않았다.

"그건 뭐예요?"

남자가 요구르트를 손짓으로 가리키며 물었다.

"안 먹을 거면 나 줘요. 삼만원에 살게."

"네?"

어이가 없는 말에 반사적으로 고개를 들어 그의 얼굴을 보게 됐다.

"안 돼? 그럼 오만원."

손깍지를 끼고 앉아서 느물거리는 미소를 띤 채 나를 훑는 남자와 눈이 마주쳤을 때 나는 멋쩍게 웃었다. 왜 웃었는지는 모르겠는데 웃었다.

"오만원은 좋아요? 그럼 오만원 오케이?"

남자가 요구르트를 가져가겠다는 듯이 손을 내 쪽으로 뻗어왔을 때 나는 벌떡 일어났다. 그냥 몸이 저절로 움직였다. 남자가 따라올지도 몰라 빠르게 걷는 내내 머릿속에서 씨발, 씨발, 욕이 사라지지 않았다. 뒤에서 흐흐거리며 소리치는 남자의 목소리가 들렸다.

"어디 가. 안 잡아먹어."

나는 남자의 목소리가 들리지 않을 때까지 열심히 달아났다.

한동안은 큰길로만 다녔다. 몸이 자연히 거부하고 있었다. 다시 공원에 가기까지는 한 달이 걸렸다. 기영이 영원히 피할 수는 없는 일 아니냐며 함께 가주겠다고 해서 용기를 냈다. 우리는 공원을 돌아다니며 식물들의 이름을 알아맞히고 지나가는 개들과 인사했다. 어디선가 날아온 셔틀콕을 주워주고 자판기에서 음료를 뽑아 마셨다. 그것만으로도 아주 많은 일을 한 기분이었지만 사실 왔다갔다하기만 했을 뿐 거의 아무것도 하지 않은 셈이었다. 우리 앞으로 집에만 있지 말고 가끔 이렇게 운동도 하자. 이게 운동이 되나? 이 정도 운동은 집에서도 할 수 있지 않나? 그런 대화를 주고받으면서 걸었다. 공원은 누구에게나 개방된 곳이었고 거기에서 하는 건 다 공짜였다. 나는 다시 공원을 좋아하기 시작했다.

그리고 며칠이 지나서였다. 그날 나는 필라테스 학원에 갔다가 휴대폰을 잃어버렸다. 확실히 사물함에 잘 넣어뒀는데 꺼내려고 보니 없었다. 나는 데스크의 직원과 한참 실랑이를 했다.

"분명 들어올 때까지 있었다고요. 마지막으로 카톡 확인하고 사물함에 넣었다고요. 누가 훔쳐간 거라니까. 시시티브이 같은 거 없어요?"

내가 흥분한 채 말하자 직원은 못 들을 말을 들었다는 듯 인상을 썼다.

"거기 탈의실이에요."

경찰에 신고를 했지만 경찰도 미적지근한 반응을 보이며 찾기 힘들 거라고 했다.

휴대폰을 잃어버리기 전 마지막으로 카톡을 보낸 사람은 기영이었고 미리 보기로 본 내용에 화가 났었기 때문에 더 짜증이 났다. 기영은 내가 운동중이라는 걸 알았겠지만 한참이 지나도록 확인을 하지 않는 내가 답답해 전화를 걸었을지도 몰랐다. 나도 기영에게 할말이 많았다.

평소보다 늦은 시각에 공원을 가로지르며 기영의 메시지를 떠올려보았다.

—오늘 몇시쯤 와? 다음주엔 나 서울 가야 해. 장인어른 생신.

그날 나는 오래 공원에 머물렀다. 빨리 기영을 만나봤자 싸우기만 할 것이었다. 벤치에 앉아 지나는 사람들을 바라보며 나는 도대체 뭐가 문제일까 따져보았다. 왜 이 말도 안 되는 관계에 빠져들었을까. 마땅한 답은 떠오르지 않았다.

공원을 빠져나가기 전에 화장실에 들르려는데 한 남자가 소리쳤다.

"이봐요. 거기는 여자 화장실이에요."

그 남자는 취해 있었다. 목소리에 취기가 묻어났고 걸음은 비틀거렸다. 나는 짜증이 났다.

"저 여자예요."

그것으로 오해가 풀릴 거라고 생각했다. 내가 들어서려는 것을 보고도 세면대 앞에서 태연히 손을 씻는 다른 여자도 있었다. 내가 남자였다면 그런 일은 있을 수 없을 것이다.

"뭔 여자가 남자같이 하고 다녀."

남자는 말도 안 되는 소리 말라는 듯 내 쪽으로 다가왔다. 나는 쌓였던 짜증이 이상한 식으로 폭발하는 걸 느꼈다.

"씨발, 그냥 꺼지세요!"

남자를 향해 크게 소리치고 안으로 쑥 들어왔다. 볼일을 보고 변기의 물을 내릴 때까지도 짜증이 사라지지 않아 레버를 세게 콱콱 눌렀다. 손을 씻고 나가려는데 여자는 아직 세면대 앞에 있었다.

"저기요."

나를 부르는 소리에 돌아보자 여자가 말을 이었다.

"밖에 일행 있어요?"

"네? 없는데요."

"아까 들어올 때 그쪽이랑 시비 붙은 남자요. 화장실 문 앞에서 계속 얼쩡거리고 있어요. 저 근처에 남편이 있어서 이쪽으로 와달라고 했으니까 오면 같이 나가요."

흘깃 밖을 보니 여자의 말대로 술에 취한 남자가 나를 기다리고 있었다. 제 몸도 제대로 못 가누는 채였다. 그래서 여자의 제안을 뿌리쳤다. 감사하지만 별일 없을 거라고 말하고 먼저 나와버렸다. 남자는 비틀거리면서도 공원 초입까지 나를 따라왔다. 뭐야, 씨발 새끼가 어쩌자는 거야. 왜 시비야. 더 가까이 오기만 해봐. 가만 안 둬. 좆만한 새끼, 너같이 입만 산 새끼의 팔모가지 정도는 부러뜨릴 수 있어. 그렇게 중얼거렸다.

하지만 나는 실제로 그렇게 하지는 않았을 것이다. 무슨 말을 그렇게 싸가지 없게 하냐고 다짜고짜 달려들어 머리통을 갈기지는 않았을 것이다. 겁먹고 달아나는 사람을 쫓아가 뒷머리를 낚아채 쓰러뜨려서는 운동화발로 마구 짓이기지는 않았을 것이다. 인간으로서 인간적이고 싶으니까. 남자는 너도 이렇게 하고 싶었잖아, 힘만 있었으면 이렇게 했을 거잖아, 말하듯이 사정없이 나를 차고 밟았다. 마치 우리가 합의하에 링 위에서 서로를 때리며 싸우다가 내가 진 것처럼 자신의 승리에 도취된 것 같았다. 남자가 계집년이 어디서 까부냐고 침을 뱉고 떠난 다음에야 나는 공원의 사람들이 하던 일을 멈추고 쫓아와 모든 걸 지켜보았다는 것을 알았다.

며칠이 지나도 그 남자는 찾을 수 없었다. 남자의 얼굴을 제대로 본 사람도, 남자가 누구인지 아는 사람도 없었다. 시시티브이는 작동하지 않는 상태였고 누군가 휴대폰으로 찍은 동영상도 어두워 남자의 얼굴이 나오지 않았다고 했다. 내가 바닥에 쓰러져 맞고 있는 모습을 동영상으로 찍어서 가지고 있는 사람이 있다니 그것도 너무 무서웠다.

공원에는 새 현수막이 붙었다.

"그 밤에 어딜 가는 길이었어? 필라테스 학원이랑도 반대쪽이잖아."

엄마가 그렇게 물었을 때 나는 답을 하고 싶지 않았다. 그냥 공란으로 비워두고 싶었다. 하지만 엄마는 집요했다. 마치 그게 가장 중요한 일인 것처럼 자꾸 물어봐서 그냥 바람을 쐬고 싶어서 공원에 갔던 거라고 말했다. 경찰도 내게 그걸 물었다. 어디 가는 길이었습니까. 나는 산책을 나갔던 거라고 했다. 주말부부로 지내고 있는 남자의 집에, 그러니까 내가 불륜을 저지르고 있는 남자의 집에 가는 길이었다고는 말할 수 없었다. 내가 어딜 가는 길이었는지는 전혀 중요하지 않은 것 같으면서도 굉장히 중요한 듯했다. 기영도 그렇게 말했다.

"우리 관계가 알려지면 아무도 네 편을 안 들어줄 거야. 너만 더 욕먹을 거야. 맞을 만한 짓을 했다고, 맞아도 싸다고 수군거릴 거야. 비도덕적인 인간의 말은 들을 가치도 믿을 이유도 없다고 하겠지."

기영은 멀찍이 떨어져서 우리의 관계를 지켜보고 있는 것 같았다. 자신은 무관하다는 듯이. 나는 어쩌다가 이 사람을 그렇게나 좋아하게 된 걸까. 그리고 기영은 왜 아내를 두고 나와 만나는 것일까. 일순 납득이 가지 않았다. 하지만 나는 기영을 좋아했다. 모든 것을 감당할 수 있을 만큼 좋아했다. 어떻게 그런 게 가능했을까. 그런 건 이상한 방식으로 가능해서 그것들을 모두 설명할 수는 없다. 하지만 다른 사람들은 기영과 나의 관계를 쉽게 설명할 수 있을지도 모른다.

발정난 거지 뭐. 사람 아닌 거지.

그뒤로 나는 공원에 가지 않았고 그 일을 잊어버리려고 애썼다. 다시 떠올린 것은 기영이 내 상처에 연고를 발라주다가 불쑥 "그러니까 그리로 다니지 말라고 했잖아" 하고 말했기 때문이었다. 그저 나를 염려해 한 말이라는 것을 잘 알았지만 그런 것까지 헤아리기에 나는 너무 지쳐 있었다. 내가 그 남자에게 씨발이라고 했다는 것, 꺼지라고 했다는 것은 얘기하지 않았는데 그 사실을 알게 되면 기영은 내가 모든 일을 자초한 것이라고 말할지도 몰랐다.

지독한 악취가 나를 싸고도는 것 같았다. 악취는 그날 남자가 뱉은 침이 내 얼굴에 떨어졌을 때, 그때 이미 시작된 것이었다. 아주 끔찍한 냄새였다. 아무리 씻어도 사라지지 않고 내내 나를 따라다녔다. 그것은 절대 내 것이 아님에도 내 것처럼 내 몸에 들러붙어 있었기 때문에 길을 걸을 때면 사람들이 나를 흘깃거리며 저 사람한테서 악취가 나, 하고 수군대는 것만 같았다. 나는 변명하고 싶었다. 이건 원래 내 것이 아니라고, 전적으로 운나쁘게 묻은 것이라고, 재수가 없어 떨쳐지지 않는 것뿐이라고 말하고 싶었다. 하지만 나중에는 아무렇게나 생각하도록 그냥 내버려두었다. 그렇게 체념하기까지 힘들었는데 체념하고 나니까 힘든 줄도 모르게 되었다. 그게 정말 나빴던 것 같다. 그게 나를 견디게 해준다고 생각했지만 그건 다른 식으로 나를 망치는 것이었다. 뒤늦게 나는 화를 냈다. 그날 남자가 사라져버리고 누구한테 내야 좋을지 모른다고 생각했던 화를 기영한테 다 쏟아부었다.

"나한테 잘못이 있는 것처럼 말하지 좀 마! 그 사람은 정말 나를 개 패듯 팼다고!"

나중에 마음이 좀 진정된 다음에는 내가 그런 표현을 썼다는 게 믿기지 않았다. 하지만 은연중에 튀어나올 만큼 그 말은 내 의식에 아주 깊게 박혀 있었다. 도대체가 개처럼 맞는다는 관용구는 왜 존재하는 것인가. 나는 모든 웹 국어사전을 검색한 후 '복날에 개 맞듯'이라는 관용구가 등재되어 있는 사전측에 일일이 메일을 보내 삭제할 것을 요청했다. 사전에는 '개가 개를 낳지'라는 말도 있었다. 그건 귀여움과 사랑스러움은 유전된다는 뜻이어야 했는데, 못난 아버지 밑에서 못난 자식이 난다는 뜻이었다. 나는 개에 관련된 단어들을 더 검색해보다가 지쳐버렸다.

사전에서 여자라는 단어를 찾아보면 이런 속담들이 딸려 있었다. 여자가 셋이면 나무 접시가 들논다. 여자는 사흘을 안 때리면

여우가 된다. 여자는 익은 음식 같다. 여자는 제 고을 장날을 몰라야 팔자가 좋다. 여자는 높이 놀고 낮이 논다…… 남자라는 단어를 찾아보면 이런 속담들이 딸려 있었다. 남자가 상처하는 것은 과거할 신수라야 한다. 남자로서는 아내가 죽어서 다시 장가드는 것도 하나의 복이라는 뜻이었다. 그래서 사전에 새장가라는 단어는 있지만 여자가 새로 결혼하는 것을 일컫는 단어는 없었다. 사전에는 재취라는 말도 있고 삼취라는 말도 있었다. 개취도 있고 계취도 있고 후취도 있었다. 이 단어들은 모두 아내를 여읜 남자가 두 번 세 번 장가를 드는 것을 뜻하는데 남편을 여읜 여자가 새로 결혼하는 것을 일컫는 단어는 찾을 수가 없었다. 그런 단어는 필요 없었을 것이다. 여자가 새로 결혼하는 건 하나의 단어로 표현해야 할 만큼 일반적이지 않았을 테니까. 그리고 남자와 관련해 등재된 다른 속담들은 남자라면 죽어도 전장에 가서 죽어라, 남자는 셋이 모이면 없는 게 없다, 같은 것이었다. 여자는 셋이 모이면 시끄러운 반면 남자는 셋이 모이면 뭐든 할 수 있었다. 속담은 개수에서도 차이가 났는데 여자와 관련된 속담이 더 많았다. 어쩌면 당연한지도 몰랐다. 속담도 일종의 일반화니까. 남자들은 자신의 이름으로 살아왔고 여자들은 여자 일반으로 살기를 강요당했다.

그런 식으로 사전에는 인간의 온갖 차별의 역사가 고스란히 담겨 있었다. 애초에 사전이라는 것이 인간 행위의 다수 항으로 만든 것이니까 당연했다. 인간적이라는 말은 그런 것이다. 그런 말들은, 그런 역사들은 계속 추가되고 있었다. 인간이 인간을 낳지.

내가 이 이야기들을 모두 기영에게 하자 기영은 "제발 정신 차려" 하고 말했다. 나를 말리려는, 어쩌면 훈계하려는 그의 말을 듣고 있자니 그를 나의 애인이라 부르는 것이 더는 성립할 수 없는 일 같았다.

"여자가 새로 결혼한다는 단어가 왜 없어? 재가도 있고. 찾아봐, 더 있을걸? 너 지금 너무 한 생각에만 빠져 있어. 그냥 결과를 정해놓고 그 결과로 갈 수 있는 길만 생각하는 꼴이라고. 다른 건 아무것도 보려고 하지를 않잖아."

"악! 아악! 악!"

나는 기영의 말을 가만히 듣고 있다가 아무 뜻 없는 비명을 질렀다. 계속 질렀다. 기영의 말을 멈추고 내가 느끼는 감정을 제대로 설명하고 싶었다. 그런데 말이 사라지는 것을 느꼈다. 말로는 설명할 수가 없었다. 그나마 비명이 내가 느끼는 감정과 가장 흡사했다.

그 비명은 오래된 기억을 불러일으켰다. 비명으로 말하려고 했던 스무 살 때였다. 헌책 값을 잘 쳐준다는 책방에 가려고 무거운 짐을 겨우 들고 버스에 탔다. 다행히 자리가 하나 나서 앉았지만 책이 잔뜩 든 가방을 둘 데가 없어 무릎 위에 올려두었다. 다리가 마비되는 기분이었다. 그러다 잠깐 졸았다. 마비된 허벅지가, 그리고 또 아랫배가 이상하게 꿈틀거리는 것 같은 기분에 잠에서 깨서 내 배를 내려다보았을 때 거기에는 손이 하나 있었다. 이게 뭐지. 꿈인가. 내가 멍하니 내려다보는 내내 손은 책이 든 가방을 가림막 삼아 내 배를 주무르고 있었다. 나는 손을 따라 옆자리로 시선을 돌렸다. 나와 눈이 마주친 남자가 잠깐 멈칫하더니 태연히 손을 거두어갔다. 이게 뭐지. 이게 뭐야? 씨발 놈이. 인간처럼 생겨가지고 미친 새끼가. 하지만 나는 아무 말도 하지 못했다. 그리고 다시 시선을 돌렸을 때 내 앞에 서 있는 인간의 눈길이 무심히 남자의 손에 가 있는 것을 보았다. 그 인간은 나와 눈이 마주치자 황급히 고개를 돌렸다. 혹시 다 보고 있었나. 보면서 아무 제지도 하지 않았나. 나란히 앉아 있어서 남자와 내가 아는 사이일 거라고 여겼나. 그게 아니라면 혹시 나도 느끼고 있을 거라고 생각했나. 미친 새끼들이 포르노에 뇌가 절여져서 제대로 된 사리 분별을 못하나? 하지만 나 역시 아무런 반응을 하지 못했다. 서서히 온몸이, 뇌까지도 마비되는 것 같았다. 나도 내 앞에 선 인간과 똑같은 방관자라는 생각을 떨쳐버릴 수가 없었다. 나는 남자를 해할 방법을 떠올렸다. 그러나 이게 정상적인 사고방식인가? 타인을 해하고 싶어하는 마음이 정상적인 걸까. 나는 왜 이런 순간에도 자기 검열을 하고 있나. 생각을 멈추고 기사에게 외쳐야 한다. 경찰을 불러주십시오! 이 남자가 저를 성추행했습니다!

잠시만요. 내릴게요.

내가 혼란해하는 사이 남자가 자리에서 일어섰다. 남자는 내가 자리를 피할 새도 없이 앞좌석과 내 무릎 사이의 비좁은 틈을 통과하며 팔꿈치로 내 머리를 쳤다.

미안합니다.

남자는 내 얼굴을 돌아보며 웃는 낯으로 사과했다. 그다음의 일은 잘 기억나지 않는다. 아니, 기억난다. 나는 끙끙대며 들고 탔던 가방을 번쩍 들어 남자의 머리를 내리쳤다. 무기로 삼을 만한 것이 있어서 다행이라고 생각했다. 남자가 목이 꺾여서 죽어버렸으면 좋겠다고 생각했다. 하지만 남자는 목이 꺾이지도 죽어버리지도 않고 나를 돌아봤다. 남자보다 다른 승객들이 더 깜짝 놀라며 말했다. 아니 학생, 왜 그래요? 왜 그랬지. 남자가 나를 향해 웃었기 때문에. 아니 실수로 내 머리를 쳤기 때문에. 아니 남자가 내가 잠든 틈을 타 내 배를 주물렀기 때문에. 물론 그것 때문이다. 남자가 나를 폭행했기 때문에. 나는 그제야 비명을 질렀다. 나는 늘 늦다. 내게 무슨 일이 일어난 것인지 파악할 시간이 필요하고 그것이 무슨 의미인지를 생각하는 시간도 필요하고 어떠한 반응을 보여야 할지 결정하는 시간도 필요하다. 그 모든 과정은 아주 더디게 진행되고 그만큼 반응 속도도 늦다. 나는 때맞춰 지르지 못한 늦은 비명을 질렀다. 비명만큼 압축적으로 많은 의미를 담고 있는 언어가 있을 수 있을까. 비명은 나의 언어였다. 그 순간 내게 가장 논리적이고 합당한 말이었다. 나는 사력을 다해 말하고 있었다. 사람들이 나를 돌아보았고 무언가를 직감한 듯 남자가 열린 하차

문으로 달아나지 못하도록 그의 어깨를 꽉 붙잡았다. 사람들도 나에게 무슨 일이 일어났는지 다 알았다. 순식간에 추론해냈다. 너무 흔하고 상투적인 일이었으니까. 계속 반복되는 일이었으니까.

하지만 그때 남자는 자신의 범죄를 부인하며 오히려 나를 폭행죄로 신고하겠다 소리쳤다. 남학생 아니었어? 하고 수군거리는 소리도 있었다. 나는 그 일을 그냥 기억에서 지워버려야 했다. 그렇게 소거해버린 일들이 많았다. 그런 것들은 어디에도 기록되지 않는데, 그때의 기분을 뭐라고 해야 좋을지 알 수가 없는데, 범죄를 저지르고도 되레 억울해하는 그 남자 같은 남자를 일컬을 말이 없는데, 사전에는 많은 말들이 꾸역꾸역 쌓여 있었다. 그것들이 모두 역겨웠다.

기영의 말이 맞았다. 재가라는 단어가 있었다. 기영의 말대로 내 생각이 너무 치우쳐 있는 건지도 몰랐다. 내가 해석하는 데 방해가 된다는 이유로 분명하게 존재하는 말들을 보지 않으려고 했는지도 몰랐다. 내가 원하는 쪽으로만 해석하려고 했는지도 몰랐다. 기영은 내게 똑바로 보라고 말했다. 네 고통은 알겠지만 그래도 억지를 부리면 안 된다고 말이다. 그 말을 듣고 나는 정신을 놓지 않으려고 애써야 했다. 내 고통을 대신 말해줄 사람은 아무도 없다. 나는 원래도 논리정연한 사람은 아니었는데, 늘 뭔가를 빼먹고 까먹고 헷갈리기 일쑤였는데 이제는 사소한 실수 하나도 해서는 안 되었다. 그 실수는 내가 실제로 겪은 일의 신빙성을 훼손

해서 그걸 가짜로 만들어버릴지도 몰랐다.

나는 기영이 판정관이나 심문관처럼 굴지 말고 그냥 내 이야기를 들어줬으면 했다. 내 말에 귀를 기울여줬으면 했다. 팔짱을 끼고 어디 책잡을 데가 없나 따져보기 전에 일단 경청부터 해줬으면 했다. 실수 하나에 나를 의심하지 말고 우선은 믿어줬으면 했다. 하지만 나조차도 내 멍청함에 화가 났다. 너무 화가 나서, 모든 걸 만회하고 싶어서 더 필사적인 사람이 되었다.

"이거 봐. 그래, 재가도 있어. 같은 뜻으로 전가도 있대. 근데 책임전가 할 때 전가랑 여자가 새로 결혼하는 전가랑 같은 한자 쓰는 거 알아? 떠넘겨버린다는 뜻 같잖아. 쓸데없는 걸 치워버린다는 거. 재취랑 전가는 쓰는 한자부터가 너무 다르잖아."

"진짜 억지 부리지 마. 아니, 그렇기도 하겠지. 요즘도 이런 세상인데 옛날엔 더했겠지. 근데 그게 지금 무슨 상관인데."

아무 상관이 없나. 아무 상관이 없었다. 아니 상관이 있었다. 기영은 짜증을 냈다. 덩달아 나도 모든 게 짜증스러워졌다.

"그런 말밖에 못해? 좀 들어주면 안 되냐고."

모든 게 화가 났다. 나를 사랑한다면서, 맨날 그 말을 속삭이면서, 언제나 안달나 있으면서, 결정적인 순간에는 나에 대해 알려고 하지 않았다.

"내일 와이프 내려온대."

"뭐?"

"내일은 오지 말라고."

"그 얘길 왜 지금 해?"

"그럼 언제 해?"

그건 나를 사랑하지 않는다는 말처럼 들렸다. 아니면 일시적일 뿐이라는 말처럼 들렸다. 사랑? 사랑은 하지, 근데 와이프랑 떨어져 있을 때만이야. 그런 말과 다르지 않았다. 우리는 일시적인 관계이고 이 사랑도 한정적이다. 일시적이고 한정적인 것이 사랑일 수 있나. 일시적이고 한정적이라고 판정 난 순간 사랑이라는 건 지속될 수가 없지 않나. 사실 그건 사랑도 아니었다. 나는 모든 언어들이 끔찍해졌다. 기영과 나는 애초에 서로 다른 말을 하고 있었는지도 몰랐다.

공원을 다시 찾아간 것은 악취를 피해서였다. 사람들이 북적거리는 어디에서나 악취가 나서, 기영에게서도 악취가 나서, 나는 어딘가 다른 곳으로 가고 싶었다. 그날은 평일이었고 대낮이어서 용기를 낼 수 있었다. 나는 사람들이 많이 모여 있는 공터 앞 벤치에 자리를 잡고 앉았다.

사람들은 이 공공의 장소에서 어떤 일이 있었는지도 모르고 태평하게 셔틀콕을 주고받고 있는 것 같았다. 목격자를 찾습니다, 라고 쓰여 있는 현수막이 아직 버젓이 붙어 있었지만 아무도 신경 쓰지 않았다. 그런 불운한 일은 자신들에게 일어날 리가 없다는 것처럼.

웃으며 아이와 공을 주고받는 남자가 그날 밤 나를 폭행하고 사라진 남자인 것도 같았다. 아이가 쪼르르 달려가 안길 때의 웃는 얼굴을 보자 저 사람은 아닌 것 같다 싶었는데, 돌아서며 나와 눈이 마주쳤을 때 눈썹이 슬쩍 움직이는 것이 어쩌면 저 사람인지도 모른다 싶었다. 모든 남자들이 그날 밤의 남자였다가 아니었다가 했다.

공원이라는 단어에도 내가 오해한 부분이 있었는데 공원의 공자가 '빌 공'이라고 여겼던 것이다. 공원은 공터가 있어서 사람들이 각자 하고 싶은 걸 하는 공간이라고 말이다. 하지만 공원은 공공의 장소라는 뜻에서 공원이었다. 누구에게나 공평한 곳. 그러나 내게 공원은 더이상 공공의 장소가 아니었다. 공공이라는 말에 내가 포함될 수가 없었다. 나는 공원에서 더는 안전하다고 믿을 수가 없었다. 공원이 공공의 장소라면 그런 감정이 일지 않을 것이다. 사전에서 나와 관련된 단어를 발견할 때마다 이상한 기분이 드는 것도 그래서였다. 그건 나를 포함하는 단어여야 하는데도 나를 배제해버린다.

"언니 울어요?"

내게 다가와 말을 건 것은 열 살쯤 되어 보이는 아이였다. 그 말을 듣고서야 나는 내가 운다는 걸 알아차렸다. 눈물을 닦으면서 아, 이래서 애들이 싫다니까, 생각했다. 못 본 척 가주면 좋을 텐데. 이왕 들킨 거 사실을 말하기로 했다.

"그래."

"왜요? 안 좋은 일 있었어요?"

"그래."

"뭔데요?"

그 질문을 받았을 때 나는 다 말해버리고 싶었다. 하지만 그런 이야기를 아이한테 해도 되는지 알 수 없었다. 바로 이 공원에서 모르는 사람에게 폭행을 당했다는 사실을 말해도 되나. 아주 두들겨맞았다고 말해도 되나. 그야말로…… 인간적인 폭행이었다. 그 때문에 자다가 벌떡벌떡 깬다고 말해도 되나. 티브이를 보며 태평하게 웃다가도 문득 몸서리가 쳐진다고 말해도 되나. 애인을 더는 사랑할 수 없게 되었다고 말해도 되나. 사실은 그 애인이 유부남이라는 건 또 어떨까. 아이는 한창 좋은 것만 보고 듣고 먹고 해야 할 나이가 아닌가. 세상은 굉장히 끔찍한 곳이라는 것을 알려줘도 되나.

"비밀이에요?"

그건 비밀이 아니었다. 공공연한 사실이었다. 하지만 모두들 모르는 척하고 있었으므로 나도 눈감아버렸다.

"그래. 그러니까 가줄래?"

그 말에 아이는 자리를 뜨기는커녕 내 옆에 앉았다. 땅에 닿지 않는 다리가 공중에서 달랑거렸다.

"우는 사람을 혼자 두고는 못 가요."

"엄마가 모르는 사람이랑 함부로 얘기하지 말라고 안 해? 그리고 우는 사람은 원래 혼자 있게 내버려두는 거야."

그 말에 아이는 곰곰이 생각해보는 것 같더니 결론을 내린 듯 말했다.

"아닌데요. 그리고 우리 엄마 저기 있어요."

아이가 가리키는 곳을 보자 내 또래의 여자 두 명이 마주서서 이야기를 하고 있었다. 그러면서도 두 사람은 중간중간 내 쪽을 돌아보았다. 결국 나는 아이를 쫓아내는 데 실패했다. 별수없이 우리는 나란히 앉아서 사람들이 노는 모습을 쳐다봤다. 그러다가 아이는 그중 개 한 마리와 뛰어놀고 있는 남자아이에 대해 설명하기 시작했다. 들어보니 그 남자아이는 아이의 오빠였다. 남자아이가 개와 함께 이쪽으로 달려와서 개의 목줄을 아이에게 쥐여주고 다시 어디론가 달려갔다. 아이는 개를 자신의 무릎에 앉히고 쓰다듬다가 내게 말했다.

"토리랑 인사할래요?"

개를 쓰다듬는 손은 아주 작았고 손길은 섬세하지 못했다. 개는 그 손길이 익숙한 듯 아이의 손에 몸을 맡겼다.

"이름이 토리야?"

"네, 털이 밤색이고 여기 이렇게 뒤통수가 밤톨 같아서요. 토리야, 이 언니는 오늘 말할 수 없는 안 좋은 일이 있어서 울고 있는 언니야. 언니는 이름이 뭐예요?"

"나는 수진이라고 해."

내가 악수하듯 손을 내밀자 토리가 킁킁거리며 냄새를 맡았다. 촉촉한 코가 내 손에 닿았을 때 나도 모르게 웃음이 나왔다. 토리도 혀를 내빼고 헤헤 웃었다. 정말 웃는 걸까, 내 편의대로 개의 표정을 해석해버린 건 아닐까 싶기도 했지만 너무나 웃는 표정이라서 웃는 것이라 믿을 수밖에 없었다.

"토리가 괜찮대요, 만져도."

나는 아이가 시키는 대로 토리를 만졌다. 아무 말도 않고 오래오래 토리의 밤톨 같은 뒤통수를, 뜨뜻미지근한 등을 쓰다듬었다. 내가 그러는 내내 토리는 아이의 무릎에 얌전히 앉아 계속 혀를 내빼고 헤헤거렸다. 우리 셋은 그렇게 벤치에 앉아 있었다. 내가 좋아했던 공원의 좋아했던 벤치였다. 한가한 사람들이 한가하게 걷고 뛰고 달리면서 시간을 보내고 있었다. 문득 나는 내가 사는 걸 무척이나 좋아한다는 것을 깨달았다. 그건 처음에는 너무 뜬금없고 이상한 감정처럼 느껴졌는데 점점 선명해졌다. 뜻대로 된 적은 별로 없지만 나는 사는 게 좋았다. 내가 겪은 모든 모욕들을 무슨 수를 써서라도 극복해내고 싶을 만큼 좋아한다. 그렇게 해서라도 사는 건 좋다. 살아서 개 같은 것들을 쓰다듬는 것은 특히나 더 좋다.

개를 쓰다듬으면서 나는 죽이고 싶은 사람들에 대해서 생각했다. 개를 쓰다듬으면서, 개의 활력과 온기를 느끼면서, 어떻게 하면 그 인간들에게 복수할 수 있을까를 생각했다. 어떻게 하면 짓이겨버릴 수 있을까. 목을 졸라버릴 수 있을까. 찍소리도 못하게 아주 박살을 내버리고 싶다. 숨통을 끊어놓고 싶다. 그냥 쳐죽이고 싶다. 그런 것들을 생각하고 있다고 아이에게는 말하지 않고 다만 계속 개를 쓰다듬었다. 개 같은 것을 쓰다듬는 것은 좋다. 개 같은 것들, 개 같은 것들, 개 같은 것들. 나는 그 말을 계속 되뇌었다. 되뇔수록 그 말은 내 속에서 박살나고 뭉개져서 원래 통용되는 의미로부터 벗어나 완전히 다른 의미로 조합되었다. 나는 개를 쓰다듬었다. 개의 이름은 토리이고 토리는 아주 사랑스럽다. 그것이 아주 개답다고, 개 같다고 생각했다.

　나는 더 오래오래 이렇게 앉아 있으면 좋겠다고 생각했다.

　"기분이 좀 나아졌어요?"

　"그래."

　당연히 그럴 줄 알았다는 듯, 아이는 내 기분을 낫게 해준 토리가 무척이나 사랑스러운지 자신의 품에 와락 끌어안고 조심스럽게 비비적댔다. 그때 멀리 서 있던 여자 중 한 명이 아이를 부르며 손짓했다.

　"이제 가봐야 돼요."

　"그래, 가."

　"또 봐요."

　"그래, 토리도 안녕."

"수진 언니 안녕. 저는 서영이예요."

"서영이도 안녕."

아무 약속도 안 했는데 다음에 또 볼 수가 있을까. 이 공원에, 이 공공의 장소에 오면 또 볼 수 있을지도 모른다. 그 일은 마땅히 가능해야 하는데 언제나 가능하지는 않았다. 산 쪽에서 들개가 우는 소리가 들리자 공원에 있는 개들도 따라서 울기 시작했다. 그 들개는 아주 사납다고 알려져 있었다. 그 역시 아주 개 같았다.

해설 | 강지희(문학평론가)

두 번의 농담과 경이로운 미래

1. 두 번의 농담

　김지연의 소설은 희극적인가? 이 소설집을 다 읽은 이들은 김지연 소설의 본령이 결코 유머러스함에 있지는 않다는 사실을 알아차렸을 것이기에 고개를 갸우뚱할지도 모른다. 하지만 앙리 베르그송은 외적인 상황만이 아니라 사람의 내면 깊숙이에서도 희극성이 생긴다고 설명했다. "반주에 뒤처져서 노래하는 것처럼, 지금 하고 있는 일이 아니라 좀전에 했던 일에 여전히 몰두하는 사람(……), 타고나기를 감각적으로나 지적으로 유연성이 결여되어 있어서 이미 없어진 것을 보인다고 하고, 더이상 들리지 않는 소리를 듣고 당치도 않은 말을 계속 지껄이는 사람, 그래서 결국 눈앞의 현실에 대처하지 않고 지나가버린 가공의 상황에 자신을 계속 맞추려는 사람"[1]의 경우 우스꽝스러움은 그 사람 내부에 자리한다고.

그러니까 선천적으로 마음의 긴장도가 높아 솔직하게 다 표현하지 못하는 사람, 그로 인해 미련과 슬픔이 만들어내는 환시와 환청 속에 잠겨 이에 대해 계속 말해야만 살 수 있는 사람이라니, 그건 바로 김지연의 소설 속 인물들이 아닌가. 이 소설집에 자주 등장하는 쇠락한 해변가 풍경에 쓸쓸함이 짙게 배어 있는 것처럼, 인물들은 대개 홀로 남겨져 있다. 그들은 사랑했던 연인과 결별했거나(「우리가 해변에서 주운 쓸모없는 것들」), 애착하며 의지해왔던 사람이 죽었거나(「그런 나약한 말들」「작정기」) 심지어 자신이 이미 죽어 유령이 되었기에(「내가 울기 시작할 때」) 다른 사람과의 소통이 단절된 상태로 혼자 남겨진 채 허망한 시간을 보낸다. 비단 애착했던 대상의 부재 때문만이 아니더라도, 홀로 남겨졌다는 감각은 인물들의 일상 전체에 그림자처럼 드리워져 있다. 안정된 삶을 사는 친구들을 바라보면서 정상 생애 주기에서 벗어난 자신을 자각하는 것은 상시적으로 찾아오는 어긋남 속에 머무는 일이기 때문이다(「굴 드라이브」「마음에 없는 소리」).

---

1) 앙리 베르그송, 『웃음 ─ 희극성의 의미에 관하여』, 정연복 옮김, 문학과지성사, 2021, 19~20쪽.

이 세계를 채우는 건 '마음에 없는 말들'이다. 인물들은 자신의 진솔한 마음이 노출될 위기 앞에서, 때로는 상처받은 마음을 감추기 위해 빠르게 농담의 외피를 입는다. "농담이라는 말은 참 간편"하게도 "모든 말들을 금방 가볍게 만들어"주기 때문이다(「굴드라이브」, 56쪽). 인물들은 때로 애증이 복잡하게 얽힌 상대를 다른 사람에게 설명하는 과정에서 그가 죽었다는 꽤나 독한 농담을 감행하기도 한다. 자신의 친구를 죽은 사람으로 간주하는 누군가의 오해를 바로잡지 않거나(「작정기」), 자신의 동생을 두고 "그냥, 갑자기 죽었어요"(「결로」, 92쪽)라고 말해버리는 식이다. 여기서 '그냥'처럼 소설집에 자주 등장하는 부사는 김지연의 소설세계에서 사건성이 지닌 성격을 드러낸다. 이별이나 죽음 등 인물들이 급작스럽게 직면하게 되는 사건에는 어떤 개연성도 없다. 이러한 사건을 예측하거나 이해하는 건 거의 불가능하며, 변화시킬 수도 없다. 그러니 '그냥' 그렇게 된 무겁고 끔찍한 일들을 인물들은 '어차피'로 받아낸다. 그리고 그럴 때, 삶에 대한 체념을 초연한 긍정으로 덮기 위한 첫번째 농담이 시작된다. 여기서 농담이란 사회에서 학습된 자동적이고 기계적인 반응을 내보이는 일이기도 하다. 그러므로 김지연 소설 속에서 농담은 인물들이 진심을 숨기는 데 실패했다는 사실을 드러내는 기호가 된다.

그런데 소설에서 농담은 완전히 다른 방식으로 한번 더 반복된다. 그리고 그 두번째 농담은 공고한 현실 질서에 구멍을 내고 사건이 지닌 무거움을 증발시킨다. 이러한 농담의 작동 원리를 가장 잘 보여주는 단편이 「결로」다. 「결로」의 '나'는 중고 거래를 위해 한여름에 낯선 동네에 왔다가 긴 의자에서 쉬고 있던 세 명의 할머니와 우연히 대화를 나누게 된다. 한참을 기다려도 판매자가 오지 않자 '나'는 할머니들에게 올림픽 역도 선수 카토아타우에 대한 이야기를 꺼내고, 치매에 걸린 할머니 '미라씨'가 "알아, 내가 안다니까, 내가 그놈을 잘 알아"(81쪽) 하며 신나게 그에 대해 말하기 시작한다. 미라씨의 이야기 속에서 카토아타우는 충북 제천 출신의 1910년대생이었다가 충남 제천 출신의 1948년생이었다가 다시 신라시대 사람으로 바뀌는데, 어찌됐든 미라씨의 말에 따르면 그는 제방을 쌓아 어마어마하게 큰 호수를 만든 사람이다. 다른 할머니를 통해 미라씨가 아들네 집에서 감금당한 채 지냈던 끔찍한 경험이 있다는 이야기를 들은 '나'는 이 경험이 미라씨의 치매와 무관하지 않을 수도 있음을 막연히 짐작한다. 그러나 고통과 함께 기억이 사라진 자리에는 신비하게도 "세계의 비밀"(82쪽)을 꿰뚫고 있는 듯한 이야기가 남는다. 카토아타우가 올림픽에서 왜 춤을 췄는지 아느냐는 '나'의 물음에 대한 대답으로, 자신을 표현할 언어를 상실한 이가 건네주는 이 설화 같은 이야기는 엉뚱하면서도 어쩐지 그럴듯한 농담 같지 않은가?

그렇다면 '나'가 이름을 불러도 아무 기척이 없는 동생과의 단절된 관계를 푸는 방법도 직접적인 소통이나 화해만이 답은 아닐지 모른다. 소설은 억눌린 불투명한 마음을 뚫고 나오는 투명한 물질성의 이미지를 이 농담이 만드는 파문 위에 슬쩍 겹쳐둔다. 온도 차로 인해 물체의 표면에 맺히는 결로처럼, 우리는 여름이면 땀을 흘리고 슬플 때면 눈물도 흘리기 마련이지만 자연스러운 흐름 속에서 결국 물기는 증발하고 기억은 지워지며 몸과 마음은 가벼워진다. 카토아타우가 경기에서 어떤 기록도 세우지 못했는데도 춤을 췄던 것처럼, 망각은 멀리 돌아 예상치 못한 곳에서 세계의 진실에 도달한다. 이것은 '형식의 수행성'을 발견하는 일이다. 어떻게 기쁨을 찾을 것인가. 패배와 슬픔이 사라져서가 아니라, 리듬에 맞춰 몸을 흔드는 카토아타우의 춤처럼 표면의 가벼운 수행이 기쁨을 만든다. 어떻게 세계의 비밀을 알아낼 것인가. 더 깊이 세계를 탐구하고 기억해서가 아니라, 세계에 대한 망각에서 흘러나오는 이야기가 세계의 비밀에 닿는다. 김지연의 소설에서는 형식과 내용을 각각 '피상적이고 가벼운 표면'과 '깊이 있고 무거운 내면'으로 나누어 바라보는 오래된 이분법이 작동하지 않는다. 아니, 차라리 형식의 수행성으로 소설세계가 다시 구성된다고 할 수 있다. 형식이 지닌 이런 힘으로 김지연의 소설은 물리적 현실의 위계를 무너뜨린다. 춤을 추는 몸이 기쁜 마음을 이끌고, 기억이 아니라 망각이 세계의 진실을 알아내며, 결로가 증발하기에 동생과의 단절된 관계 역시 풀릴 가능성을 얻는다.

그렇게 김지연 소설에서 농담은 두 번 반복된다. 첫번째 농담이 충격적인 사건 앞에서 흔들리고 무력해진 채 시도하는 실패한 방어라면, 두번째 농담은 '마음에 없는 말들'을 반복함으로써 현실에 구멍을 내는 해방적 충돌이다. 그 두번째 농담은 물리적 세계의 군건한 실재성을 무너뜨리고 현실의 여러 압력으로부터 벗어나게 하기에, 가벼운 액체성과 부유하는 기체성의 이미지와 닮아 있다. 이 글은 그 농담들의 행로를 따라가며 그 두 번의 농담이 열어내는 경이로운 미래에 닿아보려는 노력이다.

2. 나르시시즘 없는 출향기

김지연 소설에서 인물들의 중요한 정체성 중 하나는 지방 소도시에 근거지를 둔 삼십대 여성이라는 점이다. '여성−고향' 3부작이라 할 수 있는 「마음에 없는 소리」와 「굴 드라이브」, 그리고 「그런 나약한 말들」은 모두 이 여성들이 고향에서 겪는 일을 다루고 있다. 하지만 이들에게 고향은 어떤 소속감이나 연결감을 느낄 수 있는 공간이 아니다. 「마음에 없는 소리」의 '나'는 애써 재래시장에 식당을 개업하지만 감염병이 돌기 시작하면서 시장의 유동인구는 전보다 더 줄어들고, 확진자가 나올 때마다 신상이 낱낱이 까발려지고 비난의 대상이 되는 상황 속에 놓여 있다. 「굴 드라이브」의 사정도 비슷하다. 「굴 드라이브」는 나이가 많다는 이유로 실직한 '나'에게 고향에 있는 삼촌이 '월 삼백짜리' 일자리가 있다는 연락을 해오며 시작된다. "조선소 경기가 나빠지자 도시를 떠나는 사람도, 빈집도 점점 많아"(42쪽)진 고향에 제대로 된 일자리가 있을 리 없다고 생각하면서도 '나'는 바람도 쐬고 오랜만에 가족도 만날 겸 고향에 내려간다. 하지만 곧 삼촌이 말한 그 일자리가 결혼이라는 사실을 알게 된다. 이들은 비단 밥벌이의 문제에서만이 아니라 결혼하지 않은 여성이라는 이유로 더 쉽게 하대의 대상이 된다. 익명성에 기댈 수 있었던 도시에서와는 달리, "가정을 꾸린 친구들은 늘 부모의 입장에서 내게 잔소리를"(「마음에 없는 소리」, 184쪽) 하며 아무렇지 않게 묻는다. "결혼은 안 하나?"(182쪽) 이렇듯 불안정하게 위협받는 여성의 위치는 인물이 고향에 들어서자마자 겪게 되는 불쾌한 성희롱 장면을 그리는 「굴 드라이브」에서 더욱 뚜렷하게 드러난다. 시 외곽행 버스에 탄 '나'에게 세 명의 동남아계 남자가 술냄새를 풍기며 "누나, 우리집에 안 갈래?"(43쪽)라고 성희롱을 하고, 이를 목격한 버스 기사는 "그러니까 이렇게 늦게 다니면 안 되지"(44쪽)라며 오히려 '나'를 책한다. 그 앞에서 '나'는 "고향은 한 번도 나를 환영한 적이 없다는 사실"(같은 쪽)을 문득 떠올린다.

비단 이 두 소설만이 아니라 김지연의 소설에서 바닷가, 해변의 한적한 마을, 공원 등은 여성 인물들에게 결코 안온한 휴식 공간이 아니다. 「공원에서」의 화자는 공원에 갔다가 손에 요구르트를 들고 있었다는 이유로 모르는 남자에게 성매매를 제안받고, 또다른 날에는 남자같이 하고 다닌다는 이유로 술에 취한 남자에게 무자비한 폭행을 당한다. 하지만 폭력을 가한 그 남자를 찾는 일보다 사회에서 우선시되는 것은 화자가 마땅히 옹호받을 만한 선량한 피해자인지에 대한 점검이다. 결국 모든 문제가 궁극적으로 자신의 탓으로 돌려지고 할 수 있는 말은 비명밖에 없을 때, 화자는 자신이 '공원'이 뜻하는 '공공의 장소'라는 말에 포함되지 못하는 예외적 존재로서 소외되어 있다는 사실을 비로소 깨닫는다. 강아지들이 평화롭게 돌아다니지만 화자에게는 들개의 울음소리가 선명히 들려오는 것처럼, 여성에게 공원은 야생의 위협이 사라지지 않은 공간인 것이다. 21세기 한국에서도 여전히 '여성 산책자'의 존재 가능성은 희박하다.

이런 상시적 위협이 잠재된 세계에서 「마음에 없는 소리」는 지방에서 나이든 여성으로 살아가며 분투하는 일에 대해 다각도로 접근한다. 시에서 정한 나이 제한에 걸려 청년들을 위한 지원 사업에서 탈락한 '나'를 압박하는 건 주변 친구들과 다른 자신의 생애 주기다. 가장 친한 친구들은 아이의 교육을 위해 도시로 나가겠다는 결단을 내리고, 과거에 고백했지만 거절당한 적이 있는 '승호'와는 "무수한 뉘앙스"(183쪽)만 있는 상황에서 '나'는 혼자 남겨진 느낌을 받는다. "이제는 미래 쪽에서 나를 기다리지 않는다는 생각"을 넘어 "내가 어서 빨리 지쳐 낙오되기만을 바라고 있는 것처럼"(같은 쪽) 여겨지는 것이다. 그런데 '나'가 결혼 적령기를 놓친 이유는 단순하지 않다. '나'에게 사귀던 남자가 있었을 때 엄마가 병원에 입원해 있어서 간병할 사람이 필요했고, 이미 결혼해 아이를 키우느라 정신이 없던 언니나 고등학생이었던 늦둥이 남동생을 대신해 엄마 곁을 지킬 사람은 '나'뿐이었기 때문이다. 가족주의의 보상 순환 체계 속에서 누군가는 반드시 돌봄 노동과 감정 노동을 수행해야 할 때, 이를 주로 떠맡게 되는 미혼 여성의 삶은 역설적으로 사회가 올바른 모델로 규정하는 이성애 정상 가족으로부터 멀어진다.

이들의 미래는 어떻게 찾을 수 있을까. 생애 주기의 압박과 짝을 이루는 일상의 지리멸렬함을 탈출하는 길은 어디에 있을까. 이 소설의 흥미로운 대목 중 하나는 이곳에 잠시 살러 온 '청년 예술가'들에 대한 부러움과 적의가 드러나는 부분이다. 자신들에게는 익숙한 공간을 감탄할 만한 풍경으로 소비하고, 일상의 노동 공간을 삶의 중력이 느껴지지 않는 유쾌한 예술 공간으로 바꿔버리는 이들 앞에서 승호와 '나'는 묘한 소외감을 느낀다. 여기에서 감지되는 것은 2000년대 중후반 '백수 청년들'을 적극적으로 다루며 그들이 고수하는 '무위無爲의 태도'를 하나의 미학으로서 그려냈던 소설들과는 다른 감각이다. 무용한 예술을 생산하는 예술가와 생산적인 경제활동을 하지 못하는 인물을 쉽게 등치시키지 않음으로써 둘 사이의 거리감이 훨씬 더 두드러지는 것이다. 이 지방 소도시가 '나'에게는 경제적으로든 실존적으로든 살아남기 위해 분투해야 하는 공간이라는 점을 생각할 때, 동일한 공간을 예술 공간으로 소비하는 예술가들과 '나' 사이에는 엄밀한 의미에서 계급적 격차가 자리한다. 그래서 소설 마지막에 이르러 '나'가 우연히 전시회가 열리는 폐교에 갔다가 예술가 중 한 명과 함께 신나게 춤을 추는 상황은 유쾌한 유희로 의미화되는 대신, '나'가 정신을 차리듯 그 공간을 빠져나오는 것으로 마무리된다. 세상이 정한 규정에 따르거나 손쉬운 희망에 기대지 않고, 앞으로도 오랫동안 계속될 삶을 위해 공을 들일 것이라고 말하는 '나'의 모습은 미덥게 다가온다.

「굴 드라이브」는 실직한 삼십대 여성의 귀향기다. 앞서 언급한 것처럼 '나'가 고향에 진입하는 순간부터 기다렸다는 듯 불쾌한 상황이 이어지는데, 처음으로 '나'가 안도감을 느끼는 순간은 노로바이러스에 걸린 삼촌을 대신해 필리핀 이주 여성 '미셸'과 굴 상자를 배달하며 '굴 드라이브'를 할 때다. 드라이브 도중 미셸은 암컷 굴 한 마리가 수천만 마리의 알을 낳는 것으로 시작되어 결국 상자에 담기는 것으로 끝나는 굴의 생애에 대해 의미심장한 농담을 던진다. 그리고 잠시 뒤 '나'에게 서울에 돌아갈 때 자신도 데려가라고 말하고는 농담이라며 황급히 철회한다. 이 소설을 두고 "오늘날, 「무진기행」을 다시 쓴다면 그 최고치가 이 소설이라

고 할 수 있을까?"[2]라고 질문한 평자 역시 짚은 것처럼, 실제로
이 짧은 대화는 김승옥의 「무진기행」의 분명한 패러디처럼 보인
다. 그런데 그렇게 다소 씁쓸하게 마무리되었던 미셸의 농담은 이
후 반장과 '나'의 만남에서 다시 한번 반복된다.

　고등학교 시절 '나'를 따돌렸던 반장은 우연히 만난 '나'를 집으
로 초대한 뒤 굴 요리를 대접하며 용서를 구한다. 그런데 반장이
적당히 생략하며 전하는 자신의 근황과 자신을 용서해줄 수 있는
지 묻는 말에 내재해 있는 것은 사회에서 자동 반사적으로 체화된
관성이다. 반장의 말에 그와 유사한 방식으로 반응하던 '나'는 돌
연 반장을 용서하지 않기로 결심한다. 여기에서 발생하는 통쾌한
파열의 정체는 무엇인가. 소설은 관성적으로 반복되는 삶의 어떤
면을 무력하게 포용하는 대신, 상황을 불편하게 만들지라도 진심
을 다해 거절하는 솔직함에서 비롯하는 쾌가 분명히 있다고 말하
는 것 같다. 그리고 이어서 드라이브와 농담이 다시 반복된다. 집
을 나온 '나'가 차에 올라타 대리운전 기사를 기다리는데 그때 반
장이 따라 나와 운전석에 앉는다. 취한 반장과 '나'가 운전하는 시
늉을 하며 찰떡 호흡으로 해나가는 가상의 드라이브는 두 사람이
"오래전에 서로를 싫어하지만 않았다면 제법 친한 사이가 될 수도

　2) 노대원, 「다시 쓰는 「무진기행」? 새로 쓰는 우리의 이야기」, 『2021 올해의 문제
소설』, 푸른사상, 2021, 120쪽.

있었을"(67쪽) 가능성을 떠올리게 한다. 하지만 눈이 온다고 농담한 뒤 자신을 정말 용서해주지 않을 거냐고 묻는 반장에게 '나'는 이렇게 말한다. "안 해줄래. 그러니까 그냥 계속 싫어해."(68쪽)

그런데 반장과 주고받은 두번째 농담은 매끄럽게 굴러가던 현실의 질서에 작은 구멍을 내며 예상치 못한 방식의 미래를 만들어간다. 서울로 돌아가는 버스 안에서 '나'는 반장에게 굴 요리법을 알려줄 수 있느냐는 메시지를 보내는데, 반장은 예상 밖으로 굴 요리법과 함께 용서는 안 해줘도 되니까 또 먹으러 오라는 다정한 답신을 보내온다. 차창 밖으로는 눈발이 날리고, 그 눈을 보며 '나'는 붕붕거리며 바닷속을 떠돈다는 굴 유생들을 떠올린다. 그렇게 두 번의 드라이브와 두 번의 농담이 겹쳐진다. 눈이 온다는 반장의 농담이 현실이 되면서, 미셸의 첫번째 농담에서 상자에 갇혀 허무한 생의 끝을 마주했던 굴 유생들은 눈처럼 자유롭게 떠다니기 시작한다. 그러니 반장의 메시지에서 읽히는 따스함과 포용이 중요한 것은 아니다. "어차피 알 수 없는 일"(67쪽)이며 "이제 와서 그런 게 뭐가 중요하냐"(68쪽)는 김지연 특유의 미묘한 초연함이, 과거에 다른 선택을 함으로써 생겨났을 수도 있는 다른 가능성에 대한 상상을 끊어내는 결단으로 향한다는 사실이 중요하다. '나'는 자신이 미셸이나 반장과 다른 위치에 있는 게 아니라, 고향을 떠나지 않았다면 자신의 운명 역시 그녀들과 그리 다르지 않았으리라는 사실을 안다. 그러나 '나'는 반장을 용서하지 않기로 결심함으로써 '어차피'라는 관성적이고 체념적인 세계에서 벗어나 투명한 불편함의 세계로 나아간다. 그것은 고향에 남거나 결혼이라는 정상 생애 주기를 따르는 대신, 아직은 서울에 달라붙어 좀더 나답게 살아보겠다는 의지의 표명이기도 하다. 여기에는 「무진기행」에서 '하인숙'(무진)을 배반함으로써 내적 균열을 극복하는 통합된 주체가 없다. '나'가 통과한 두 번의 농담은 서울로 떠나 꿈을 펼치고 싶은 욕망(미셸)과 고향에 정착해 포용되고 싶다는 욕망(반장) 사이에서 균열을 느끼고 있다는 사실을 봉합하지 않는다. 그러나 아직은 그 사이 어딘가에서 굴 유생처럼 떠다닐 수밖에 없음을 기꺼이 받아들일 때, 스스로 꼿꼿이 존립해보려는 의지와 함께 소설은 문득 잠재되어 있던 미래를 열어낸다. 그 미래는 낙관적인가? 결과는 불확실하지만 서울로 떠나는 '나'에게는 미셸의 못다 이룬 열망과 반장과의 달라진 관계가 희미한 빛처럼 어른거린다. '나'는 더이상 홀로 선 개인으로서가 아니라, 어느샌가 자신 안에 스며든 관계들과 함께 미래를 헤쳐나갈 것이다. 그렇게 이 나르시시즘 없는 출향기가 완성되었다.

3. 레즈비언 연인과 경이로운 미래

앞에서 지방에 근거지를 둔 삼십대 미혼 여성의 고단함에 대해

이야기했지만, 레즈비언으로 산다는 것은 상당 부분 미혼 여성으로 자연스럽게 혹은 강제적으로 패싱되는 일이기도 하다. 때문에 김지연 소설 속 레즈비언들은 다른 사람에게 이해받을 수 있으리라는 기대 없이 "비밀 첩보원처럼, 들키지 않으려고"(「우리가 해변에서 주운 쓸모없는 것들」, 24쪽) 애쓰며 살아간다. 미혼 여성과 레즈비언은 정상 생애 주기의 바깥에 위치해 있어 정상을 재단하는 여러 규율들로 인해 위축된다는 점에서 표면적으로는 상당 부분 유사한 분노와 자기 멸시를 공유한다. 하지만 그 이면에서 조용히 존재하다 사라져야 하는 사랑에 대한 비탄과 슬픔까지 닮을 수는 없다.

「사랑하는 일」은 그 상흔을 내리누르는 대신 가볍게 비눗방울을 불어 날리듯, 최근의 레즈비언 서사들 가운데서도 예외적으로 유쾌하고 발랄한 정조를 유지한다. 이 소설의 매력은 퀴어로서 겪는 문제를 커밍아웃 투쟁과 존재론적 인정의 문제로만 단순화하지 않고 지극히 물질적이고 세속적인 영역까지 나아가 부조리극의 희극성으로 풀어낸다는 데 있다.

어느 날 영지는 은호에게 "우리가 이렇게 서로 사랑하는데 굳이…… 섹스까지 해야 할까?"(227쪽)라고 물어온다. 대개 퀴어서사의 섹슈얼리티 문제가 외부의 '강제적 이성애'(에이드리언 리치) 질서에 맞서 어떻게 거부와 혐오를 넘어설 것인지에 달려 있다면, 「사랑하는 일」은 오히려 퀴어 커플 간에 성 지향성의 차이로 인해 발생하는 문제를 어떻게 해결해나갈 것인가를 다룬다. 영지의 말대로 섹스를 하지 않는다면 그들은 아이러니하게도 보수적인 엄마의 관점에서 보았을 때도 아무런 문제가 없는, '마음 맞는 친구'와 다를 게 없는 관계가 되어버린다. 그러니 은호가 레즈비언으로 살아가기 위해 선결되어야 할 문제는 가족에게 자신의 성지향성을 납득시키기 이전에 무성애자 애인을 설득하는 것처럼 보이기도 한다.

또다른 문제는 '집을 마련하기 위해서는 상속밖에 답이 없는 시대'에 부동산을 가진 한량 아빠와 성공적으로 협상하는 일이다. 은호는 집을 물려받기 위해 아빠와의 약속 자리에 영지를 데려가고 그렇게 마주한 세 사람의 삼자대면은 우스꽝스러운 소동극처럼 그려진다. 그런데 울고불고하다 식탁보 위로 술이 쏟아지며 마무리되는 이 만남을 보고 있자면 슬그머니 웃음이 나온다. 물론 여기에는 가족을 둘러싼 수많은 불합리가 가로놓여 있다. 가족제도에서 성별에 따라 의무와 권리가 나뉘는 것은 물론이거니와 커밍아웃한 은호의 고백을 못 들은 체하는 엄마의 태도나 분기에 차 막말을 쏟아내는 할머니의 몰이해는 은호에게 오래 상처로 남을 수밖에 없다. 그런데 사랑에 대해 뭘 아느냐는 은호의 반박을 들은 아빠가 훌쩍거리다 결국에는 "그래도 아빤 우리 딸 사랑해"(246쪽)라고 말할 때, 사랑이 뭔지 잘 모르겠다는 영지의 말을 들은 은호가 영지에게 사랑한다는 말을 듣고 싶으면서도 동시에 들고 싶지 않아 갈팡질팡할 때, 이 소설은 문득 사랑스러워진다.

이 사랑스러움은 레즈비언의 사랑을 무해하고 평등한 것으로 손쉽게 이상화하는 대신, 성욕의 차이부터 부동산 상속과 같은 경제적 문제에 이르기까지 물질적인 문제가 던적스럽게 따라붙는 것을 숨기지 않는 데서 비롯되는 것이다. 이 속수무책의 솔직함은 누군가를 온전히 사랑할 때만 드러나는 상처받기 쉬운 연하고 부드러운 면면을 보여주기에 사랑스럽다. 은호는 영지와의 관계를 비롯해 무언가가 끝나는 순간에 대한 상상을 멈추지 못하면서도 "나는 아주아주 행복한 사람으로 죽을 거야"(250쪽)라고 선언하고, "매일 다른 사람이 되고 매일 사랑하는 일"(253쪽)을 갱신하며 나아간다. 여기에는 사랑이 주는 환희와 고통으로 분열되면서도, 연인과 가족처럼 소중한 존재 모두를 포기하지 않고 지켜나가고자 하는 의지가 있다.

「우리가 해변에서 주운 쓸모없는 것들」은 '나'가 현재의 애인과 함께 휴가 때 갈 만한 인적이 드문 해변을 찾아보다가 문득 과거의 여자친구였던 '진영'과의 여름휴가를 떠올리는 서사 구조로 이루어져 있다. 인물들에게 허용된 공간은 지극히 제한적이다. 가벼운 스킨십만으로도 적나라한 혐오의 시선을 맞닥뜨려야 하는 이들에게 사랑을 표현할 수 있는 공간이란 좁은 차 안이나 폐촌이나 다름없는 마을 정도다. 나체로 바다에 뛰어들어보고 싶다는 소망으로 '나'는 진영과 함께 인적이 없는 해변으로 가지만, 정작 해변은 바람이 세고 파도가 높아 옷은 하나도 벗지 못하고 모래사장을 걷기만 한다. 아쉬움을 감추는 두 사람의 짧은 대화 뒤에 펼쳐지는 긴 묘사—"발로 한 번 꽉 밟으면 완전히 바스러질" 것 같은 "속이 텅 빈 듯 가벼"운 나뭇가지를 집어 힘껏 멀리 던져보지만 "바다에도 가닿지 못"(27쪽)하는—는 그 자체로 두 연인의 내면을 고스란히 드러낸다.

이런 풍경에 조응하듯이 소설이 집중하는 것은 그간 퀴어의 사랑을 다룰 때 자주 누락되어온 나이듦과 질병의 문제다. '나'는 원체 조심스러운 성정을 지니고 있기도 하지만, 나이 많은 여성 퀴어로서 어린 애인이 "내가 자기보다 한참 늙었고 그래서 훨씬 먼저 죽을 사람이라는 사실을 새삼 실감하고 달아날까봐"(29쪽) 두려워 자궁근종 치료를 해야 했을 때에도 진영에게 아무 말 하지 않는다. 그리고 시간이 흐른 뒤에야 그 일에 대해 털어놓지만, '나'의 불안한 마음은 진영에게 매끄럽게 전달되지 않는다. 결국 진영은 거듭 원망 어린 질문을 던진 끝에 무심함과 잘 구별되지 않는 '나'의 두려움 많은 사랑을 이해하지 못하고 결별을 선언한다. 그런데 진영이 '나'를 떠나기 전 손에 쥐고 있던 것들을 해변에 던져버릴 때, 그들이 해변에서 보거나 주운 것들이 기묘한 방식으로 우리에게 돌아와 마음을 뒤흔든다.

이를 정확하게 설명하기 위해서는 소설이 마지막에 이르러 현재 여자친구와의 대화를 통해 미래의 여름 풍경을 열어내는 장면으로 가야만 한다. "마침내 우리는 바다에서 알몸으로 수영을 한다"(37쪽)라는 문장으로 시작되는 너무나 한가롭고 평온한 순간은 어째서 이리 상세히 묘사되는 것일까. 그리고 우리는 무엇에 뭉클해지는 것일까. 가정법으로 그려지는 미래에 대한 상상은 진영과 함께했던 그 여름에 바랐던 소망과 구별되지 않는다. 미래와 과거가 오묘하게 겹쳐지는 이 순간에 그들이 '해변에서 주운 쓸모없는 것들'은 하나하나 반짝이며 우리에게 돌아온다. 투명한 유릿조각, 소라 껍데기, 푸른색 라이터, 일본어가 쓰여 있는 도기 파편, 말라죽은 해마, "영원히 살 수도 있"(32쪽)지만 죽어 있던 해파리 등은 이 시공간을 공유한 두 사람이 아닌 이들에게는 그저 그런 '쓸모없는' 것들이다. 그 사소한 것들의 아슬아슬한 존재 방식은 사회의 시선 바깥에 서 있는 그들의 사랑이 얼마나 가냘프고 쉽게 훼손되거나 사라질 수 있는지 말해주는 듯하다. 하지만 동시에 이 사랑은 여행이 끝난 뒤에도 곳곳에서 발견되는 모래 알갱이들처럼 오랫동안 사라지지 않고 반짝이는 잔여물로 남는다.

'나'가 진영과 함께 오래오래 한가롭게 수영을 하는 장면은 실제로 없었고 영원히 없을 것이다. 하지만 혐오의 시선 때문에 혹은 이별했기에 그들에게 허락되지 않았던 수많은 시공간은, 잠재되어 있던 환상 속의 여름을 끌어온다. 이 한낮의 해변에는 그들을 혐오하는 어떤 시선도 없고, 나이듦이나 결별에 대한 두려움도 없다. 미래의 '나'가 알몸으로 더없이 자유롭게 바다를 감각할 때,

"희한한 기쁨"(38쪽)과 함께 미래는 도래하고 그 속에서 과거의 슬픔은 서서히 지워져간다. 소설은 그렇게 과거의 사랑을 부인하지 않으면서도, 미지의 시간과 사랑에 대한 믿음으로 미래를 열어낸다.

작은 물결처럼 일렁이는 이 아름다운 잠재적 시공간에 대한 믿음의 기원에 「작정기」가 이미 존재하고 있었다고 말해도 될까. 작가의 등단작인 이 작품은 물리적인 세계를 건조하게 이해하고 받아들이는 일의 이면에 무엇이 있는지 탐구해가는 소설이기도 하다. 소설의 내용을 요약하자면 이렇다. '나'에게는 '원진'이라는 친구가 있었고, 사실 원진은 보통의 친구에게 품는 감정을 넘어서는 애틋한 사랑의 대상이었다. '나'는 원진과 함께 일본 여행을 가기로 하는데, 원진의 할아버지가 돌아가시면서 '나' 혼자만의 여행이 된다. 이 여행에서 '나'는 두 가지 이상한 일을 경험한다. 하나는 렌트한 차를 잃어버렸는데 두 시간 뒤에 차가 다시 돌아와 있었던 사건이고, 다른 하나는 우연히 만난 일본인 '유코'를 따라 가게에서 술을 마시다가 통역상의 문제인지, 아니면 술에 취했기 때문인지 사람들이 자신의 여행을 죽은 친구를 대신해 떠나온 것으로 오해하지만 이를 바로잡지 않은 것이다. 얼마 뒤 원진이 사고로 갑작스레 죽게 되면서, 그때의 오해를 방치했던 일이 '나'에게 죄책감으로 남는다. 그런데 원진이 죽었다고 믿고 있던 유코가 한국을 찾아와 '나'에게 녹나무가 있는 정원에 두 사람이 서 있는 작은 모형을 건네준다. 그러니 이 소설을 두고 "여행지에서 나를 오해한 타인이 뒤늦게 보내온 위로가 실은 제시간에 정확히 도착한 위로가 되어버린 아이러니"[3]를 읽어내는 독법은 합리적이다.

그러나 여기에서 좀더 나아가 이 소설이 거듭되는 농담 끝에 어떻게 사랑에 도달하는지, 무엇이 이 사랑을 죽음이라는 숨막히는 절대적 단절로부터 구해내는지 말해야 한다고 느낀다. 이 소설에서도 농담은 두 번 반복된다. 첫번째 농담은 혼자 간 일본 여행에서 발생한다. '나'는 원진을 향한 깊은 감정을 주체하지 못해 차라리 그녀가 죽은 사람으로 오인되기를 선택했으면서도, 시공간이 뒤틀린 듯 잠시 렌터카가 사라졌다 나타나는 경험 속에서 그 차를 몰래 가져간 사람이 원진일 거라고 여기는데 그건 원진과 함께 여행하길 바랐던 '나'의 마음이 반영된 것일 테다. 그런데 원진의 죽음은 현실이 되고, 이후에 예상치 못한 두번째 농담이 찾아온다. 원진이 죽었다는 오해이자 농담을 진심으로 믿은 유코가 건네준 정원 모형이 그것이다. 삼천 년을 살아남았다는 녹나무의 모형은 시공간을 기이하게 확장시키며 그 속에서 원진과 '나'는 영원히 함께하는 것처럼 보인다.

미처 싹트기도 전에 잃어버린 사랑을 어떻게 되찾을 것인가. 소

---

3) 신형철, 문학동네신인상 소설 부문 심사평, 『문학동네』 2018년 가을호, 308쪽.

설은 실제와는 다른 비율을 통해 세상을 바라봄으로써 오직 자신에게만 이루어질 수 있는 방식으로 그 사랑을 다시 경험할 수 있다고 말하는 것 같다. 일본 가게에서 만난 남자의 말처럼 "무언가를 일상적으로 보다보면 그게 특별하다는 것을 잊"(111쪽)기 때문에 풍경이 휘발된다면, 반대로 "지도로만 살펴보던 곳에 처음 도착했을 때는 (……) 아직 지도 속을 걷는 듯"(122쪽)하다가 서서히 익숙해지며 어떤 실감을 느끼게 되는 것처럼 가상의 새로운 풍경을 만들어낼 수도 있을 것이다. 그래서 제목인 '작정기作庭記'는 가상의 정원을 만들어내는 기법을 넘어서, 물리적 법칙으로는 불가능한 한계에도 불구하고 잃어버린 사랑을 되살려내는 수많은 가능성의 세계로 그 의미가 확장된다.

이는 "큰 것을 무화시키는 작은 이름들"(100쪽) 사이에서 흔들리며 자신의 자리를 찾아가는 일이기도 하다. 실제 거리에 가까운 대축척지도의 세계에서라면, 제대로 마음을 고백하지도 못한 채 맞닥뜨린 원진의 죽음은 넘어설 수 없는 물리적인 현실이다. 하지만 소축척지도에서라면, 죽음이라는 비극은 다른 '작은 이름들'로 무화되며 다르게 보일 수도 있을 것이다. 유코가 만들어준 정원 모형을 비롯해 '나'가 꾼, 원진과 함께 어느 해안도로를 달리는 꿈은 '큰 것'을 무화시키는 '작은 이름들'이다. 선물받은 가상의 정원 모형 앞에서 소설은 문득, 일본 여행에서 두 시간 동안 사라졌던 차를 타고 달린 사람의 정체가 자신이라고 했던 원진의 농담으로 돌아가 두 사람이 함께할 수도 있었을 잠재된 과거의 시공간을 현실로 끌어오는 것 같다. 세계의 어긋난 틈새가 원진을 향한 '나'의 애착으로 메워지며 "원진이 나를 보호하고"(123쪽) "나의 행복을" "축원하"(124쪽)는 경이로운 미래가 열리는 것이다. "비합리적인 믿음 속에서"(같은 쪽) 죽음을 넘어 새롭게 열어젖혀지는 이 잠재적 시공간은 들뢰즈가 프루스트를 분석하며 이끌어낸, "잃어버린 시간 자체의 한복판에서 되찾는 시간, 곧 영원의 이미지"[4]를 닮아 있다. 마들렌을 음미하는 감각이 차이와 반복 속에서 콩브레를 새롭게 상기시킬 때, 이 공간은 사실의 측면에서가 아니라 진실의 측면에서, 외재적이고 우연적인 관계의 측면에서가 아니라 내재적인 차이의 측면에서 다시 출현한다. 그리고 여기서 되찾게 되는 시간은 잃어버린 시간 그 자체이다. 김지연의 소설 속에서 원진과 함께하는 여행에 대한 '나'의 상상은 욕망을 통해 새롭게 살려낼 수 있는 영원한 시간성을 가리키기에 사실상 사랑은 무한대로 펼쳐진다.

그렇게 김지연은 레즈비언들의 사랑들 위에 반복되는 농담을 겹쳐둠으로써 새로운 퀴어 시간성을 열어낸다. 주디스 핼버스탬의 퀴어 시간queer time은 결혼과 아이들을 중심에 두는 '재생산 시간'이나 '가족 시간'에 대응하여 "성숙함, 성인 됨, 결혼과 부모 됨

---

4) 질 들뢰즈, 『프루스트와 기호들』, 서동욱·이충민 옮김, 민음사, 2004, 132쪽.

처럼 특권화되고 존중받을 수 있는 시간성의 바깥에서"[5] 현재를 사는 삶을 강조한다. 아이가 없는 퀴어들에게는 희망찬 유토피아적 미래 역시 부재한다는 사회의 시선을 전유해 퀴어의 존재론을 부정적 현재에 연결시킬 때, 여기에는 이성애적 질서의 규범성을 비판할 수 있는 힘이 실린다. 김지연의 퀴어 시간성 역시 생애 주기의 압력을 해소시키는 과정에서 등장하지만, 그것은 물리적 세계의 묵직한 실재성에 반하는 가상의 시간성을 만들어낸다. 그의 소설 속 첫번째 농담은 현실을 탈주하는 데 실패했다는 흔적이지만, 두번째 농담은 그런 현실을 엉뚱하게 뚫어버린다. 「결로」에서 미라씨가 전해주는 카토아타우에 대한 이야기, 「굴 드라이브」에서 용서해달라는 반장의 성의 없는 말에 대한 거부, 「우리가 해변에서 주운 쓸모없는 것들」에서 자신의 질병과 관련된 과거의 불안을 들키지 않기 위해 차라리 헤어짐을 감수하는 것, 「작정기」에서 원진이 죽었다고 오해한 유코가 실제로 원진이 죽은 뒤에 건넨 작은 정원이 그런 두번째 농담에 해당된다. 그리고 그렇게 도착한 두번째 농담들은 현실을 기묘하게 틀어버림으로써 잠재되어 있던 새로운 시간을 열어낸다. 축축한 물기가 증발하고(「결로」), 굴 유생을 닮은 눈송이들이 떠다니며(「굴 드라이브」), 연인과 알몸으

5) 제이슨 림, 「퀴어 비평과 정동의 정치학」, 캐스 브라운 외, 『섹슈얼리티 지리학—페미니즘과 퀴어 지리학의 이론, 실천, 정치』, 김현철·시우·정규리·한빛나 옮김, 이매진, 2018, 115쪽.

로 푸른 바다에 잠겨 한가롭게 수영을 하고(「우리가 해변에서 주운 쓸모없는 것들」), 죽은 친구와 일본의 해안가를 달리는 드라이브가 끝없이 계속된다(「작정기」). 실제로 존재한 적 없지만 가장 행복한 상태로 반복되는 미래. 그 속에서 영원히 함께하는 레즈비언 연인들. 이 가상의 시간성은 단순히 행복한 퀴어를 대안적 형상으로 제시함으로써 "불행한 결말의 정치학"[6]을 지워버리는 것이 아니다. 소설에는 여전히 이들을 불행하고 비참하게 보는 시선이, 그리고 세상으로부터 인정받지 못하는 슬픔을 감추려는 존재들이 있다. 그러나 이 시간성은 인물들의 애도 불가능한 고통을 직시하면서도, 불행에만 머무르기를 거부한다. 관습적인 행복의 방식에 맞추는 것이 아니라, 행복에 몰두해 자신의 열망을 타협하지 않을 때 이 열망은 퀴어해진다. 행복에 대한 열망으로 중력을 거스르는 퀴어한 시간성, 이것이 김지연이 만들어내는 경이로운 미래의 퀴어 시간성이다.

현실에서 일어날 수 있었지만 일어나지 않은 순간들에 깊이 몰입함으로써 잠재적인 시간을 끌어올 때, 소설은 붙잡을 수 없는 과거의 순간을 붙들어 영원으로 만들고 존재들을 망각으로부터 지켜낸다. 기적은 그런 시간 자체가 아니라, 표면에 맺힌 물기가

---

6) 사라 아메드, 『행복의 약속—불행한 자들을 위한 문화비평』, 성정혜·이경란 옮김, 후마니타스, 2021, 191쪽.

증발하듯 그런 시간을 발생시키는 아주 사소한 물질의 이동인 것 같다. 그리고 이 끝에서 우리는 김지연에게 소설이 무엇인지 알게 된다. 그것은 충격적인 물리적 세계의 사건들 앞에서 약간의 거리를 유지하는 일, 각도를 살짝 기울여 환상에 침투해 들어가는 일이다. 현실과 어딘가 조금 어긋나 있는 엉뚱한 농담이 만들어내는 시간의 운동성 속에서 우리의 삶은 조금은 부드럽고 유연하게 풀리며 넓어지는 듯하다. 이것은 김지연이 우리에게 열어 보이는 가장 아름다운 환상인 동시에, 소설만이 할 수 있는 최대치의 일이 아닐까. 그곳에서 우리의 생보다 더 길게 지속될 사랑을 위해서라면, 작가를 따라 그 세계에 오래 잠겨 있어도 좋을 것 같다.

작가의 말

이 책에 실린 소설들은 2015년부터 쓰기 시작해 2022년까지 고치고 다듬은 것들이다. 지면에 발표한 순서와는 다르지만 가장 먼저 쓴 소설은 「내가 울기 시작할 때」다. 이 소설에서 내가 가장 좋아하는 장면은 인물들이 우는 장면이다. 그들은 어떤 말을 하는 것보다 우는 일을 더 공들여 했고, 누군가 그 울음을 가만히 들었다. 요즘 나에게 있어 글쓰기란 엉엉 우는 일과 비슷하다는 생각을 한다. 이왕이면 온 힘을 다해 남김없이 잘 울고 싶다. 홀가분한 마음으로 남은 일을 해낼 수 있도록. 그리고 어디선가 혼자 우는 사람이 없는지도 돌아보고 싶다. 누구도 혼자 울지 않았으면 한다.

소설집을 내기까지 최선을 다할 수 있도록 함께 힘써주신 문학동네 편집부와 책을 읽어주실 미지의 독자분들에게 감사드린다. 무엇보다도 내가 오랫동안 미련하게 글을 쓰는 동안에, 그리고 울 때에, 한결같이 곁에 있어준 친구들과 가족들에게 감사한 마음을 전한다.

2022년 봄

김지연

| 수록 작품 발표 지면 |

우리가 해변에서 주운 쓸모없는 것들 …… 『실천문학』 2019년 여름호

굴 드라이브 …… 『현대문학』 2020년 1월호

결로 …… 웹진 과자당 2019년 3호(발표 당시 제목은 '네가 춤추는 것도 보고 싶어')

작정기 …… 『문학동네』 2018년 가을호

그런 나약한 말들 …… 『문학동네』 2019년 겨울호

마음에 없는 소리 …… 『에픽』 2021년 4/5/6월호

내가 울기 시작할 때 …… 『현대문학』 2018년 12월호

사랑하는 일 …… 『언니밖에 없네』(큐큐, 2020)

공원에서 …… 『황해문화』 2021년 봄호

문학동네 소설집
마음에 없는 소리
ⓒ 김지연 2022

1판 1쇄 2022년 3월 10일
1판 7쇄 2024년 2월 22일

지은이 김지연
책임편집 김내리 | 편집 권순영 오윤
디자인 김이정 최미영 | 저작권 박지영 형소진 최은진 서연주 오서영
마케팅 정민호 서지화 한민아 이민경 안남영 왕지경 정경주 김수인 김혜원 김하연 김예진
브랜딩 함유지 함근아 고보미 박민재 김희숙 박다솔 조다현 정승민 배진성
제작 강신은 김동욱 이순호 | 제작처 영신사

펴낸곳 (주)문학동네 | 펴낸이 김소영
출판등록 1993년 10월 22일 제2003-000045호
주소 10881 경기도 파주시 회동길 210
전자우편 editor@munhak.com | 대표전화 031) 955-8888 | 팩스 031) 955-8855
문의전화 031) 955-2696(마케팅) 031) 955-8864(편집)
문학동네카페 http://cafe.naver.com/mhdn
인스타그램 @munhakdongne | 트위터 @munhakdongne
북클럽문학동네 http://bookclubmunhak.com

ISBN 978-89-546-8543-6 03810

잘못된 책은 구입하신 서점에서 교환해드립니다.
기타 교환 문의 031) 955-2661, 3580

www.munhak.com